BAUSTEINE

Unterrichtssequenzen
für den Literaturunterricht
auf der Sekundarstufe I und II

Edgar Neis

Gotthold Ephraim Lessing

Nathan der Weise

Paradigma eines religionsphilosophischen Dramas
der Toleranz und Humanität

C. Bange Verlag - Hollfeld/Obfr.

ISBN 3-8044-0660-2

Umschlaggestaltung: Grau & John, Köln
Herstellung: Heinz Neubert GmbH, Bayreuth

Inhalt

Teil A
Stundensequenzen

Teil B
Quellen und Materialien

Materialien zu den Stundensequenzen A 1 - A 12

Vorbemerkung: Zur Absicht und zum Verständnis der Reihe BAUSTEINE

Das Bedürfnis sehr vieler Lehrer nach mehr konkreten und detaillierten Hilfen für den täglichen Unterricht führte zur vorliegenden Konzeption der BAUSTEINE.
In jedem Band wird ein literarisches Hauptwerk bedeutender Autoren aus Gegenwart und Vergangenheit didaktisch-methodisch reflektiert und unterrichtspraktisch aufbereitet.
Jeder Band umfaßt einen unmittelbar *unterrichtsbezogenen Teil A* mit Ausführungen zum literaturdidaktischen Umfeld und breit entwickelten Beschreibungen des jeweiligen Unterrichtsverlaufs sowie einen *Teil B mit Quellen und Materialien* (auch zur unabhängigen Organisation des Unterrichts).
Naturgemäß kommt es aufgrund der individuellen Auffassungen der einzelnen Verfasser von Schule und (Literatur-) Unterricht trotz gleichbleibender Gliederung der Bände zu unterschiedlicher Akzentuierung einzelner Aspekte. So wird im einen Falle verstärkt analytisch auf den Unterrichtsgegenstand selbst, im anderen Falle mehr auf die methodisch-organisatorischen Bedingungen des Unterrichts eingegangen.
Die BAUSTEINE werden für die Sekundarstufe I und II angeboten.

Gerd Eversberg Reiner Poppe

Einleitung

Lessings „Nathan der Weise" als Paradigma eines religionsphilosophischen Dramas der Toleranz und Humanität

> Wir haben
> Uns unser Volk nicht auserlesen. Sind
> Wir unser Volk? Was heißt denn Volk?
> Sind Christ und Jude eher Christ und Jude
> Als Mensch?
>
> (Nathan, II, 5)

Voraussetzungen, didaktisch-methodische Überlegungen, Argumente

Ein „dramatisches Gedicht" nannte Lessing seinen „Nathan", mit dem er seinen Aufklärungsfeldzug gegen die orthodoxe Theologie fortzuführen gedachte. Das Hohelied der Toleranz und Versöhnung ist denn auch eher ein Thesen- und Ideen- als ein Theaterstück. Die Bühne wird hier zur Plattform, von der herab die Botschaft einer neuen Vernunftreligion und eines menschlichen Miteinanders jenseits aller dogmatischen Einengung verkündet wird.
Jede Auseinandersetzung mit diesem Werk muß daher die religionsphilosophischen Grundlagen desselben berücksichtigen. Sie verlangt eine einigermaßen ausreichende Beschäftigung mit den drei in diesem Werk angesprochenen Glaubensformen und eine gewisse Kenntnis ihrer geschichtlichen und völkischen Grundlagen.
Zu behandeln sind folgende Komplexe, ohne deren wenigstens knappe, summarische Kenntnis ein tieferes Verständnis des Werkes unmöglich ist:

1. Grundzüge der jüdischen, mohammedanischen und christlichen Religion.
2. Grundzüge der Philosophie der Aufklärung.
3. Lessings Ideen von der Erziehung des Menschengeschlechts zur Toleranz und Humanität.

Darüber hinaus sind — in gebotener Kürze — vor der Lektüre und Behandlung des Werkes einige Fakten anzuführen, welche zur Entstehung des Werkes geführt haben und sie begreiflich machen. Dies sind:

1. Lessings bewußt provozierende Publikation der sogenannten Reimarus-Fragmente.
2. Der Gegenangriff des Hamburgischen Hauptpastors Goeze.
3. Lessings ,,Anti-Goeze".
4. Das herzogliche Schreibverbot und Lessings ,,Ausweichstation": die ,,Kanzel" des Theaters.
5. Das religionsphilosophische ,,dramatische Gedicht" ,,Nathan der Weise" als polemisches Contra und religionsphilosophisches Bekenntnis Lessings.

Daß diese Vorgänge zur Entstehung eines der schönsten, reinsten und — hier mag der Ausdruck berechtigt sein — edelsten deutschen Bühnenwerke geführt haben, ist ein Glücksfall, wie er nicht oft in der Geschichte der Dramenkonzeption vorkommt. Denn kaum ein anderes Werk der deutschen Vorklassik hat die Gemüter so bewegt, hat seine Aktualität so sehr bis heute bewahrt, wie Lessings ,,Nathan der Weise".

Im Mai 1779 erschien das Werk im Druck und bereits am 1. Juni 1779 schrieb Herder an Lessing: ,,Ich sage Ihnen kein Lob über das Stück; das Werk lobt den Meister und dies ist ein Meisterwerk." Und Goethe, der ,,Nathan den Weisen" außerordentlich bewunderte, äußerte den Wunsch: ,,Möge das darin ausgesprochene göttliche Duldungs- und Schonungsgefühl der Nation heilig und wert bleiben!"

So ist es kaum verständlich, wenn eine großangelegte und sonst verdienstvolle moderne Lessings-Biographie (Dieter Hildebrandt, Lessing, Biographie einer Emanzipation, München 1979) auf Lessings Leben und seine Werke ausführlich eingeht, den ,,Nathan" aber ausspart. Wir zitieren Hildebrandt selbst:

> ,,Ein Lessing-Buch, in dem das Hauptstück des Werkes fehlt, ,,Nathan der Weise"? Das Leben Lessings erzählen und jenen mannhaften Moment nicht, da der Herzog ihn im Streit gegen Goeze mundtot gemacht hat und er daran geht, nun erst recht zu sprechen?" (Dieter Hildebrandt, S. 454)

Die Begründung, die Hildebrandt für das Auslassen einer Interpretation des ,,Nathan" gibt, ist die, ,,daß ein Land (Deutschland) ein Buch widerlegt", daß ,,wir Deutschen nichts davon (von der Lehre des ,,Nathan") begriffen haben, daß das deutsche Publikum ,,nicht so begierig auf den ,,Nathan" ist, weil im Lande Dinge passiert sind, wie die, die der Jude Nathan erlebt, knapp überlebt hat."

Und weiter führt Hildebrandt aus: „In einem Land, das die „Endlösung" dennoch — trotz „Nathan" — betrieb oder doch zuließ, wie soll man begreifen, daß die Deutschen erst bei „Holocaust" begreifen, was ihnen schon beim „Nathan" hätte Angst machen müssen." (Dieter Hildebrandt, a. a. O. S. 458)

Ausgespart wird der „Nathan", weil er, laut Hugo von Hofmannsthal, den Hildebrandt in diesem Zusammenhang zitiert, „eine Möglichkeit deutschen Wesens zeigt, die ohne Nachfolge blieb." (Dieter Hildebrandt, a. a. O. S. 461)

Wir aber meinen, daß der „Nathan" keineswegs ausgespart und übergangen werden darf, daß er umsomehr gelesen und behandelt werden sollte als ein Symbol der Toleranz und Humanität, gerade weil das Deutschland der zwölf Jahre Adolf Hitlers so intolerant war und gerade weil die Intoleranz auch heute noch, am Ende des zwanzigsten Jahrhunderts, in zahlreichen anderen Ländern und Regionen der Welt dominiert.

Aber Beispiele der Intoleranz, die zu greifen sind, bieten sich auch aus früheren Jahrhunderten, aus früheren Epochen an. Wer ist da frei von Schuld? Sind es die christlichen Spanier, die 1371 die Entscheidung durchsetzten, daß alle Juden durch einen runden gelben Fleck auf der Brust als solche kenntlich und damit fast „vogelfrei" zu sein hätten, die 1391 jüdische Geschäfte plünderten und die jüdischen Viertel der großen Städte Spaniens heimsuchten und zerstörten? Sind es die christlichen Spanier, die zwischen 1492 und 1502 alle Juden und Mauren zwangen, entweder zum Christentum überzutreten oder das Land zu verlassen, die grausame Strafe zwischen Taufe oder Verbannung zu wählen?

Im Jahre 1478 erbaten Ferdinand und Isabella von Kastilien vom Papst die Erlaubnis, in Spanien eine Inquisition durchzuführen, von der sie hofften, sie werde das Ketzertum beseitigen und dem „wahren Glauben" zum Sieg verhelfen. Die Inquisition wurde mit aller Strenge und den grausamsten Mitteln durchgeführt: Massenverhaftungen, Verbrennungen, Enthauptungen, Folterungen waren an der Tagesordnung. Der Fanatismus des Kardinals Francisco Jimenez de Cisneros kannte keine Gnade: er legte es darauf an, alle Andersgläubigen, Mohammedaner wie Juden, zu vernichten. Man nimmt an, daß durch die spanische Inquisition in der Zeit ihres Bestehens über dreißigtausend Menschen auf den Scheiterhaufen geschickt wurden.

Spanien war aber nicht das einzige Land in Europa, daß dazu überging, die Juden zu vertreiben; England und Frankreich hatten dies bereits vorher getan. Ganz Europa stand an der Schwelle eines Zeitalters beängstigender religiöser Intoleranz und grausamer Verfolgung.
Schließlich sei auch noch Rußland erwähnt, wo sogar noch im zwanzigsten Jahrhundert, in den Jahren 1903-1905 grausame Judenverfolgungen und Judenvertreibungen stattfanden. Und denken wir auch noch an die Rassendiskriminierung Südafrikas, an die Haßtiraden des Schiitenführers Chomeini gegen Andersgläubige, an die Absicht des Islam, in einem ,,heiligen Krieg" dem islamischen Glauben ,,mit Feuer und Schwert" Geltung zu verschaffen, so müssen wir erkennen, wie berechtigt der Humanitätsaufruf des ,,Nathan" ist, wie sehr dieses Werk als eine exemplarische Lektüre zum verbindlichen Kanon der in der Schule zu behandelnden Werke gehören muß. Daß die ,,Moral" des ,,Nathan" nicht befolgt wurde oder nicht befolgt wird, ist nicht Schuld des Werkes, sondern Schuld des unzulänglichen Wesens der Menschen, das zur Erkenntnis und Befolgung der Lehre des ,,Nathan" nicht fähig ist.
Wolfgang Kröger stellt die rhetorische Frage, ob Lessings ,,Nathan" angesichts der heutigen Wirklichkeit ein ,,toter Klassiker" sei (Wolfgang Kröger, Lessings ,,Nathan der Weise" — ein toter Klassiker? München 1980). Er fragt: ,,Kann ein Drama wie Lessings ,,Nathan der Weise" überhaupt relevant sein? Toleranz, Humanität, Versöhnung der Religionen und Rassen verkommen doch endgültig zur Phrase, wenn sie nicht mit ihrer geschichtlichen Ohnmacht konfrontiert werden. Steckt diese gegenwärtige Realität im ,,Nathan" drin? Oder ist er nur Zeugnis eines naiven Aufklärungsglaubens früherer Jahrhunderte, nur noch ideengeschichtlich und literarhistorisch interessant?" (Wolfgang Kröger, S. 9)
Kröger bezieht sich auf Theodor Fontanes traurig stimmenden Befund: ,,Seit zweihundert Jahren lebt nun dieses Evangelium der Toleranz, seit hundert Jahren wird es gelesen, dargestellt, zitiert; jede Figur ist populär, jede Sentenz ein geflügeltes Wort geworden — und was ist das Resultat?" (Wolfgang Kröger, S. 84)
Diesen Argumenten stellen wir die Frage entgegen: Sollen wir den ,,Nathan", der zur Toleranz, Nächstenliebe, Verträglichkeit, Wohltätigkeit und Humanität aufruft, n i c h t lesen, weil diese Eigenschaften von der Menschheit noch nicht restlos in die Tat umgesetzt worden sind? Dann dürften wir auch das andere ,,Evangelium der Toleranz und Nächstenliebe", das Neue Testament der Heiligen Schrift, die Bibel, nicht le-

sen, weil darin gleichfalls Forderungen gestellt werden, deren Befolgung und Erfüllung bis heute nur utopische Wunschvorstellungen geblieben sind.
Unterstellen wir dem ,,Nathan'' angesichts der weithin anzutreffenden Erstarrung des Menschengeschlechts in selbstgefällige Intoleranz und Machtgier eine bis heute zu beobachtende Wirkungslosigkeit, so bleibt doch nichtsdestoweniger der Anspruch dieses Werkes bestehen, den wir mit Kleists Schlußsatz aus seiner Abhandlung ,,Über das Marionettentheater'' kennzeichnen:

> ,,Mithin müßten wir wieder von dem Baum der Erkenntnis essen, um in den Stand der Unschuld zurückzufallen?'' ,,Allerdings, aber das ist das letzte Kapitel von der Geschichte der Welt.''

Gesamtübersicht der Stundensequenzen und Materialien zum Arbeitsprozeß

Stundensequenzen	Materialien
1. Stunde Grundzüge der jüdischen und mohammedanischen Religion	Charakteristische Merkmale und Gebote der jüdischen Religion Der Kultus der Juden Mohammedanische Religion: Der Stifter und seine Bedeutung Islamischer Glaube und Kultus Die Derwisch-Orden Expansionsbestreben des Islam
2. Stunde Grundzüge der christlichen Religion	Grundlage der christlichen Religion: Die Bibel (Das Neue Testament) Christliche Ethik Beziehung der christlichen zur jüdischen und mohammedanischen Religion
3. Stunde Grundzüge der Philosophie der Aufklärung	Immanuel Kant: „Was ist Aufklärung?" (Würdigung der Aufklärung) Karl Steinbuch: „Der aufgeklärte Mensch in seiner Unzulänglichkeit" (Kritik der Aufklärung)
4. Stunde Lessings Auseinandersetzung mit der Theologie	Lessings Stellung zur Theologie Lessing, „Fragmente, die Offenbarung betreffend" (Aus dem zweiten Fragment) Lessing, Aus dem „Anti-Goeze" Lessing, Die Religion Christi

5. Stunde Vorstufen zu ,,Nathan der Weise'': Das Lustspiel ,,Die Juden'' und die Freimaurergespräche ,,Ernst und Falk''	Szenen aus dem Lustspiel ,,Die Juden'': 2., 3., 6. und 22. Auftritt Aus den Freimaurergesprächen ,,Ernst und Falk'': Abschnitt II
6. Stunde Der Handlungsablauf des Dramas ,,Nathan der Weise'' I, 1-III, 4	Zum Handlungsablauf I, 1-III, 4: Werner Thomas, ,,Das Opus Supererogatum''
7. Stunde Die Ringparabel III, 5-7	Aufsätze zur Problematik der Ringparabel: 1. Stuart Atkins, Das Dilemma der Frage nach der Wahrheit 2. Heinz Politzer, Ein Denkspiel mit ,,Pro et Contra''
8. Stunde Die Quelle der Ringparabel	Giovanni Boccaccio, ,,Decamerone'': I, 2 und I, 3
9. Stunde Der Handlungsablauf des Dramas ,,Nathan der Weise'' III, 8-V, 7	Texte und Aufgaben (Fragen) zum Handlungsablauf III, 8-V, 7
10. Stunde Die Schlußszene V, 8: ,,Alle Menschen werden Brüder . . .''	Zur Apotheose der Schlußszene Der opernhafte Schluß des ,,Nathan'' Diltheys Deutung der Schlußszene Schiller, ,,An die Freude'' Zusammenfassende Charakteristik der Hauptpersonen des Dramas

11. Stunde Lessings Toleranzbegriff und ,,Die Erziehung des Menschengeschlechts''	1. Zur Frage der Toleranz: Hanns Lilje: ,,Was ist Toleranz?'' Harold Lenz — Meno Spann: ,,Zur Kontroverse um Lessings Toleranzbegriff im ,,Nathan'' Benno von Wiese: ,,Humanität bei Lessing'' 2. Lessing, Die Erziehung des Menschengeschlechts: §§ 1-9, 36-37, 76-86
12. Stunde Struktur und Sprachgestalt des Dramas ,,Nathan der Weise''	A. Skizzen zur Personenkonstellation und Struktur des Dramas B. Texte zur Sprachgestalt des Dramas: Zur Untersuchung: ,,Nathan'', I, 1 und V, 8

Teil A
Stundensequenzen

1. Stunde

Grundzüge der jüdischen und mohammedanischen Religion

Gotthold Ephraim Lessings dramatisches Gedicht: „Nathan der Weise" ist ein im Grunde religionsphilosophisches Werk. Es ist aus Lessings religiöser Weltanschauung und seinem Kampf mit der orthodoxen Theologie hervorgegangen. Die Thematik dieses Werkes umfaßt das Verhältnis der drei großen Religionen, der jüdischen, mohammedanischen und christlichen zueinander, sieht den Zusammenstoß dieser Religionen, die sich in verschiedenen Zonen und unter verschiedenen Bedingungen ausgebildet haben und alle einen Anspruch auf Allgemeingültigkeit, auf Wahrheit erheben.

Saladin: Was für ein Glaube, was für ein Gesetz
Hat dir am meisten eingeleuchtet?
Nathan: Sultan,
Ich bin ein Jud'.
Saladin: Und ich ein Muselmann.
Der Christ ist zwischen uns. Von diesen drei
Religionen kann doch eine nur
Die wahre sein.

(Nathan, III, 5)

So werden wir uns in der 1. und 2. Unterrichtsstunde zunächst mit den wesentlichsten Merkmalen dieser Religionen beschäftigen müssen; daß dies nur in knapper, gedrängter Form geschehen kann, ist selbstverständlich.
Der Lehrer wird für seinen Unterricht Nachschlagewerke, religionsgeschichtliche Darstellungen und Spezialwerke über die einzelnen Religionen und auch die in den Schulen gebräuchlichen Lehrbücher für den Religionsunterricht heranziehen; einige diesbezügliche Hinweise gibt das Literaturverzeichnis am Ende des vorliegenden Bandes.
Den Schülern sind diese oder jene Eigenarten oder Gebräuche des Judentums bekannt; an diese läßt sich eine Betrachtung der jüdischen Re-

ligion anschließen, wobei bestimmte Themengruppen auch in kurzen Referaten, die von den Schülern übernommen und zu Hause ausgearbeitet wurden, dargestellt werden können.
Als Referate können u. a. folgende Themata verteilt werden:

1. Moses als Stifter der jüdischen Religion
2. Übersicht über das Alte Testament
3. Geschichte des jüdischen Volkes in Umrissen
4. Stellung der Juden in Staat und Gesellschaft
5. Judenverfolgungen in früheren Zeitepochen; Holocaust im Hitlerreich
6. Jüdische Sitten und Gebräuche unter dem besonderen Aspekt der jüdischen Religiosität

Die Besprechung der jüdischen Religion selbst wird nach den Kurzreferanten von der gesamten Klasse in Gemeinschaft mit dem Lehrer vorgenommen und hat das Ziel, die Grundzüge dieser Religion herauszuarbeiten und ihr Verhältnis zum Christentum darzustellen.
Die Ergebnisse der Besprechung werden festgehalten und stichwortartig fixiert.
Das für die jüdische Religion Gesagte, trifft auch auf den Islam zu; auch hier kann man von Ereignissen der Gegenwart (Islamische Revolution im Iran) oder von mohammedanischen Sitten und Gebräuchen ausgehen, welche einige Schüler vielleicht bei türkischen Gastarbeiterfamilien beobachtet haben. Als Kurzreferate bieten sich an:

1. Mohammed als der Stifter der islamischen Religion
2. Verbreitung und Expansionismus des Islam
3. Der Koran und seine Bedeutung
4. Vorschriften und Gebote für den muslimischen Gläubigen
5. Muslimische Mystik, Sinn des Gebets
6. Ausschließlichkeitsanspruch und Sendungsbewußtsein des Islams

Wie bei der jüdischen Religion werden auch die Grundzüge der mohammedanischen Religion in einer gemeinsamen Diskussion zwischen Lehrer und Schülern herausgearbeitet und stichwortartig schriftlich fixiert. Sie sollen als Grundlage für die weiteren textbezogenen Erörterungen der ,,Nathan-Problematik dienen.

2. Stunde

Grundzüge der christlichen Religion
Beziehung zur jüdischen und mohammedanischen Religion

Die 2. Unterrichtsstunde wendet sich der Darstellung der Grundzüge der christlichen Religion zu.
Da dies mit besonderem Bezug auf Lessings ,,Nathan den Weisen" geschehen wird, ist dabei zu bedenken, daß Lessings Drama an einem Tag eines Waffenstillstandes zwischen christlichen Eroberern des Heiligen Landes und dort ansässigen Juden und Mohammedanern im Jahre 1192 spielt, wir es also mit der Ausformung des christlichen Glaubens zur Zeit der Kreuzzüge zu tun haben.
Grundzüge der christlichen Religion — soweit sie Lessings Drama betreffen — herausstellen, wird also vorwiegend heißen, Grundzüge der römisch-katholischen Religion herauszustellen, da ja die Reformation noch in weiter Ferne war.
Andererseits ist zu bedenken, daß der aus einem protestantischen Pfarrhaus stammende Lessing dem Protestantismus nahestand, und daß späterhin seine freigeistige Entwicklung ihn zu einem Bekenntnis veranlaßt hat, wie es am eindeutigsten Schiller in seinem Epigramm ,,Mein Glaube" ausgedrückt hat:

> Welche Religion ich bekenne? Keine von allen,
> Die du mir nennst. — Und warum keine? — Aus Religion.

Jedenfalls wird man von einer allzu konfessionell bestimmten, religionsgeschichtlichen, historisch oder biographisch orientierten Fragestellung tunlichst absehen und mehr die Lebensformen des allgemeinen christlichen Glaubens und die sich daraus ergebenden Folgerungen für das tägliche Leben berücksichtigen. Die offenbarungsmäßige Fundierung der christlichen Glaubenslehre, ihr Anspruch auf Gültigkeit und Wahrheit sollte herausgestellt und im Verhältnis zur jüdischen und mohammedanischen Glaubenslehre betrachtet werden.
Das setzt eine gewisse Vorarbeit der Schüler voraus, die wiederum in Referaten ihren Niederschlag finden kann.
Folgende Themata sollten kurzgefaßt dargestellt werden:

1. Geschichte, Gliederung und Bedeutung der Bibel, insbesondere des Neuen Testaments
2. Entstehung und Verbreitung des Christentums (Die Apostel)

3. Der Sinn der Bergpredigt
4. Die christliche Heilslehre, Gnade und Erlösung
5. Der Offenbarungsglaube
6. Die christliche Morallehre (Ethik)

Der anschließende Vergleich mit der jüdischen und mohammedanischen Glaubenslehre hat dann die wichtigsten Übereinstimmungen und Gegensätze herauszustellen; sie sollten in einer Gegenüberstellung tabellarisch festgehalten werden, weil sie die Grundlage für die in ,,Nathan dem Weisen" zutage tretende religiöse Auseinandersetzung zwischen den einzelnen Glaubensgemeinschaften bilden.
Natürlich muß bei diesem Vergleich die Tatsache beachtet werden, daß jedes Mitglied einer Religionsgemeinschaft auch innerhalb einer besonderen gesellschaftlichen Ordnung und innerhalb einer nationalen, staatlichen Gemeinschaft steht, daß sie alle ,,an Farb', an Kleidung, an Gestalt verschieden" (II, 5), daß Saladin also Mohammedaner und Sultan, Nathan Jude und Kaufmann, der Tempelherr Christ und Ordensritter sind, daß aber alle über diese Bindungen hinaus — Menschen sind, wie Nathan es auch ausdrückt: ,,Sind Christ und Jude eher Christ und Jude als Mensch?" (II, 5).
So wie der Tempelherr Nathan bittet, beschwört, nur die ,,Bande der Natur" walten zu lassen und sich zu begnügen, ,,ein Mensch zu sein" (III, 9), stellen Nathan und der Klosterbruder in IV, 7 die alle Konfessionen und Glaubensrichtungen übergreifende Menschlichkeit mit den Worten fest:

Klosterbruder: Nathan! Nathan!
Ihr seid ein Christ! Bei Gott, Ihr seid ein Christ!
Ein beßrer Christ war nie!
Nathan: Wohl uns! Denn was
Mich Euch zum Christen macht, das macht Euch
mir zum Juden!

Selten ist deutlicher gezeigt worden, wie Voreingenommenheiten, religiöse und konfessionellen Gebundenheiten, nationale und rassische Besonderheiten in einer höheren Freiheit des Menschseins eliminiert werden.
Nach der Betrachtung der Glaubensinhalte der jüdischen und mohammedanischen Religion in der 1. Unterrichtsstunde und der christlichen in der 2. Unterrichtsstunde sollte es am Ende dieser Unterrichtsstunde

Aufgabe des Lehrers sein, diese alle Religionen — wie auch alle staatlichen Gebundenheiten — überwölbende Menschlichkeitsidee als — wenn auch vielleicht utopisches — Ziel unserer geistigen Haltung und Entwicklung deutlich den Schülern vor Augen zu stellen.

3. Stunde

Grundzüge der Philosophie der Aufklärung

Lessing wird üblicherweise seiner Einstellung und Wirksamkeit nach dem Zeitalter der Aufklärung zugerechnet. Die Epoche der Aufklärung, die verschiedene geistige Strömungen umfaßt, gilt im wesentlichen als die ,,Epoche der Vernunft" und ist etwa auf die Zeit von 1630-1786 zu beziehen.

Schon zwischen 1637 und 1649 gründete der französische Philosoph René Descartes das Verständnis der Welt und des Menschen auf das selbständige, reine und kritische Denken und den aus diesem hervorgehenden Zweifel.

Das Cartesianische System beruht im wesentlichen auf folgenden Überlegungen: Es wird an allem gezweifelt, was im geringsten ungewiß erscheint. Indem man so alles, woran sich irgendwie zweifeln läßt, als falsch setzt, kann man doch eines nicht negieren, nämlich die Wahrheit, daß wir selbst, die wir so denken, existieren. Vielmehr gerade daraus, daß ich alles als falsch setze, alles bezweifle, folgt meine, des Zweifelnden Existenz offenbar. So ist also der Satz: ,,Cogito ergo sum" (,,Ich denke, also bin ich") der erste und gewisseste, der jedem Philosophierenden entgegentritt. Aus diesem Satz ergibt sich weiter die allgemeine Bestimmung des Geistes. Denn alles, was an uns ist, könnten wir hinwegdenken, nur nicht unser Denken. Ich bin also wesentlich denkendes Wesen, das heißt Geist, Seele, Intellekt, Vernunft. Das Denken ist meine Substanz.

Descartes überträgt nun das Programm der Euklidischen Mathematik auf die Philosophie und stellt Regeln für ein richtiges Denken auf:

1. Ich darf nichts als richtig annehmen, was nicht klar als solches bewiesen ist.
2. Jedes Problem, das ich untersuchen will, muß ich in möglichst viele Bestandteile auflösen.
3. Ich muß meine Gedanken nach einer gewissen Ordnung leiten, also beim Leichten beginnen, beim Schwierigen enden.
4. Ich muß allgemeine Übersichten aufstellen, damit ich sicher bin, nichts ausgelassen zu haben.

Descartes faßte die Welt als einen Mechanismus auf, in dem alles — bis auf den Menschen — als eine Art Automat erscheint. Dieser Mensch wird analysiert als Dualismus von Leib und Seele. Das Denken ist für die Seele die Haupteigenschaft. Leib und Seele haben Eigenschaften, die einander logisch entgegengesetzt sind. Der Leib ist sichtbar, die Seele unsichtbar. Der Leib ist vergänglich, die Seele unvergänglich. Eines jedoch bleibt ungeklärt, nämlich der kausale Zusammenhang zwischen Leib und Seele.

Auf Descartes fußend, schufen die französischen Dichter Corneille und Racine in ihren Dramen von Vorurteilen freie Menschen, deren Leidenschaften durch die Kraft der Vernunft gebändigt und in Schranken gehalten wurden. Schließlich legten noch die englischen Empiristen Bacon, Hobbes, Shaftesbury und vor allem John Locke und David Hume, die alle das nüchterne, realistische auf Sinneswahrnehmung, Erfahrung und exakter Beobachtung beruhende Wissen propagierten, die Grundlage für die Aufklärungsphilosophie Immanuel Kants.

Keine Betrachtung Lessings und seines Dramas „Nathan der Weise" kann an einer Auseinandersetzung mit Kants Aufsatz „Was ist Aufklärung?" vorbeigehen. Die Anfangssätze dieses Aufsatzes, den der Materialienteil zur 3. Unterrichtsstunde im ganzen bringt und der den Schülern vorgelegt werden sollte, lauten:

> „Aufklärung ist der Ausgang des Menschen aus seiner selbstverschuldeten Unmündigkeit; Unmündigkeit ist das Unvermögen, sich seines Verstandes ohne Leitung eines anderen zu bedienen. Selbstverschuldet ist diese Unmündigkeit, wenn die Ursache derselben nicht am Mangel des Verstandes, sondern der Entschließung und des Mutes liegt, sich seiner ohne Leitung eines anderen zu bedienen. Habe Mut, dich deines eigenen Verstandes zu bedienen! ist also der Wahlspruch der Aufklärung."

Die Bedeutung der Aufklärung für den Menschen kennzeichnet Gerhard Fricke (Fricke-Schreiber, Geschichte der deutschen Literatur, Paderborn 1974) folgendermaßen:

„In der Tat bestand die Leistung der Aufklärung darin, daß sie dem Menschen eine neue vernunftgemäße Gewißheit seines Wesens und seiner Bestimmung, einen neuen, gewissen Platz in der gewandelten Wirklichkeit gab und ihm zugleich die Fähigkeit verlieh, diese gewandelte Welt vernünftig zu ordnen und zu gestalten . . .

Was bedeutet das? Es bedeutet, daß der Mensch das Vermögen in sich entdeckt, das ihn unabhängig von schwankenden Überlieferungen und fremden Dogmen und Autoritäten, denen er sich in blindem Fürwahr-

halten anvertrauen soll, auf den unmittelbar gewissen Boden in durch und durch sich selbst gültiger Wahrheit stellt. In der Vernunft entdeckt der Mensch also eine Kraft, die unmittelbar teilhaben läßt an den ewigen, das All durchwaltenden und ordnenden Gesetzen, das aber heißt: an der göttlichen Weisheit, die das All schuf und erhält. So wird ihm seine Vernunft zur Gewähr seiner Würde und seiner höchsten Bestimmung. Anstatt sich auf schwankende historische Überlieferungen zu verlassen oder sich unter Aufopferung seines Denkens und gegen sein Wahrheitsgewissen umstrittenen Dogmen anzuvertrauen, schöpft er Denken und Handeln aus jener lauteren Quelle, die als Wahrheitsbewußtsein und sittliches Gewissen, als ,,reine" und ,,praktische" Vernunft in seinem Innern fließt." (S. 86)
Der Lehrer mag auf Goethes Vers aus seinem Gedicht ,,Vermächtnis" hinweisen:

,,Denn das selbständige Gewissen
Sei Sonne deinem Sittentag."

Nathans Äußerung

,,Ich weiß wie gute Menschen denken; weiß
Daß alle Länder gute Menschen tragen" (Nathan, II, 5)

kann dann Anlaß sein, das Verhältnis von aufgeklärtem Denken, auch von ,,andächtigem Schwärmen" und praktischem Handeln zu erörtern. Nathans Vorwurf Recha gegenüber

,,Begreifst du aber,
Wieviel andächtig schwärmen leichter als
Gut handeln ist?" (Nathan, I, 2)

ist weiterer Anlaß, dieses Verhältnis zu betrachten, das Gerhard Fricke so darstellt:

,,In der Vernunft entdeckte der Mensch eine Kraft, die ihn unmittelbar teilhaben läßt an den ewigen, das All durchwaltenden und ordnenden Gesetzen, das aber heißt: an der göttlichen Ordnung, die das All schuf und erhält. So wird ihm seine Vernunft zur Gewähr seiner Würde und seiner höchsten Bestimmung. Anstatt sich auf schwankende historische Überlieferungen zu verlassen oder sich unter Aufopferung des Denkens und gegen sein Wahrheitsgewissen umstrittenen Dogmen anzuvertrauen, steigt er in die Tiefe der eigenen Brust und schöpft Denken und Handeln aus jener lauteren Quelle, die als Wahrheitsbewußtsein und sittliches Gewissen, als ,,reine'' und als ,,praktische'' Vernunft in seinem Innern fließt. So wird das ,,sapere aude!'', wage es, zu denken, wage es, dieses deines höchsten Vermögens dir bewußt zu werden und dich seiner zu bedienen — zu dem geheimen Wahlspruch, den sich bis zu Schiller und Hegel die kühnsten Geister der Zeit zuriefen.

Was von dem Denken gilt, das gilt auch vom Handeln; was vom Wahren gilt, das gilt auch vom Guten. Auch das Gute ist ja nicht deshalb gut, weil es in überlieferten sakralen Schriften hier so und dort anders gefordert wird oder weil es ein Religionsstifter dazu erklärt hat. Es ist in sich und durch sich selber gut, so wie das Wahre in sich und durch sich selber wahr ist. Und auch hier besitzt der Mensch in seinem Gewissen, in seiner ,,praktischen Vernunft'', das innere Vermögen, unmittelbar die in sich gewisse Stimme des Guten und Rechten zu vernehmen. So fühlt er sich durch die ihm verliehene, in seinem Inneren ,,vernehmbare'' Vernunft berufen und frei zum richtigen Denken wie zum rechten Handeln. Ja, wahrhaft gut, so scheint es jetzt, handelt der Mensch eigentlich noch nicht, wenn er nur deswegen rechtschaffen ist, weil es Kirche, heilige Überlieferungen oder Gesetze so befehlen oder weil die Aussicht auf Lohn oder Strafe ihn bestimmt. Wahrhaft gut handelt der Mensch erst dann, wenn er das Gute nur um seiner selbst willen, nur weil es gut ist, tut; das aber heißt: wenn er allein der unmittelbaren inneren Stimme der sittlichen Vernunft folgt. Ist aber der Mensch, aufgrund der ihm innewohnenden und seine Menschheit allererst konstituierenden Vernunft, dem Wahren und Guten zugewandt, dann befindet er sich eben damit in Übereinstimmung mit der aller Naturnotwendigkeit und -bedingtheit qualitativ überlegenen göttlichen Sinnordnung und somit zugleich auf dem Weg zu der ihm bestimmten irdischen Glückseligkeit. Somit wird Vernunft, Tugend und Glückseligkeit zu einer unauflösbaren Dreieinigkeit der frühen Aufklärung. (S. 87 ff)

Es ist Aufgabe des Lehrers, in einer gemeinsam mit den Schülern vorzunehmenden Analyse des 1784 als Beantwortung einer Preisfrage entstandenen Kantschen Aufsatzes ,,Was ist Aufklärung?'' ihnen den Ausgang des Menschen aus seiner durch Vernachlässigung seines Denkens

bewirkten Unmündigkeit zu erklären und zu verdeutlichen, ihnen den Begriff der Mündigkeit verständlich zu machen und das Verhältnis von Denken und Handeln, die Notwendigkeit der Umsetzung eigener Erkenntnisse und Überlegungen in die Tat als Verpflichtung des Menschen klarzumachen.
Abschließend werden die Schüler in dieser Unterrichtsstunde gerne bereit sein, über Vor- und Nachteile der Aufklärung zu diskutieren und Argumente für das Pro und Contra vorzubringen.

4. Stunde

Lessings Auseinandersetzung mit der Theologie

Das Verständnis des Dramas ,,Nathan der Weise" setzt eine Erörterung über Lessings Auseinandersetzung mit der orthodoxen Theologie voraus.
,,Für den Christen", sagt Lessing, ,,hat sein Glaube eine unmittelbare Gewißheit, welche durch keine Gründe verstärkt, durch keine Gründe erschüttert werden kann. Was gehen den Christen Hypothesen und Erklärungen und Beweise der gelehrten Theologen an? Ihm ist es doch einmal da, das Christentum, welches er so wahr, in welchem er sich so selig fühlet."
Im Sinne dieser Worte sollte Lessings Auseinandersetzung mit der orthodoxen Theologie betrachtet werden. Sie kann – so sehr sie zur Entstehung seines dramatischen Gedichtes ,,Nathan der Weise" auch beigetragen hat – im Rahmen dieser 4. Unterrichtsstunde nur sporadisch betrachtet werden; für die Schüler ist die Auseinandersetzung Lessings mit der Theologie eine abgetane Angelegenheit, die nur noch aus historischen Gründen ein gewisses Interesse beansprucht.
Da sie aber mit zur Entstehung seines religionsphilosophischen Dramas ,,Nathan der Weise" beigetragen hat, muß sie doch in gebotener Kürze dargestellt werden.
Lessings Auseinandersetzung mit der orthodoxen Theologie kann auf folgende Fakten reduziert werden:

1. Im Jahre 1774 veröffentlicht Lessing Abschnitte aus bis dahin nicht publizierten Arbeiten des Hamburger Orientalisten Hermann Samuel Reimarus (1694-1768) unter dem Titel ,,Fragmente eines Ungenannten". Lessing ergänzt diese Fragmente durch einige eigene Thesen. In klarer Beweisführung wurde in den Reimarus-Fragmenten behauptet und festgestellt, daß sich Wahrheit und Gewißheit des Christentums nicht auf eine als unfehlbar erklärte Überlieferung übernatürlicher Wunder und Offenbarungen begründen ließen; vielmehr – so Lessing – sei die innere Wahrheit des Christentums ganz in der religiösen Erfahrung und im Glauben des Christen begründet. Mit dieser Auffassung steht Lessing Martin Luther sehr nahe.

2. Die Veröffentlichung der Reimarus-Fragmente entfacht eine lebhafte theologische Diskussion, in der sich vor allem der Hauptpastor an der

Hamburgischen Katharinenkirche, Pastor Johann Melchior Goeze (1717-1786) im Jahre 1777 hervortut. Seinen Angriff beantwortet Lessing mit dem ,,Anti-Goeze''.

3. Die Kontroverse Lessing-Goeze wird auf Betreiben Goezes und der braunschweigischen Kirchenverwaltung durch einen Eingriff des Herzogs von Braunschweig verboten. Durch einen ,,Cabinetsbefehl'' vom 13. Juli 1778 untersagt der Herzog Lessing den Druck aller weiteren theologischen Schriften.

4. Kaum einen Monat danach, am 8. August 1778, teilt Lessing mit: ,,Da man durchaus will, daß ich auf einmal von einer Arbeit feiern soll, so führt mir mehr der Zufall als Wahl einen meiner alten theatralischen Versuche in die Hände, von dem ich sehe, daß er schon längst die letzte Feile verdient hätte . . .''
Und am 6. September 1778 schreibt er an Elise Reimarus: ,,Ich muß versuchen, ob man mich auf meiner alten Kanzel, auf dem Theater wenigstens, noch ungestört will predigen lassen.''
So schreibt Lessing den ,,Nathan'', der knapp ein halbes Jahr darauf erscheint und dem er das Motto voranstellt: ,,Introite, nam et hic Dii sunt.''

In diesem ,,dramatischen Gedicht'' versteckt Lessing seine religionsphilosophische Auffassung, die ihm anderweitig in theologischen Schriften zu publizieren verboten worden war. Er beantwortet die Frage nach Wesen und Wert der Religion nicht in theoretischer Weise, sondern auf Grund der Praxis: er lehnt die Orthodoxie und das erstarrte Christentum ab, das sich auf Wunderüberlieferungen und dogmatisierte Lehrsätze gründet; vielmehr sieht er Sinn und Wert der christlichen Religion im Wirken ihres Geistes und ihrer Kraft, durch die sie sich in humaner Gesinnung und praktischer Tat, in Nächstenliebe und Hilfsbereitschaft bewährt und verwirklicht und in ,,innigster Ergebenheit in Gott'' gelebt wird.
Zu dieser Thematik folgende Ausführungen von Ernst Cassirer (,,Die Idee der Religion bei Lessing und Mendelssohn'', Festgabe zum zehnjährigen Bestehen der Akademie für die Wissenschaft des Judentums, Berlin 1929, S. 22ff.), denen der Lehrer Anregungen für die Erörterung der Glaubensvorstellung Lessings entnehmen möge. (Auch in Michael Bohnen, Lessings ,,Nathan der Weise'', Darmstadt 1984, S. 94)

,,Wie Heraklit von der Sonne gesagt hat, daß sie neu an jeglichem Tag sei, so gilt das gleiche nach Lessing von der religiösen Wahrheit. Wer sie zu besitzen glaubt, der hat sie eben damit schon verloren; denn sie ist nur dadurch, daß sie sich in der Menschheit ständig aufs neue gebiert. Dem Wahrheitsbegriff der Orthodoxie und dem des klassischen Rationalismus tritt damit ein neuer Wahrheitsbegriff gegenüber, der Lessings eigenste Tat ist: der statische Wahrheitsbegriff weicht einem anderen, dem *dialektischen* Wahrheitsbegriff. Die echte Wahrheit kann keine andere als die werdende, als die sich aus Zweifel und Irrtum *erzeugende* Wahrheit sein. Lessings berühmte, immer wieder zitierte Sätze, in denen er eine Wahrheit ablehnt, die ihm nicht anders denn als ein Geschenk der göttlichen Allmacht, bestehend und fertig, dargeboten werden könnte — sie müssen vom Standpunkt jedes dogmatisch-theologischen, wie von dem jedes dogmatisch-philosophischen Systems aus fast wie eine Art absichtlicher Verblendung, wie ein eigentliches Sakrileg erscheinen. Aber auch die Aufklärung, auch Mendelssohn hätte diese Sätze nicht sprechen können. Denn auch sie glaubte in den großen religiösen Grundfragen: in der Frage nach dem Wesen des Göttlichen, nach der Bestimmung des Menschen, nach der Unsterblichkeit der Seele am Ziele zu stehen: an einem Ziele, das nicht wieder preisgegeben werden konnte und durfte. Auch Lessings Blick bleibt ständig und unbeirrt auf dieses Ziel gerichtet — aber er gibt seine Erreichung einer unbestimmten, eine unendlichen Zukunft anheim. Vor dem Lichte dieser Zukunft verblaßt ihm der Glanz des *lumen supranaturale* der Offenbarung, wie des *lumen naturale,* auf das sich die Philosophie der Aufklärung berief. Und damit erhält auch Lessings oft gerühmte, aber selten ganz verstandene ,,Toleranz" erst ihren neuen, ihren spezifisch-eigentümlichen Charakter. Die Toleranz des Aufklärungszeitalters war eine Toleranz des *Mitleids*; die Toleranz Lessings ist eine Toleranz der *Ehrfurcht*. Jene sieht auf die Irrtümer, die die Menschheit in ihrer religiösen Entwicklung durchlaufen hat, herab; sie duldet und versteht sie in dem Bewußtsein, sie endgültig überwunden und hinter sich gelassen zu haben. Bei Lessing hingegen entspringt die Toleranz aus einer durchaus anderen Quelle. Sie gründet sich in einem Gefühl der Demut, das diesen so stolzen und selbstbewußten Geist überkommt, wenn er sich die Geschichte der religiösen Ideen in all ihren Seltsamkeiten und Paradoxien, in all ihren Widersprüchen, in all ihren Abwegen und Irrwegen vor Augen stellt. Lessing *vertraut* dem Menschengeist mitten in diesen Irrwegen, ja eben um dieser Irrwege willen — denn er weiß, daß der Irrtum nicht den absoluten *Gegensatz* zur Wahrheit, sondern daß er ein unentbehrliches Moment, eine unumgängliche Bedingung der werdenden, der sich suchenden Wahrheit selbst ist. Wer daher glaubt, seiner Herr geworden zu sein: der hätte erst noch zu lernen, daß Wahrheit ihrem Begriff und Wesen nach nie und nimmer Ende sein kann, sondern daß sie ein stets sich erneuernder Anfang bleiben muß.

„Die Zeit soll lehren" — so schreibt der zwanzigjährige Lessing an seinen Vater — *„ob der ein besserer Christ ist, der die Grundsätze der christlichen Lehre im Gedächtnis und ohne sie zu verstehen, im Munde hat, in die Kirche geht und alle Gebräuche mitmacht, weil sie gewöhnlich sind; oder der, der einmal klüglich gezweifelt hat, und durch den Weg der Untersuchung zur Überzeugung gelangt ist, oder sich wenigstens noch dazu zu gelangen bestrebt. Die christliche Religion ist kein Werk, das man von seinen Eltern auf Treu und Glaube annehmen soll. Die meisten erben sie zwar von ihnen ebenso wie ihr Vermögen, aber sie zeugen durch ihre Aufführung auch, was für rechtschaffene Christen sie sind."* *(Brief an den Vater v. 30. Mai 1749)*

Aus diesen trotzigen Worten spricht bereits die echte Lessingsche Gläubigkeit — jene Gläubigkeit, die den Zweifel nicht fürchtet, sondern die ihn sucht. Und hier kann Lessing die Vorwürfe des „Rechtsgläubigen", des Dogmatikers nicht nur von sich abweisen, sondern sie gegen den Gegner selbst zurückwenden. Der Dogmatismus gibt sich gern als den alleinigen Hüter des Glaubens — und doch ist das, was ihn letzten Endes bestimmt, die Menschheit auf ein feststehendes System von Lehrsätzen zu verpflichten und sie innerhalb desselben festzuhalten, nichts anderes als eine Art Unglaube; als die Furcht und das Mißtrauen, daß die Menschheit, einmal auf die freie Bahn der Forschung hingewiesen, keinen festen Halt und keinen Ruhepunkt mehr findet. Lessing hingegen kennt diese Scheu, dieses Zurückschrecken vor der Unendlichkeit des Weges der Erkenntnis nicht. Niemand darf sich nach ihm vermessen, diesen Weg im voraus abstecken zu wollen; denn was die Menschheit damit an religiöser Wirklichkeit gewinnen zu können scheint, das würde sie an religiösen *Möglichkeiten* verlieren.

Das ist Lessings Gläubigkeit: eine Gläubigkeit, die jede Art von äußerer Bindung, von kritikloser Unterwerfung unter fremde Autorität von sich abweist, und die doch zugleich erfüllt ist von einer echten und tiefen Selbstbescheidung."

5. Stunde

Vorstufen zu „Nathan der Weise": Das Lustspiel „Die Juden" und die Freimaurergespräche „Ernst und Falk"

Lessings dramatisches Gedicht „Nathan der Weise" erschien 1779; der Lustspiel-Einakter „Die Juden" bereits dreißig Jahre früher, 1749. Die Freimaurergespräche „Ernst und Falk" dagegen begleiteten die Konzeption des „Nathan": Abschnitt I-III erschien 1778, Abschnitt IV-V 1780, als auch Lessings Schlußwort, sein letztes Werk „Die Erziehung des Menschengeschlechts" (siehe 11. Unterrichtsstunde) erschien.

Das Lustspiel „Die Juden", eine Arbeit des zwanzigjährigen Lessing, stellt einen reichen Baron und seine Tochter in den Mittelpunkt der Handlung. Sie werden von zwei Räubern — es sind aber die Bediensteten des Barons selbst — überfallen und beraubt; ein inkognito Reisender kommt dem Baron zu Hilfe, rettet ihn und dessen Tochter. Zwischen ihr und dem Reisenden bahnt sich ein Liebesverhältnis an; aber als der antisemitisch eingestellte Baron erfährt, daß der Reisende ein Jude ist, ist er trotz der ihn verpflichtenden Dankbarkeit für die Errettung durch den Reisenden nicht bereit, diesem seine Tochter zur Frau zu geben. Er bekennt zwar: „O wie achtungswürdig wären die Juden, wenn sie alle Ihnen glichen!", muß aber zuletzt gestehen: „So gibt es denn Fälle, wo uns der Himmel selbst verhindert, dankbar zu sein!" Er kann die religiös-rassischen Schranken nicht überwinden und bleibt in seinem Vorurteil gegen die Juden befangen. Zwar fragt die Baronstochter am Schluß: „Ein Jude? Ei, was tut das?", doch scheint es kaum wahrscheinlich, daß sie sich gegen den Willen ihres Vaters, des Barons, durchsetzen wird. Der Schluß bleibt offen.

Die Beziehung des Lustspiels „Die Juden" zu dem Drama „Nathan der Weise" ist offensichtlich: schon dreißig Jahre vor seinem letzten Bühnenwerk stellt Lessing in diesem Frühwerk einen von Vorurteilen n i c h t freien, sondern vom Rassenhaß geprägten Mann, den Baron, einem edlen, hilfsbereiten Juden gegenüber, einem Jude, der nicht Jude, sondern Mensch ist.

Lessing selbst sagte über sein Lustspiel „Die Juden": „Mein Lustspiel war das Resultat einer sehr ernsthaften Betrachtung über die schimpfliche Unterdrückung, in welcher ein Volk seufzen muß, das ein Christ, sollte ich meinen, nicht ohne eine Art von Ehrerbietung betrachten kann. Aus ihm sind ehedem so viel Helden und Propheten aufgestanden, und

jetzt zweifelt man, ob ein ehrlicher Mann unter ihm anzutreffen sei?"
Hier mag ein Ansatzpunkt sein, auf Lessings intensive Freundschaft mit dem gleichaltrigen jüdischen Philosophen Moses Mendelsohn hinzuweisen, dem Großvater Felix Mendelssohn-Bartholdys, der im Sinne der Aufklärung und der Emanzipation des Judentums in Deutschland wirkte und dessen Schrift ,,Phädra oder Über die Unsterblichkeit der Seele" als das klassische Werk der Aufklärung verehrt wurde; stellt doch Lessings Nathan so etwas wie ein Konterfei Moses Mendelsohns dar.
Lessings Lustspiel ,,Die Juden" ist in einer Ausgabe von Reclams Universalbibliothek (Nr. 7679) erhältlich und kann, wenn die Zeit es erlaubt, im Unterricht gelesen werden; das Stück eignet sich auch für eine Schüleraufführung.
Sollte der Lehrer an der Herausstellung einer stärkeren Beziehung des Lustspiels ,,Die Juden" zu den Ereignissen unserer unmittelbaren Vergangenheit interessiert sein, so sei er auf Dieter Hildebrandts Lessings-Biographie (München 1979) verwiesen. In einer forschen, mitunter auch etwas journalistischen Art kommentiert Hildebrandt Lessings Aktualität, so z. B. in Bezug auf das Lustspiel ,,Die Juden":
,,Vorurteile, das waren in den Augen eines Aufklärers die blödesten Laster, aber aber auch die heilbarsten. Und das Vorurteil des Antisemitismus, des Judenhasses, geht Lessing in diesem Stück mit beherzter Pädagogik an: einmal durch Bloßstellung, dann durch Argumentation und schließlich durch das gute Beispiel als leibhaftige Widerlegung.
Die Argumentation vollzieht sich im Gespräch mit dem Baron, der als Fünfzigjähriger den Lauf der Welt zu kennen meint und die Störenfriede auch: ,,Ein Volk, das auf den Gewinst so erpicht ist, fragt wenig darnach, ob es ihn mit Recht oder Unrecht, mit List oder Gewaltsamkeit erhält — — Es scheinet auch zur Handelschaft, oder deutsch zu reden, zur Betrügerei gemacht zu sein — — O! es sind die allerboshaftesten, niederträchtigsten Leute . . . Und ist es nicht wahr, ihre Gesichtsbildung hat gleich etwas, das uns wider sie einnimmt . . ."
Lessings Reisender erwidert hier ausweichend: ,,Ihnen die Wahrheit zu gestehn: ich bin kein Freund allgemeiner Urteile über ganze Völker — — Sie werden meine Freiheit nicht übel nehmen. — Ich sollte glauben, daß es unter allen Nationen gute und böse Seelen geben könnte . . ." Aber vorher schon hat Lessing den Reisenden höchst kritischen Klartext — allerdings im Selbstgespräch — reden lassen: ,,Wenn ein Jude betriegt, so hat ihn, unter neunmalen, der Christ vielleicht siebenmal dazu genötiget. Ich zweifle, ob viel Christen sich rühmen können, mit einem Ju-

den aufrichtig verfahren zu sein: und sie wundern sich, wenn er ihnen Gleiches mit Gleichem zu vergelten sucht? Sollen Treu und Redlichkeit unter zwei Völkerschaften herrschen, so müssen beide gleich viel dazu beitragen. Wie aber, wenn es bei der einen ein Religionspunkt, und beinah ein verdienstliches Werk wäre, die andere zu verfolgen?''

Wie aber, wenn sich solche Fragen nicht nur als Befürchtungen, nicht bloß als begrenzte Erfahrungssätze stellen, sondern als grausiges Menetekel zu lesen sind, als Prophetie einer barbarischen Realität? Wie aber, wenn wir nicht umhin können, die Toleranzgedanken des jungen Lessing aus ihrem Lustspielkontext herausschnellen zu lassen in die mörderische Erfahrung unseres Jahrhunderts? Wie aber, wenn in eine Lustspiel-Szenerie der Rokoko-Zeit der Holocaust unserer kaum vergangenen Tage hineingraust? Wie aber, wenn Lessing, schon damals, alles vorausgewußt und das Komödienschreiben als Rettungswerk, als Hilfeschrei *auch* betrieben hätte? Wie aber, wenn der, den er noch für einen dummen August halten oder dem Publikum präsentieren mochte, den er denunzieren wollte mit dem Appell: Leute, seid nicht so! — wie aber, wenn der in unserem zwanzigsten Jahrhundert hat Staat machen können, der dumme Martin Krumm, der Wegelagerer mit dem falschen Bart? Da springen nämlich seine Sätze aus der Komödie hervor und werden zur Stimme einer schrillen Ideologie, zum Gebrüll eines menschenvernichtenden Regimes, zum Terrorkommando der größenwahnsinnig gewordenen Dummheit: ,,Ach! mein lieber Herr, wenn Sie wollen Glück und Segen in der Welt haben, so hüten Sie sich vor den Juden, ärger als vor der Pest . . . *Ich dürfte nicht König sein: ich ließe keinen, keinen einzigen am Leben . . .* Ja! wenn ich an die Messe gedenke, *so möchte ich gleich die verdammten Juden alle auf einmal mit Gift vergeben.''*

Wer spricht? Martin Krumm, der Spitzbube aus dem 18. Jahrhundert, ein armes Würstchen? ,,Wollte Gott, daß das nur die Sprache des Pöbels wäre!'' ruft Lessing mit seinem Reisenden entsetzt aus. Wer spricht? Ein böser Schelm aus einem alten Stück? Wo kamen denn 1933 alle die Martin Krumms her? Wo die Massen von Martin Kumms in der Kristallnacht 1938?

Wo stecken sie heute?''

(Dieter Hildebrandt, Lessing, München 1979, S. 120-121)

Von größerer, weil philosophischer und sozial-politischer Bedeutung sind die vor und nach der ,,Nathan''-Konzeption niedergeschriebenen

Gespräche für Freimaurer ,,Ernst und Falk''. Die Schüler werden fragen, ob Lessing selbst Freimaurer war und was es mit den Freimaurer-Logen auf sich hat. Hier sollte ein kurzer Lehrervortrag oder ein vorher vereinbartes Schüler-Referat Klarheit schaffen.
Lessing war im Herbst 1771 Freimaurer geworden. In der Loge ,,Zu den drei Rosen'' wurde er sogar Meister vom Stuhl. Er beabsichtigte, in Wolfenbüttel selbst eine Loge zu gründen, da, wie er sagte, ,,Braunschweig nichts derartiges Reelles besitzt''.
Der Bielefelder Historiker Reinhard Koselleck hat in einer Studie ,,Kritik und Krise'' die Bedeutung der Freimaurerei und ihre aufklärerische Funktion im 18. Jahrhundert dargestellt und Lessings Freimaurer-Gespräche ,,Ernst und Falk'' als eminent politische Schrift gekennzeichnet. Nach Koselleck hat die Freimaurerei als einzige bürgerliche Institution im 18. Jahrhundert sich dem Herrschaftsanspruch des absolutistischen Staates zu entziehen versucht, ein gesellschaftsveränderndes Wirken und Handeln erstrebt, das die absolute Herrschaft der Vernunft und die Glückseligkeit der Menschheit hervorbringen soll. Wenn der Mensch das Gute tut, weil es das Gute ist, erübrigt sich der Staat und seine gesellschaftliche Ordnung. Die einander zur gegenseitigen Hilfe in absoluter Schweigsamkeit verpflichteten Freimaurer-Logenbrüder bilden eine verschworene Gemeinschaft zur Durchsetzung ihrer utopischen Glückseligkeitsidee einer völlig freien, sich selbst regierenden Menschheit. Schillers Worte aus seinem ,,Lied an die Freude'' drücken Wunsch und Ziel der Freimaurer aus:

> ,,Alle Menschen werden Brüder
> Wo dein sanfter Flügel weilt''.

Nach diesen Klarstellungen wendet sich die Unterrichtsstunde der Diskussion über die im Materialienteil zu dieser Stunde gebotenen Ausschnitte aus Lessings Spätschrift ,,Ernst und Falk'' zu.
Sehr schnell wird man in der Diskussion über die die Jugend von heute besonders interessierenden Probleme über Staatsform, Bürger- und Menschenrechte, Diktatur und Freiheit des Einzelnen sich befinden.
Der Lehrer kann an den Anfang der Betrachtung ein Wort Pestalozzis stellen, das sich fast in gleicher Form in den Gesprächen zwischen Ernst und Falk wiederfindet:

Pestalozzi: ,,Wir wollen keine Verstaatlichung des Menschen, sondern eine Vermenschlichung des Staates.''

Falk: Glaubst du, daß die Menschen für die Staaten erschaffen werden? Oder daß die Staaten für die Menschen sind?

Die Diskussion wendet sich dem Problem der besten Staatsverfassung, dem Problem der Nationalitäten zu und gewinnt schließlich anhand der „Ernst und Falk"-Texte eine Aktualität, die, wir zitieren wieder Dieter Hildebrandt, dieser so herausstellt:

„Noch sprechen die beiden eine Weile lang weiter von Deutschen, Franzosen, Engländern, die einander nicht nur als Menschen, sondern eben als Staats-Angehörige, Staats-Befrachtete, gar Staats-Beschädigte begegnen, „die ihrer verschiednen Tendenz sich bewußt sind, welches sie gegeneinander kalt, zurückhaltend, mißtrauisch macht, noch ehe sie für ihre einzelne Person das geringste miteinander zu schaffen und zu teilen haben." Aber nun scheinen sie sogar hineinzugeraten in eine Erörterung heutiger ideologischer Verhältnisse, in ein deutsch-deutsches Podiumsgespräch, in eine denkwürdig aktuelle Argumentation über die Notwendigkeit von Abgrenzungen, Sperrmaßnahmen, Mauerbau. Weiß man denn im Wolfenbütteler Bibliothekarshaus über alles Bescheid, selbst über die Nöte eines in sich geteilten Landes?

Falk: Nun, so ist es denn auch wahr, daß das Mittel, welches die Menschen vereiniget, um sie durch diese Vereinigung ihres Glücks zu versichern, die Menschen zugleich trennet.

Ernst: Wenn du es so verstehst.

Falk: . . . Nun sieh da das zweite Unheil, welches die bürgerliche Gesellschaft, ganz ihrer Absicht entgegen, verursacht. Sie kann die Menschen nicht vereinigen, ohne sie zu trennen; nicht trennen, ohne Klüfte zwischen ihnen zu befestigen, ohne *Scheidemauern* durch sie hinzuziehen.

Ernst: Und wie schrecklich diese Klüfte sind! wie unübersteiglich oft diese Scheidemauern!

Daß wir die Mauer so wörtlich nehmen müssen, gehört, wie auch beim „Philotas", zu den Attentaten der Aktualität, die Lessings Texte gelegentlich verüben. Selbstverständlich sind mit den Scheidemauern nicht nur konkrete Trennungen, nicht nur die Endmoränen der Ideologie gemeint, sondern soziale Klüfte, unübersteigbare Barrieren zwischen den Ständen, die Ungleichheit unter den Menschen. Aber Lessing weiß noch mehr. Einmal rät Ernst zum Flüsterton:

Ernst: Ich möchte das nicht so laut sagen.
Falk: Warum nicht?
Ernst: Eine Wahrheit, die jeder nach seiner eigenen Lage beurteilet, kann leicht mißbraucht werden.
Falk: Weißt du Freund, daß du schon ein halber Freimaurer bist?
Ernst: Ich?
Falk: Du. Denn du erkennst ja schon Wahrheiten, die man besser verschweigt.
Ernst: Aber doch sagen *könnte.*
Falk: Der Weise *kann* nicht sagen, was er besser verschweigt.

Welch eine Wendung! Welch hochgewitzter Skrupel! Welch behutsamer Umgang mit dem Sprengstoff Erkenntnis! Je älter Lessing wird, je später seine Einsichten, je subtiler seine Bedenken, um so weniger möchte man ihm ins Wort fallen, um so ausgiebiger ihn selbst reden lassen, nicht nur für sich und über seine Zeit, sondern für unsere Gegenwart und uns ins Gewissen."
(Dieter Hildebrandt, a. a. O. S. 429-430)

Umschwer werden die Schüler die Bezüge auf die durch die DDR errichteten ,,Scheidemauern", auf die Beschränkung der Redefreiheit in der DDR erkennen und so die Aktualität Lessings begreifen. Die Beziehung der Freimaurer-Gespräche ,,Ernst und Falk" zu Lessings dramatischem Gedicht ,,Nathan der Weise" stellt schließlich noch Dieter Arendt heraus, den wir abschließend zitieren:
,,Friedrich Schlegel hat die ,,Gespräche" nicht zufällig mit Platons Dialogen verglichen, denn in ihnen waltet in der Tat das sokratische Prinzip der Mäeutik, der geistigen Geburtshilfe, also ein didaktisches Prinzip! Die ,,Gespräche" kreisen um die Frage, inwieweit es verbindlich ist, daß der Mensch sich bei seiner Geburt notwendigerweise in einer bestimmten Gesellschaft vorfindet, innerhalb der Grenzen einer Nation, eines Standes, einer Religion usf. Die Antwort ist nicht nur aufschlußreich für das Verständnis des *Nathan*-Dramas, sondern seines Dichters Lessing: Der Zufall der Geburt ist auch höhere Notwendigkeit und diese ist unabdingbar, weil sich der Mensch in diesen Grenzen nicht nur vorfindet, sondern konkretisiert und identifiziert; der Freimaurer Falk begründet dies folgendermaßen: ,,Wenn die bürgerliche Gesellschaft auch nur das Gute hätte, daß allein in ihr die menschliche Vernunft angebauet werden kann; ich würde sie auch bey weit grösseren Übeln noch segnen."
Die Begrenzung durch die bürgerliche Gesellschaft aber bleibt dennoch

ein Zufall, und man muß sich hüten, die relative Rolle absolut zu setzen und mit dem Menschsein zu verwechseln. Damit ist der Ausgangspunkt für die gegenseitige Anerkennung der Stände, Völker und Religionen gesichert: alle sind gleich — vor dem Zufall. Die Frage aber ist: wer ist innerhalb der Völker und der Gläubigen imstande, seine Relation zu erkennen und seinen patriotischen Stolz und seine dogmatische Gläubigkeit zu relativieren, um sich dann als Mensch neu zu entdecken? In den „Gesprächen" lautet die Antwort: „Folglich kann es nur ein Opus supererogatum sein: und es wäre bloß zu wünschen, daß sich die Weisesten und Besten eines jeden Staats diesem Operi supererogato freiwillig unterzögen."
(Dieter Arendt, Gotthold Ephraim Lessing, Nathan der Weise, Frankfurt a. M. 1984, S. 47)

Anmerkung: Opus supererogatum von lat. super erogare = darüber hinausgehen, somit ein über die pflichtgemäße Leistung hinausgehendes, hinwegführendes Werk.

6. Stunde

Der Handlungsablauf des Dramas ,,Nathan der Weise" I1-III4

Nach der Erörterung aller Voraussetzungen kann nun die Betrachtung des Handlungsablaufs des Dramas ,,Nathan der Weise" vorgenommen werden. Die Schüler haben das Werk vorher zu Hause gelesen; die einzelnen Handlungsabschnitte werden dargestellt und diskutiert. Ob Einzelreferate gehalten werden oder ob der Handlungsablauf in Zusammenarbeit von Lehrer und Schülern vergegenwärtigt wird, bleibt der Entscheidung des Lehrers überlassen.
Zunächst werden die Akte I - III betrachtet; letzterer bis zur Begegnung Nathans mit Saladin.

Folgende Komplexe werden besonders herausgearbeitet:

1. Der Schauplatz der Handlung ist Jerusalem, das seit seiner Eroberung durch die Christen im Jahre 1099 während des Ersten Kreuzzuges in den Mittelpunkt der Weltpolitik gerückt war und 1187 von dem kurdischen Sultan Saladin, dem Herrn über Ägypten und Syrien, im Kampf gegen die Kreuzritter wieder zurückerobert worden war, sich also bei Beginn der Handlung des Dramas im Jahre 1192 in moslemischem Besitz befand und im Zustand eines durch den Belagerer Richard Löwenherz und Sultan Saladin vereinbarten Waffenstillstandes, zu dem sich Sultan Saladin angesichts der Jerusalem bedrohenden christlichen Übermacht des Kreuzritterheeres bereit finden mußte.
Die Wahl des Ortes der Handlung ist bedeutsam: in Jerusalem begegnen sich die drei Weltreligionen: Judentum, Islam und Christentum.

2. Die häuslichen und privaten Verhältnisse des reichen jüdischen Kaufmanns, den das Volk den ,,Weisen" nennt; Nathans Verhältnis zu seiner angenommenen Tochter Recha und deren Gesellschafterin Daja (I, 1, 2, 4); Nathan und Al Hafi (I, 3).

3. Der Tempelherr: Gründe für sein Handeln (die Errettung Rechas vom Feuertod); Hilfsbereitschaft und Nächstenliebe oder nur Tempelherrenpflicht? — Seine Reaktion auf das durch den Klosterbruder überbrachte Ansinnen des Patriarchen. Nathan und der Tempelherr: Bloßlegung ihrer Standpunkte. Glaube und Vorurteil (I, 1, 2, 4, 6; II, 4, 5, 7, 8).
Die Szene II, 5 sollte ihrer Kernstellen wegen in der Unterrichtsstunde selbst mit verteilten Rollen gelesen werden.

4. Rechas Verhältnis zum Tempelherrn: das ,,andächtige Schwärmen". Rechas ,,Fragespiel" mit dem Tempelherrn: konventionelle Ritterlichkeit oder gefühlte Humanität? Die ,,Kapitulation" des Tempelherrn (I,2,; II,4; III,1,2,3).

5. Die Gegenpartei: Die finanzielle und politische Situation Sultan Saladins. Sultan Saladins Haltung (Begnadigung des Tempelherrn). Saladin und seine Schwester Sittah (II,1-3; III,4).

Aus den genannten Szenen werden Kernstellen herausgesucht und ihre Bedeutung für den Gang der Handlung erörtert. Zum Komplex dieser Stunde gehört auch eine Betrachtung der Charaktere der Hauptpersonen, die in die Darstellung des Handlungsablaufs einzubetten ist.
Drei Wege sind hierzu möglich:

1. Kurzreferate der Schüler
2. Verlesung von ein oder zwei vorbildlichen Charakteristiken aus der Sekundärliteratur und Stellungnahme hierzu.
3. Gemeinsame Diskussion des Lehrers mit den Schülern über diese und jene Hauptgestalt: Wie beurteilen Sie . . .?, Eigenschaften, Rolle im Spiel, Wirkung innerhalb des Gesamtgeschehens usw. Daß die Gestalt Nathans hierbei besonders im Vordergrund stehen wird und ausführlicherer Betrachtung bedarf, ist wohl selbstverständlich.

7. Stunde

Die Ringparabel III, 5-7

Mitte und Höhepunkt des ,,Nathan''-Dramas bildet die Begegnung Nathans mit Sultan Saladin und die Ringerzählung des Juden, in die er die Grundgedanken des Dramas, die gleichzeitig Lessings weltanschauliches Bekenntnis sind, einkleidet.

Wilhelm Dilthey faßt sie in seinem Buch ,,Das Erlebnis und die Dichtung'' (Leipzig / Berlin 1929) wie folgt zusammen:
,,Keine historische Untersuchung kann dartun, welche unter den drei Weltreligionen die wahre ist. Der einzig mögliche Beweis ist der des Geistes und der Kraft. Dieser Beweis kann aber heute noch nicht geliefert werden, und ob er je erbracht werden wird, kann nur die Zukunft zeigen.'' (S. 131)
Mit der Problematik der Ringparabel wird sich der Lehrer zunächst selbst auseinanderzusetzen haben. Die beiden folgenden Texte mögen ihn dazu anregen.

1. Objektive Religion und subjektive Religiosität

(Gottfried Fittbogen, Die Religion Lessings, Leipzig 1923, S. 148ff. Auch in Michael Bohnen, Lessings ,,Nathan der Weise'', Darmstadt 1984, S. 62)

Nathan beginnt die Schlußworte seines Märchens zu explizieren; was er dort mit dem kurzen Satzwort: ,,man untersucht, man zankt, man klagt'' abgemacht hatte, entfaltet er jetzt in seinen Einzelheiten. Die Besitzer der drei Ringe geraten natürlich miteinander in Streit (V. 1993b-2007).
Jeder der Streitenden behauptet als gleichmäßig:
erstens, er habe den echten Ring, denn er habe ihn vom Vater geerbt;
zweitens, daher gebühre ihm, das Haupt des Hauses zu werden, dem die beiden andern sich unterordnen müßten;
drittens, dagegen seien die beiden andern Brüder Betrüger und er müsse sie dafür bestrafen.
Genau so behauptet jede der drei Religionen:
erstens, sie sei die wahre Religion; ihre väterliche Überlieferung beweise das;

zweitens, ihr gebühre also die herrschende Stellung auf Erden, die andern hätten sich ihr als minderwertig unterzuordnen;
drittens, dagegen seien die andern Religionen Betrug; dieser Betrug verdiene Strafe.

Der Richter, den die prozessierenden Brüder anrufen, läßt sich nach Kenntnisnahme der Prozeßakten ausführlich vernehmen; ob sein Ausspruch ein wirkliches Urteil ist, mag zunächst offenbleiben. Zunächst beginnt er damit, ihr Verhalten zu analysieren und den Maßstab, den er anlegt, zu zeigen (V. 2010-2028a).

Der Maßstab, nach dem zu urteilen ist, ergibt sich aus der Beschaffenheit des echten Ringes. Da es nicht möglich war, durch die Berufung auf ihre Herkunft zu erweisen, welcher der Ringe echt ist, so bleibt nur übrig, auf ihre Wirkung zu achten. Der Träger des echten Ringes nämlich muß daran kenntlich sein, daß die beiden andern Brüder ihn am meisten lieben; denn der echte Ring besitzt ja die Kraft, ,,beliebt zu machen, vor Gott und Menschen angenehm''. Da aber keiner der drei Brüder von den beiden andern geliebt wird, da es vielmehr offenkundig ist, daß sie sich gegenseitig hassen, so hat die Kraft des Ringes versagt. Sie mußte aber deswegen versagen, weil keiner der Ringträger die Bedingungen erfüllte, welche die Voraussetzung für das Eintreten der Wirkung war. Keiner von ihnen nämlich hat sein Augenmerk darauf gerichtet, vor Gott und Menschen angenehm zu werden, sondern jeder war nur darauf bedacht, selbst die Herrenstellung zu erringen, den andern als Betrüger zu entlarven und Rache für diesen Betrug zu nehmen. Daher ist für sie jeder Ring wertlos, auch der echteste wäre es.

Die Schuld liegt also nicht an den Ringen, sondern an der Gesinnung ihrer Träger. Träte an die Stelle des leidenschaftlichen Egoismus das Streben, vor Gott und Menschen angenehm zu werden, so würde sich bald eine entsprechende Wirkung einstellen müssen.

Ebenso bei den Religionen: keine der positiven Religionen hat die Aufgabe, die andern zu bekämpfen und zu verdammen; derartiges führt nur zu Glaubenshaß und Verhärtung der Gemüter. Religionen aber, die in ihren Anhängern solche Wirkungen hervorbringen, sind falsch. Ihre Aufgabe müßte es vielmehr sein, ihren Anhängern das Ziel, daß sie vor Gott und Menschen angenehm werden sollen, als einziges vor Augen zu halten.

Ist so der Hauptfehler an allen positiven Religionen, daß nämlich jede verächtlich auf die anderen herabsieht und infolgedessen in ihren Anhängern Überheblichkeit und alle damit zusammenhängenden unlie-

benswürdigen Eigenschaften großzieht, aufgedeckt, so ist damit schon die Basis gegeben für den Rat, welchen der Richter unter Aussetzung eines offiziellen Urteilsspruches den streitenden Brüdern nunmehr erteilt (V. 2029-2054b).
Hier ist die Sache nun so durchsichtig, daß die Deutung ohne weitere Vermittlung sich aufdrängt. Es ist völlig anders, als die Söhne es erwartet haben, geradezu umgekehrt: nicht der Besitz des echten Ringes verleiht dem Besitzer Wert, sondern die Gesinnung des Besitzers verleiht auch dem Stein einen Affektionswert, den er an und für sich nicht hat. Und nicht die Zugehörigkeit zu einer objektiven Religion verleiht dem Bekenner dieser Religion Wert, sondern seine Gesinnung verleiht der positiven Religion einen Wert, den sie an und für sich nicht hat. Es kommt also alles auf die einzelnen Menschen, nichts auf die positiven Religionen als geschlossene Größen an. Ein Mohammedaner, der vermöge seiner Gesinnung vor Gott und Menschen angenehmer ist als ein Christ oder Jude, hat seine positive Religion durch sein subjektives Verhalten zur wahren Religion gemacht. In unserer Sprechweise könnten wir sagen: die positiven Religionen können die Stätte werden, wo sich die subjektive Religion entfaltet; ihr Wert hängt dann aber nicht an den objektiven Kennzeichen der betreffenden Religionsgemeinschaft, sondern an dem subjektiv Religiösen. Das Bekenntnis zu einer objektiven Religion ohne dies Religiöse ist wertlos.
Aber jener Stein mit der geheimnisvollen Kraft? — Aus allem Gesagten geht mit hinlänglicher Klarheit hervor: der Stein mit der Wundermacht gehört lediglich dem Märchen an; und selbst innerhalb des Märchens wirkt er nur, wenn eine sittliche Bedingung erfüllt ist; an eine automatische, von ihm objektiv ausgehende Wirksamkeit zu glauben, wäre Aberglaube. Strenggenommen können auch Menschen ohne Ring vor Gott und Menschen angenehm werden, wenn sie nur ihr ringloses Dasein in der Zuversicht führen, daß sie dadurch vor Gott und Menschen angenehm werden. Auch Menschen ohne Zugehörigkeit zu einer positiven Religion kann es also geben. Ihnen wird die Zukunft gehören.
So ist denn die Ringparabel eine Weissagung auf die kommende Menschheitsreligion, welche die positiven Religionen überwinden wird. Der Inhalt dieser Religion ist in den Schlußworten auch bereits kurz angedeutet: Liebe, Sanftmut, herzliche Verträglichkeit, Wohltun und innigste Ergebenheit in Gott werden als ihre Kennzeichen genannt."
Strenggenommen ist also die Einführung des Steins in die Parabel eine Finte. Die Anhänger einer positiven Religion werden sich dabei beruhi-

gen, daß ihrem ,,Ring" doch geheimnisvolle Kräfte zugeschrieben werden, die weiter Denkenden werden erkennen, daß diesem ,,Ring" keine besonderen Kräfte innewohnen. Daher erklärt es sich, daß dem Dichter die Vollendung gerade der Parabel ,,am sauersten geworden" ist, daher auch das Schwebende im Ausdruck gerade an den prinzipiell wichtigen Stellen. Richtet sich — zu Anfang — die ,,Zuversicht" darauf, daß der Mensch gerade *durch den Ring* vor Gott und Menschen angenehm wird? Oder könnte er auch durch die Zuversicht, vor Gott und Menschen angenehm zu werden, dieses Ziel erreichen? Und am Schluß: welches Objekt hat die Liebe, der man nacheifern soll? Wie macht man es, der etwas problematischen Kraft des Steins zu Hilfe zu kommen? Tatsächlich also ist der Ring, so sehr er als Hauptsache erscheint, doch völlig Nebensache.

2. Vertrauen in die Wirksamkeit vernunftgelenkter Kommunikation

(Josef Schnell, Dramatische Struktur und soziales Handeln, Der Deutschunterricht Jahrg. 28, Heft 2, S. 46ff., Stuttgart 1976)

,,Die Glaubwürdigkeit und Wirksamkeit vernunftgelenkter Kommunikation erweist sich in der Szene, in der die Ringparabel erzählt wird. Saladin will — wenn auch von Skrupeln geplagt — Nathan ,,auf Glatteis führen" (V. 1739), um zu Geld zu gelangen; Nathan erzählt ihm ein Märchen, und dadurch wird der Sultan in seinem Verhalten verändert: er ist ergriffen, bittet Nathan um Freundschaft. Der — mögliche — Konflikt kommt nicht zum Ausbruch; das Verlangen nach Geld, die Durchsetzung eigener Interessen mit unmoralischen Mitteln unterbleibt; durch das Märchen ist in Saladin die Natur, die durch das egoistische Interesse des Herrschers verdeckt war, zum Vorschein gebracht worden. An die Stelle der Gewalt ist das Gefühl der Solidarität getreten, die Scham über die ursprüngliche Absicht; schließlich: die Freundschaft. Nathans Voraussetzung hat sich als gerechtfertigt erwiesen: Er hat, allerdings ohne das Gefühl, bedroht zu sein, in seinem Verhalten antizipiert, daß im Verhältnis des Herrschers zum ,Untertanen' Gleichheit besteht; daß der Herrscher einer in Gestalt eines Märchens vorgetragenen vernünftigen Argumentation sich nicht entziehen kann. Dem Vertrauen in die positive Kraft des Ringes entspricht das Vertrauen in die Realisierbarkeit

humaner Beziehungen zwischen den Menschen auf der Grundlage vernunftgelenkter Kommunikation. Die Freundschaft ist Zeichen und Ausdruck humanen Zusammenlebens, nicht aber (im Verhältnis Nathans zu Saladin) Ausnahmesituation eines privilegierten Bürgers, der auf Grund seines Reichtums in der Lage ist, den Herrscher zum Freund zu gewinnen. In der Wirkung des Märchens von den drei Ringen antizipiert Lessing die Wirkung, die das Drama haben soll — Fähigkeit und Einsicht. Toleranz besteht nicht im Geltenlassen; ihr positiver Gehalt ist die in der Erkenntnis der wahren Natur begründete menschliche Solidarität.
Das die Menschen Trennende, z. B. die gesellschaftliche Stellung, bleibt am Schluß zwar unangetastet; es wird aber unterlaufen durch die Form des Umgangs, des Zusammenlebens; wenn alle gleich fähig und bereit sind, sich den Regeln vernunftgelenkter Kommunikation zu fügen, sind gesellschaftliche Rangunterschiede etwas so Äußerliches und Unbedeutendes wie Kleidung, Speise und Trank, die Saladin erwähnt, als er die Unterschiede der Religion beschreibt (V. 1973).
Lessings Drama zeigt Formen des Zusammenlebens, deren Störungen schließlich in einer (utopischen) konfliktlosen Gesellschaft, in der alle gleich sind, beseitigt werden. Bezogen auf den Leser/Zuschauer bedeutet das: Er wird mit einem Wirklichkeitsmodell konfrontiert, das mit seiner Erfahrung nicht übereinstimmt. Darin unterscheidet sich der heutige Leser nicht von dem des 18. Jahrhunderts, der allerdings diesen Bezug zur eigenen (politischen) Wirklichkeit nicht so direkt herstellte."
Über Sinn und Bedeutung der Ringparabel ist soviel geschrieben worden, sie ist so sehr bis ins einzelne interpretiert worden, daß ein näheres Eingehen auf sie hier nicht notwendig erscheint. Dem Lehrer stehen zur Genüge ausführliche und zum Teil leicht erreichbare Kommentare zur Verfügung; zwei Deutungen bietet der Materialienteil zu dieser Stunde; im übrigen sei auf das Literaturverzeichnis verwiesen.
Den Schülern ist jedenfalls die Bedeutung der Szene im Geschehnisablauf des Dramas zu verdeutlichen, die Tatsache, daß sie eine der größten Szenen des deutschen Theaters überhaupt ist (welche andere wären ihr an die Seite zu stellen?); klarzumachen ist ihr substantieller philosophischer und religiöser Gehalt.
Ob der Lehrer Passagen der Szene auswendig lernen läßt, sei ihm anheimgestellt; sie sollte aber wenigstens im Unterricht mit verteilten Rollen gelesen werden, auch, um sie von der sprachlichen Seite her zu erfassen. Das Hin und Her der Fragen und Antworten, das Auf und Ab des Gesprächsverlaufs zwischen Sultan Saladin und Nathan sowie die

sprachliche Bewegung der Ringerzählung selbst sollten behutsam nachvollzogen werden; dann erst wird den Schülern die Kunst des Dramatikers Lessing und die Bedeutung der Ringparabel als geschichts- und religionsphilosophisches Denkmodell bewußt werden.

8. Stunde

Die Quelle der Ringparabel

In dieser Stunde sollte auf die Quelle der Ringparabel, die Erzählung von den drei Ringen aus Giovanni Boccaccios Novellensammlung ,,Decamerone" hingewiesen werden.
Der Text der Ringparabel-Quelle ist dem Materialienteil zur 8. Unterrichtsstunde zu entnehmen.
Wesentlich ist die Veränderung, die Lessing seiner Quelle gegenüber vorgenommen hat; sie ist für Lessings Verständnis des Vorgangs der Ringzuwendung durch den Vater an seine drei Söhne sehr aufschlußreich.

Wolfgang Kröger schreibt hierzu in seinem Buch ,,Lessings ,,Nathan der Weise" — ein toter Klassiker" (München 1980) folgendes: ,,Anders als bei Boccaccio wird die Erzählung im ,,Nathan" über den Punkt, daß ein Vater den richtigen Ring doppelt nachahmen ließ, um jedem seiner drei gleichermaßen geliebten Söhne einen Ring hinterlassen zu können, hinausgeführt; es wird nicht nur der naheliegende Einwand, daß sich in drei gleichaussehenden Ringen wohl kaum drei verschiedengestaltige Religionen spiegeln können, aufgenommen und durch eine tiefere Interpretation zurückgewiesen, sondern die ganze Parabel wird weitergeführt, wobei nun die Veränderung der Boccaccio-Vorlage die Ringe betreffend ihren Sinn erweist: bei Boccaccio war der Ring einfach ,,vorzüglich schön und kostbar", während Lessing seinen Nathan von einem Ring mit ,,geheimer Kraft" sprechen läßt, wobei diese Kraft nur durch des Trägers ,,Zuversicht" zur Wirkung kommen kann." (Wolfgang Kröger, S. 57)
Lessing hat also die Quelle der Ringparabel, Boccaccios Erzählung, außerordentlich vertieft; er hat sie ins Ethische gewendet, ihr eine Deutung gegeben, die dem nur auf Unterhaltung seiner Leser bedachten Boccaccio fremd war; er hat, wie Wolfgang Kröger weiter ausführt, diese Denkmöglichkeit im Modell der Ringparabel impliziert:
,,Wenn aus den Religionen nicht die Kraft der Liebe erwächst, wenn ,,jeder sich selber nur am meisten" liebt, wenn also an die Stelle des Eifers der Liebe der Krieg aller gegen alle tritt, dann zeigt es sich, daß keiner der Ringe echt, daß keine der drei Religionen von Gott war. Wenn die Geschichte sich nicht im Prozeß agonaler Toleranz und in menschlicher ,,Hülf" für die Absicht Gottes zu einer Zukunft von ,,tau-

send tausend Jahren'' öffnet, sondern wenn sie in erneuten Kreuzzügen versinkt, dann erweisen sich die Weissagungen und Hoffnungen der Religion als falsch; erst die Zukunft wird also die Wahrheit von Vergangenheit und Gegenwart erweisen. Dabei mitzuhelfen, daß einer oder alle Ringe ihre wohltätige Kraft erweisen können, sind ,wir alle' aufgefordert; ,wir alle': die Söhne im ,,Geschichtchen'', die durch den Richter belehrt werden; der Sultan, dem Nathan seine Hybris nachweist; die Leser des Dramas, die des Sultans Frage mitsprechen und Nathans Antwortverweigerung verarbeiten sollen. Der ,,Rat'' des Richters, der die Vernunft seiner Zuhörer auf die Geschichte verweist, bringt seine Zuhörer zugleich praktisch und engagiert in die Geschichte hinein: ,Ihr habt synergistisch zu handeln!'; ,,kommt eurem Ring, mit Sanftmut, / Mit herzlicher Verträglichkeit, mit Wohltun, / Mit innigster Ergebenheit in Gott, / Zu Hülf!'' und: ,Ihr könnt jetzt kein Urteil über die Geschichte bekommen; deshalb geht und handelt in einer Weise, die geeignet ist, die schlimmste Denkmöglichkeit etwas unwahrscheinlicher zu machen!' Der Sultan rückt dementsprechend betroffen von seiner Anmaßung, urteilender Richter sein zu wollen, ab und handelt in seinem Freundschaftsbund mit Nathan praktisch; seine Reaktion auf das Märchen ist gleichsam die Vorgestaltung der erwünschten Reaktion *jedes* Zuhörers auf dies Märchen. Und ist in diesem Sinn nicht das ,,Nathan''-Drama selbst ein ,,Geschichtchen'', das sich so betroffene und so praktisch reagierende Zuhörer wünscht? Diese Zuhörer werden durch ein Märchen, das einen Waffenstillstand während der Kreuzzüge des Mittelalters zu einem Versöhnungsfest ausgestaltet, an die Spannung ihrer eigenen Geschichte erinnert: wird sie in Kriegen versinken, oder werden die Friedensbilder der Vergangenheit und Gegenwart, die auch das Theater beschwört, Realität gewinnen? Über diese Frage kann jetzt nicht entschieden werden, aber der ,,Rat'', die Maxime des Handelns wird deutlich: an den Heutigen ist es, die beängstigenden Möglichkeiten der Intoleranz zu überwinden und zur Aussöhnung aller Gegensätze zu gelangen.'' (Wolfgang Kröger, S. 59)
Dies sollte den Schülern durch den Vergleich der Ringparabel-Quelle mit der vertieften Auslegung Lessings verdeutlicht werden.

9. Stunde

Der Handlungsablauf III, 8-V, 7

Auf den Höhepunkt der Begegnung Nathans mit dem Sultan Saladin (III, 5-7) folgt im weiteren Verlauf der Handlung die Klärung der Familiengeschichte: Wer ist Recha?

Die Aufdeckung der geschichtlichen und familiären Hintergründe ist das Ziel der Szenen III, 8-10; die Szenen IV, 1-2 dienen dazu, die zwielichtige und hartherzige Gestalt des Patriarchen zu beleuchten, der erstmals und nur in diesen Szenen auf der Bühne erscheint und dessen wiederholter Befehl ,,Der Jude wird verbrannt'' seinen unduldsamen Dogmatismus kennzeichnet.

Es ist bezeichnend, daß Lessing den Patriarchen in keiner Szene des Dramas persönlich mit Nathan zusammenbringt, sondern daß beide stets wie zwei äußerste Antigonisten sich als Gegenkräfte in der geistigen Auseinandersetzung des Dramas gegenüberstehen. An der Gestalt des Patriarchen kann sich eine lebhafte Diskussion der Schüler entzünden: Wen verkörpert der Patriarch? Was für ein ,,Christ'' ist er? Welche Parallelen zu unserer unmittelbaren Vergangenheit bieten sich an?

Auf sein historisches Vorbild, den grausamen Patriarchen Heraklius von Jerusalem (um 1180), mag der Lehrer verweisen (Näheres über ihn in Peter von Düffel, Erläuterungen und Dokumente zu Lessings ,,Nathan der Weise'', Reclams Univ.-Bibliothek Nr. 8118); ist er darüber hinaus ein Abbild des Hamburger Hauptpastors Goeze, den Lessing hier ein wenig konterfeien wollte, oder ist er ein Porträt römisch-katholischer Herätiker, deren unversöhnlichen Dogmatismus Lessing anprangern wollte? Jedenfalls hat man bemerkt, daß Lessings Forderung nach einer ,,von Vorurteilen freien Liebe'' in seiner Darstellung der Christen in seinem Drama von ihm selber keineswegs uneingeschränkt erfüllt wird.

Als Gegenszene zu der Patriarchen-Szene IV, 2 erscheint Szene IV, 7, welche die Begegnung Nathans mit dem Klosterbruder schildert. Sie sollte in der Unterrichtsstunde gelesen werden, da sich von ihr aus — wie man gesagt hat — ,,die eigentliche existentielle Tiefe des Dramas erschließt''. Zu Diskussionen Anlaß gibt dann aber auch die ergreifende Schilderung Nathans von seinem Hiobs-Schicksal, die Schilderung des Judenpogroms von Gath, das Bezüge zu den Judenverfolgungen früherer Jahrhunderte in Spanien und Rußland (siehe Einleitung), vor allem

aber auch zu den Judenaustilgungen in der Zeit des Dritten Reiches Adolf Hitlers nahelegt.
Hier bietet sich auch ein Hinweis auf die bekannte Passage aus William Shakespeares ,,Der Kaufmann von Venedig'' an, welche die Judenverachtung und den Judenhaß der angeblich so ,,christlichen'' Christen kennzeichnet (siehe Materialienteil zur 9. Unterrichtsstunde).
Die Stelle des Dialogs Nathan - Klosterbruder ,,Doch nun kam die Vernunft allmählich wieder'' bis ,,Die Vorsicht wieder fordert — ich gehorche'' (IV, 7, Vers 3052-3077) zeigt die ganze Weite des Denkens Nathans und enthält nahezu die Quintessenz des Dramas.
Hierzu Dieter Arendt:
,,Der Ausruf des Klosterbruders macht deutlich, was der einfältige Christ unter christlicher Religion versteht:

,,Nathan! Nathan!
Ihr seid ein Christ! — Bei Gott, Ihr seid ein Christ!
Ein beßrer Christ war nie!'' (IV/7, V. 3066-3068)

Und Nathans Antwort bestätigt, daß die positive Religion in der Tat nicht mehr ist als ein Medium zur Verwirklichung der Menschlichkeit vor Gott:

,,Wohl uns! Denn was
Mich Euch zum Christen macht, das macht Euch mir
Zum Juden!'' (IV/7, V. 3068-3070)

Was also verbindet den Christen und den Juden? Ist es die trotz des Hiob-Schicksals unerschütterliche Glaubensgewißheit: Und doch ist Gott!? Aber die Gottgewißheit ist keine in sich selbst ruhende Glaubensseligkeit — die Mystiker nannten diese Seligkeit frui Dei: Gottes-Genuß —, sondern ein Glaube, der sich gerade im Trotz gegen das Unglück verbündet und neu erbaut mit dem Imperativ: ,,Komm! übe, was du längst begriffen hast.'' Daß der aktiven Glaubens-Übung eine unverdiente Gabe gleichsam als Lohn zuteil wird — in theologischer Sprache: ein donum superadditum —, will nicht als dogmatischer Nexus, sondern als symbolische Geste verstanden werden, etwa im Sinne: nur die Glaubens-Tat ist die wirksamste Erbauung des zerbrochenen Menschen. Mit Nathans Worten: ,,Komm! übe . . .'' (IV/7, V. 3055)
Nathans Glaube als Handeln also beginnt in einem Augenblick, da der Glaube in der schwersten Kriste steht, ja, verloren zu gehen droht, nur noch gehalten wird von der Vernunft!

Nathans Glaube ist vernünftiges Handeln, Aktion. Deutlich wird nun sein Versuch gleich zu Beginn, seiner Tochter Recha verständlich zu machen, daß der Glaube sich nicht durch frommes Schwärmen bewährt, sondern durch hilfreiches Tun: der Tempelherr war kein Engel, sondern ein Mensch. Deutlich wird abermals die Ringparabel: Der Glaube wird nicht offenbar durch die Magie des Ringes, sondern im eifrigen, tätigen und handelnden Bemühen, ,,sich vor Gott und Menschen angenehm zu machen''.
(Dieter Arendt, a. a. O. S. 45)

10. Stunde

Die Schlußszene V, 8: ,,Alle Menschen werden Brüder . . ."

Die Schlußszene des ,,Nathan" gestaltet sich zu einer Apotheose eines Symposions der Zusammengehörigkeit und Liebe. Es ist eine Utopie, die uns vorgegaukelt wird, aber sie ist das Ziel, das in ,,tausend tausend Jahren" sich einmal verwirklichen wird, wenn, ja wenn die Menschheit reif geworden sein wird, ,,die Kraft des Steins an Tag zu legen".
Nicht der Konflikt der Religionen war Lessings Thema im ,,Nathan", sondern das Werden einer geistigen Solidarität freier, vorurteilsloser und ,,guter" Menschen: am Schluß des Dramas bilden alle eine große Familie, in der allerdings Nathan, der Freieste der Freien, in schmerzlichem Verzicht auf Recha ein wenig abseits steht. Der Lehrer wird sowohl auf die religiöse wie auf die soziologische Bedeutung dieser in der Schlußszene des ,,Nathan" dargestellte Vereinigung der freien Geister hinweisen; Aufgabe der Schüler ist es, die Umstände herauszuarbeiten, die zu dieser Vereinigung geführt haben.

1. Streben nach Erreichen des Naturzustandes der Menschheit
2. Überwindung aller trennenden Schranken
3. Tolerierung Andersdenkender, Andersgläubiger
4. Streben nach Verbrüderung aller Menschen, gleich welcher Rasse, Religion, Kulturstufe und politischen Zugehörigkeit

Wenn der Lehrer will und die Zeit es erlaubt, mag er, um eine philosophische Vertiefung zu erreichen, an dieser Stelle auf die Idee der ,,besten aller Welten" und der ,,Glückseligkeit", wie sie die Aufklärung vertrat und auch Lessing bejahte, eingehen. Fritz Martini stellt sie in seiner ,,Deutschen Literaturgeschichte" (Stuttgart 1965) so dar:
,,Gottfried Wilhelm Leibnitz (1646-1716) fand in seiner ,,Theodicee" (1710) die Antwort auf die leidvolle Frage nach der Wirklichkeit Gottes über dieser gebrechlichen Welt. Gott hat, so sagte Leibnitz, als die höchste Vernunft, Weisheit und Güte die beste der Welten geschaffen, aber der kleine Mensch übersieht aus seinem engen Lebenskreis heraus nicht die Ordnung und prästabilierte Harmonie der ganzen Schöpfung. Die Welt als die schöne Schöpfung Gottes, das rief dazu auf, der irdischen Wirklichkeit nun alles Interesse zuzuwenden . . .
Aus der Philosophie Leibnitz' läßt sich das optimistische Lebensgefühl des Jahrhunderts verstehen, auch wenn es sich oft in rationalistischem Nützlichkeitsdenken und praktisch-realistischer Moralgesinnung ver-

engte. Von seinem Weltbild aus begreift man den Optimismus der Zeit, die an die Kraft der Vernunft, den Sinn der irdischen Natur und ihre Ordnung, an das Evangelium des Fortschritts glaubte, der am Ende die Verwirklichung eines Idealzustandes auf Erden versprach. In einem erkennenden und tätigen Fortschreiten (in der Erziehung des Menschengeschlechts zur Humanität) lag das Glück des Lebens, und in der besten aller Welten war die Glückseligkeit des Menschen geradezu das natürliche und gottgefällige Ziel. Es war jedoch nicht zu erreichen ohne die sittliche Bindung an die Vernunft, an die Pflicht zur Erkenntnis. Darin lag das Ethos der Aufklärung." (S. 171 f.)

Eine solche Welt der Glückseligkeit, in der alle Menschen Brüder werden, wie sie auch Schiller in seinem „Lied an die Freude" apostrophiert, verheißt die Schlußszene des „Nathan". Wilhelm Dilthey schreibt: „Nicht durch Affekt, welcher die Kluft der Geburt, des Blutes, ja des religiösen Glaubens überspringt, wird im „Nathan" zwischen Judentum und Christentum das Band geknüpft; vielmehr blutsverwandt sind die Nationen, sind die großen Religionen, welche sich in die Erde teilen. Fremd, ja feindlich einander gegenübertretend, entdecken sie, daß sie *eine* Familie bilden. Das ist das große Geheimnis, welches der Schluß symbolisch ausdrückt. Auf *einem* Stamm sind die religiösen Ideen gewachsen, entsprossen aus *einer* Einheit des ersten Glaubens; sie bilden *eine* Entwicklung der religiösen Vernunft." (S. 141)

Die alle Konflikte lösende, heitere — nur ein wenig von der weltweisen Resignation Nathans überschattet — hebt den Charakter des Stücks ins Spielerische, Lustspielhafte; und so hat es auch Hugo von Hofmannsthal als „das geistreichste Lustspiel, das wir haben", bezeichnet.

Der Lehrer sollte nicht versäumen, bei der Besprechung der Schlußszene des „Nathan" auf die Musikalität der Dialogführung Lessings hinzuweisen und die Parallelität zu der Schlußgestaltung und Dialogführung so bekannter Opern wie Beethovens „Fidelio", Mozarts „Entführung aus dem Serail", „Figaros Hochzeit" und „Die Zauberflöte" aufzuzeigen. Einige Schüler werden die eine oder andere dieser Opern gesehen und gehört haben und mit Leichtigkeit die sprachliche und thematische Verwandtschaft der „Nathan"-Schlußszene mit den Schlußszenen dieser Opern herausfinden: das Vereinigungs-, Versöhnungs-, Verbrüderungsmoment, das die Figurenrede in ihrem Ineinander- und Übereinandergreifen der Worte widerspiegelt.

An dieser Stelle mag es auch angebracht sein, nunmehr zu einer zusammenfassenden Charakterisierung der Hauptpersonen des Dramas zu

kommen. Sie kann in üblicher Weise erfolgen, indem die Schüler die wichtigsten Charakterzüge der Personen zusammenstellen und zu einem Gesamtbild formen oder indem ihnen ein Text vorgelegt wird, zu dem sie Stellung beziehen sollen.
Ein solcher Text könnte die den Materialien zur 10. Stunde beigegebene Charakterisierung der Personen durch Wilhelm Dilthey sein, die Möglichkeiten einer zustimmenden oder kontroversen Stellungnahme offenhält.

11. Stunde

Lessings Toleranzbegriff und Die Erziehung des Menschengeschlechts

Die 11. Unterrichtsstunde dient der Zusammenfassung aller bisher erarbeiteten Einsichten und Erkenntnisse und soll zu einer ausführlichen Debatte der Schüler über die Grundthematik ,,Nathans des Weisen'', über Lessings Toleranzbegriff und die Möglichkeiten der Verwirklichung dieses Toleranzbegriffs in einer fernen Zukunft führen.
Der Gang der Stunde kann sich an folgenden Leitfragen orientieren:

> Auf welche Fragen gibt Lessings Drama ,,Nathan der Weise'' Antwort?
> Was verstehen Sie unter Toleranz?
> Ist Lessings Toleranzbegriff veraltet und überwunden oder nicht?
> Soll und darf er unsere ethische Haltung heute noch beeinflussen?
> Ist es sinnvoll, sich heute noch mit ihm zu befassen?
> Durch welche Normen, Erwartungen, Einstellungen wird das Verhalten der Personen des Dramas bestimmt?
> Welche Vorurteile und Bindungen verursachen Spannungen und Konflikte?
> Welches Modell zwischenmenschlicher Beziehungen liegt dem Drama zugrunde?
> In welchem Verhältnis steht es zu unserer Gegenwart?
> Ist Lessings Drama ,,Nathan der Weise'' durch die im 20. Jahrhundert gemachten Erfahrungen und die Realität unserer Gegenwart überholt?
> Sind der Toleranz Grenzen gesetzt? Wenn ja, welche?
> Hat Lessings ,,Nathan'' uns heute noch etwas zu sagen?
> Kann ein Drama wie Lessings ,,Nathan der Weise'' noch relevant sein oder ist es für uns nur ein Zeugnis eines naiven Aufklärungsglaubens des 18. Jahrhunderts?

Schon vor fast hundert Jahren forderte ein Pädagoge, Otto Frick in seinem Buch ,,Wegweiser durch die klassischen Schuldramen'' (Gera/ Leipzig 1892):
,,Die Begriffe Humanität, Toleranz, Vernunftreligion, religiöser Kosmopolitismus, Konfessionalität etc. sind so sehr Gegenstand bedeutsamer Zeitfragen geworden, daß sie dem reiferen Schüler durch Umgebung

und Presse täglich nahegebracht werden und bei dem Streit der Tagesmeinungen sehr leicht sein Urteil darüber verwirren.
Dieselben Begriffe berühren aber zugleich so wichtige Lebens-, Erziehungs- und Bildungsfragen, daß die Schule selbst eine feste Stellung zu ihnen einnehmen muß." (S. 138)
Diesen Worten aus dem Jahre 1892 ist kaum etwas hinzuzufügen; sie gelten auch heute noch in ihrer Forderung an den Lehrer, den Schülern bei der Klärung der in ,,Nathan dem Weisen" angesprochenen Begriffe und Themata behilflich zu sein.
Am Ende der Betrachtung des ,,Nathan"-Dramas sollte noch auf Lessings letzte religionsphilosophische Arbeit, die ,,Erziehung des Menschengeschlechts" (1780) eingegangen werden. Sie stellt einen Entwurf einer religiös-humanen Geschichtsphilosophie dar und beschreibt den Weg der Menschheit von ihren ursprünglichen, naiven, offenbarungsträchtigen Anfängen her bis zu ihrer am Ende der Zeiten liegenden utopischen Ziel einer reifen, selbstbewußten, freien Selbstbestimmung in Übereinstimmung mit dem göttlichen Willen zur Vollendung.
Hierzu Fritz Martini (Deutsche Literaturgeschichte, Stuttgart 1965):
,,Die Geschichte des Christentums als Weg vom Alten zum Neuen Testament und zu der zukünftigen reinen Sittlichkeit sieht Lessing als Erziehung durch die Weisheit Gottes. In einem unendlichen inneren Werden ist die Menschheit begriffen:
im Alten Bund führte Gott die Juden mit Hilfe irdischer Verheißungen zur Sittlichkeit;
im Neuen Testament erzog er sie durch die Verheißung des jenseitigen Heils;
auf der dritten, zukünftigen Stufe wird der Mensch in voller Bewußtseinsreife fähig werden, das Gute um des Guten willen zu tun, nicht mehr nur aus Furcht und Hoffnung. Ein lebendiges Wirken im Dienst des Göttlichen wird sich frei entfalten.
Auf der letzten Stufe aber greift der Gedanke der Seelenwanderung als Weg zu weiterer Vervollkommnung über die Erdenwelt hinaus. Das aufgeklärte Denken mündet so beim alten Lessing in einen metaphysischen Idealismus des unendlichen Werdens ein." (S. 201)
So wird der Lehrer mit besonderem Nachdruck auf jenen § 85 und 86 der ,,Erziehung des Menschengeschlechts" hinweisen, der den Schluß des ,,Nathan" verständlich macht und begründet:
,,Nein, sie wird kommen, sie wird gewiß kommen, die Zeit der Vollendung, da der Mensch, je überzeugter sein Verstand einer immer besse-

ren Zukunft sich fühlet, von dieser Zukunft gleichwohl Bewegungsgründe zu seinen Handlungen zu erborgen nicht nötig haben wird; da er das Gute tun wird, weil es das Gute ist, nicht weil willkürliche Belohnungen darauf gesetzt sind, die seinen flatterhaften Blick ehedem bloß heften und stärken sollten, die inneren besseren Belohnungen desselben zu erkennen — sie wird gewiß kommen, die Zeit eines neuen ewigen Evangeliums."

12. Stunde

Struktur und Sprachgestalt des Dramas ,,Nathan der Weise"

In der letzten Unterrichtsstunde wollen wir eine Übersicht über Struktur und Sprachgestalt des Dramas ,,Nathan der Weise" gewinnen.
Die Struktur des Werkes folgt dem Aufbauprinzip eines klassischen Dramas in fünf Akten, die sich in die Akte der Exposition, des erregenden Momentes und der Steigerung, des Höhepunktes und der Peripetie, des retardierenden Momentes und der fallenden Handlung und in den letzten Akt der Lösung einteilen lassen. Die Szenenfolge ist nahezu gleichmäßig auf die einzelnen Akte verteilt: der erste Akt hat sechs, der zweite neun, der dritte zehn, die vierte und fünfte je acht Szenen. So steht die Ringparabelerzählung Nathans als Höhepunkt des Dramas fast genau in der Mitte der insgesamt 40 Szenen, nämlich in der 22. Szene: 21 Szenen gehen ihr vorauf, 19 folgen ihr nach. Wie von I, 1 - III, 6 alles auf sie zuläuft, geht die weitere Entwicklung von ihr über III, 8 - V, 8 bis zur Schlußszene hin aus.
Die Eröffnungsszene (I, 1) exponiert das Thema des Stückes und macht uns mit der Hauptperson bekannt.
Die zweite Szene (I, 2) stellt als erregendes Moment die Frage: War der Erretter Rechas ein Engel oder ein Mensch?
Die dritte Szene (I, 3) treibt die Handlung weiter voran: Der Sultan ist in Geldnot. Von hier aus führt die Handlung direkt auf das Zentrum und den Höhepunkt des Dramas zu, auf die Szenengruppe III, 5 - 7, in deren Mitte die 6. Szene der Ringparabelerzählung Nathans steht.
Die von IV, 1 einsetzende gegenläufige Bewegung, die sich durchweg in Szenen negativen Charakters äußert (Haß des Patriarchen, Zweifel und Aggressivität des Tempelherrn, Befürchtungen und Ängste Rechas, Leidensbericht Nathans) stellt die retardierenden Momente des Dramas dar, bis Nathan selbst in V, 4 bekennen kann:

Wie sich
Der Knoten, der so oft mir bange machte,
Nun von sich selber löset! (Vers 3325 - 3327)

Dies geschieht zur Zufriedenheit aller trotz Nathans resignierendem Verzicht auf seine ,,Tochter" in der Apotheose der letzten Szene, die alles Getrennte zu einer großen Familie vereinigt. Die ,,Schlußquintett", so hat man immer wieder betont, macht den musikalischen und opernhaften Charakter des Werkes besonders deutlich, der durch Schillers Verse aus seinem ,,Lied an die Freude" wohl am sinnfälligsten gekennzeichnet wird.:

Was den großen Ring bewohnet,
Huldige der Sympathie!
Zu den Sternen leitet sie,
Wo der Unbekannte thronet.

Der Lehrer kann die im Materialienteil zur 12. Unterrichtsstunde enthaltene, dem von Wilfried Barner herausgegebenen Buch ,,Lessing, Epoche, Werk, Wirkung", München 1976, entnommene Strukturskizze zu Lessings ,,Nathan der Weise" den Schülern zur Interpretation vorlegen und sie auch veranlassen, eine Skizze anzufertigen, welche die Konstellation der Personen des ,,Nathan"-Dramas veranschaulicht bzw. ihnen die im Materialienteil enthaltene Skizze der Personenkonstellation vorlegen.

Im Anschluß an die Erörterung und Darlegung des strukturellen Aufbaus des ,,Nathan"-Dramas ist dann noch abschließend die Sprechgestalt des Werkes zu betrachten.

Schon die Bezeichnung des Werkes als ,,dramatisches Gedicht" verrät, daß wir es mit einer lyrisch gefärbten, mehr poetischen als dramatischen Sprachgebung zu tun haben. ,,Die höchsten Dinge", schreibt Wilhelm Dilthey im Lessing-Kapitel seines Buches ,,Das Erlebnis und die Dichtung" (Leipzig/Berlin 1929), ,,erscheinen nicht im Pomp der Rede, und die erhabenen Menschen schleppen keine tragischen Gewänder hinter sich her. Lessings Stil läßt die Bewegungen in ihren Seelen schlicht heraustreten. Eine ruhelose Dialektik, rasches Fragen und behendes Antworten, scharfsinniges und witziges Umwenden der Worte und der Gedanken, das Spiel mit Bildern gehen durch das ganze Stück, und selbst die universale Gottes- und Menschenliebe des Spinoza und Leibnitz redet in ihm die Sprache der Reflexion. Sein fremdartiger und erhabener Stoff fordert den Vers; aber wie schwebt nun dieser zwischen Poesie und Prosa! Diese Jamben wollen nicht deklamiert, sondern gesprochen werden. Der Schauspieler kann nicht die einzelne Verszeile als ein metrisches Ganzes zum Ausdruck bringen. Die Zäsur, die den Einzelvers gliedert, verliert hier ihre Bedeutung. In der zusammenhängenden Rede treten große rhythmische Perioden auf, deren Glieder nicht durch die Verse abgegrenzt sind, sondern rückwärts das Ende des vorhergehenden Verses mitziehen oder vorwärts in den An-

fang des folgenden sich hineindrängenden. Rhythmische Systeme von großem Umfang treten auf. Sie bringen die anstürmende Bewegung in der Sprache ganz zum Ausdruck. Sie fordern die geschwinde Sprechweise moderner Schauspieler. Im Dialog beginnen und enden die einzelnen Personen ihre Rede mitten im Vers. So geht der fünffüßige Jambus, wo nicht der abklingende Ausgang zwei unbetonte Silben aneinanderfügt, in eine freie Folge von Jamben über, und der Vers begleitet den Rhythmus nur wie eine leise Wellenbewegung." (S. 145f.)
Und Hugo von Hofmannsthal unterstreicht: „Nathan der Weise" ist das geistreichste Lustspiel, das wir haben, ganz auf die unvergleichliche Gespanntheit dieses Dialoges hin, dies Einander-aufs-Wort-Lauern, Einander-die-Replik-Zuspielen, auf dies Fechten mit dem Verstand (und mit dem als Verstand maskierten Gemüt), wovon das ganze Stück bis in die Figuren der Mamelucken hinab erfüllt ist" (Gedenkrede auf Lessing zum 22. Januar 1929 in Hugo von Hofmannsthal, Erzählungen und Aufsätze (Ausgewählte Werke, Bd. 2), Frankfurt a. M. 1961, S. 773). Wie sehr Lessings Dramen- und Figurensprache von der ihm eigenen logischen und dialektischen Denkweise bestimmt ist, mögen die Schüler selbst an einigen Szenenbeispielen (siehe Materialienteil zur 12. Stunde) herausstellen. Das „Einander-beim-Wort-Nehmen", das ständige Wiederaufnehmen des gleichen Wortes oder der gleichen Wendung macht schon die Eingangsszene (I, 1) deutlich. Logik und Dialektik bestimmen den Redestil der Figuren Lessings; ihre Wortketten, Wortgirlanden offenbaren die rationalistische Denkweise ihres geistigen Schöpfers. Wie Bälle werfen sich die Personen die Worte und mit ihnen die Gedanken zu, wenden sie hin und her, fordern heraus und weisen ab, reizen, variieren und steigern. Selten ist ein so spontaner dialogischer Redestil auf die Bühne gebracht worden; nach Lessing hat höchstens Kleists expressive und dynamische Figurenrede eine solche Intensität dramatischer Dialoge erreicht. Beispiele für diese Dramensprache Lessings in „Nathan dem Weisen" bringt der Materialienteil zu dieser Stunde; Aufgabe der Schüler ist es, durch Unterstreichungen und Hervorhebungen die Wortketten sichtbar zu machen, weitere Dialogstellen im Dramentext aufzusuchen und zu analysieren. Wesentlich ist, daß sie als geistiger Ausdruck einer bestimmten rationalistischen Denkhaltung der Aufklärung und des Dramatikers Gotthold Ephraim Lessing erkannt werden.

Teil B
Quellen und Materialien

Gotthold Ephraim Lessing — Leben und Werk (Zeittafel)

Lessing	Zeitgenossen und Zeitergebnisse
1729 Gotthold Ephraim Lessing wird am 22. Januar als Sohn des Pfarrers Johann Gottfried Lessing und seiner Ehefrau Justine Salome im oberlausitzischen Kamenz geboren.	1729 Moses Mendelssohn als Sohn des jüdischen Gemeindeschreibers Mendel Heimann in Dessau geboren. Katharina von Anhalt-Zerbst, die spätere Zarin Katharina II., geboren. Johann Sebastian Bach ,,Die Matthäus-Passion''.
1741-46 Schulzeit auf der Fürstenschule St. Afra in Meißen. Lessing verläßt das renommierte Internat ein Jahr früher als üblich. Erste Schreibversuche (Entwurf zum ,,Jungen Gelehrten'').	1744 Johann Gottfried Herder geboren.
1746-48 Lessing in Leipzig. Ein Stipendium seiner Heimatstadt ist für das Studium der Theologie gedacht; das gibt Lessing aber bald auf zugunsten anderer Fächer (darunter Medizin). Vor allem aber entdeckt er das Theater, und das Theater ihn.	

Lessing	Zeitgenossen und Zeitergebnisse
1748 Uraufführung des ,,Jungen Gelehrten" durch die Truppe der Neuberin in Leipzig.	
1749 Lessing versucht, in Berlin Fuß zu fassen; beschreibt, zwei Tage vor seinem 20. Geburtstag in einem Brief an die Mutter seinen bisherigen Lebensweg; dem Vater meldet er seinen Ehrgeiz, ein deutscher Molière zu werden.	1749 Johann Wolfgang Goethe geboren. 1750 Johann Sebastian Bach gestorben.
1752 Lessing geht nach Wittenberg; promoviert dort als ,,Kandidat der Medizin" zum Magister.	
1755 ,,Miß Sara Sampson. Ein bürgerliches Trauerspiel". In wenigen Wochen in einem Potsdamer Gartenhaus geschrieben. Beginn der Freundschaften und Zusammenarbeit mit Moses Mendelssohn und Friedrich Nicolai.	1756 (29. August) Friedrichs Truppen überschreiten die Grenze nach Sachsen; es beginnt ein Krieg von sieben Jahren, der ,,Siebenjährige Krieg". Wolfgang Amadeus Mozart geboren.
1759 Beginn der ,,Briefe, die neueste Literatur betreffend" (der berühmte 17. mit dem Datum vom 16. Februar). ,,Philotas". ,,Fabeln. Drey Bücher".	1759 Friedrich Schiller geboren. Ewald von Kleist gestorben. Die ,,Candide" von Voltaire erscheint. Lawrence Sterne ,,Tristram Shandy".

Lessing	**Zeitgenossen und Zeitergebnisse**
1760 November: Lessing verläßt Berlin und geht nach Breslau (Ende des Jahres) Lessing meldet sich aus Breslau — als Sekretär des Generalleutnants von Tauentzien, der kurz vorher Festungskommandant der Stadt geworden ist.	1760 Die Russen besetzen (vom 8. bis zum 12. Oktober) Berlin. Johann Peter Hebel geboren. Caroline Neuber (die ,,Neuberin'') gestorben.
1762 (Sommer) Lessing begleitet Tauentzien in den Krieg: Er nimmt an der Belagerung von Schweidnitz teil.	1762 Johann Gottlieb Fichte geboren.
1763 (Sommer) Lessing begleitet Tauentzien in Dienstgeschäften nach Potsdam; er macht einen privaten Abstecher nach Berlin (21. Juli). Beginn der Arbeit am ,,Laokoon'' und an der ,,Minna''.	1763 (15. Februar) Der Frieden von Hubertusburg beendet den Siebenjährigen Krieg.
1765 Abschied von Tauentzien und Breslau; Besuch (nach neun Jahren im Kamenzer Elternhaus; Rückkehr nach Berlin.	1765 Joseph II., Sohn Maria Theresias, wird deutscher Kaiser.
1766 ,,Laokoon oder über die Grenzen der Malerei und Poesie''.	1766 Gottsched gestorben.

Lessing	Zeitgenossen und Zeitergebnisse
1767 Übersiedlung nach Hamburg. Dramaturg des neugegründeten Nationaltheaters. Uraufführung der „Minna von Barnhelm“. Beteiligung an einer Druckerei. Beginn der „Hamburgischen Dramaturgie“.	**1767** Wilhelm von Humboldt geboren. August Wilhelm Schlegel geboren.
	1768 Hermann Samuel Reimarus („der Ungenannte“) gestorben. Winckelmann in Triest ermordet.
1769 „Briefe, antiquarischen Inhalts“ und die Schrift „Wie die Alten den Tod gebildet“. Der letzte Teil der „Hamburgischen Dramaturgie“ erscheint. Lessing entschließt sich, Bibliothekar in Wolfenbüttel zu werden. Bekanntschaft mit der Kaufmannsfamilie König; Frau König wird Ende des Jahres Witwe; sieben Jahre später wird sie Frau Lessing.	**1769** Napoleon Bonaparte und Alexander von Humboldt geboren. Clemens XIII. und Christian Fürchtegott Gellert gestorben. „Göttinger Musenalmanach“ gegründet.
1770 (7. Mai) Lessing wird in sein Amt als Bibliothekar der berühmten herzoglichen Büchersammlung in Wolfenbüttel eingeführt.	**1770** Ludwig van Beethoven, Georg Wilhelm Friedrich Hegel, Friedrich Hölderlin geboren. Immanuel Kant wird Professor in Königsberg.
1771 Verlobung mit Eva König, die nach dem Tode ihres Mannes mit vier Kindern alleinsteht. Lessing wird Freimaurer.	

Lessing	Zeitgenossen und Zeitergebnisse
1772 Uraufführung der ,,Emilia Galotti" zum Geburtstag der Herzogin Philippine Charlotte, einer Schwester Friedrichs des Großen (13. März).	1772 Friedrich Schlegel und Friedrich von Hardenberg (Novalis) geboren. Herder ,,Über den Ursprung der Sprache". Prozeß und Hinrichtung Struensees. Erste Teilung Polens.
	1773 Goethe ,,Götz von Berlichingen", ,,Urfaust". Klopstocks ,,Messias" zu Ende geschrieben. Ludwig Tieck geboren.
	1774 Ludwig XV. gestorben. Goethe ,,Die Leiden des jungen Werthers".
1776 (8. Oktober) Lessing heiratet Eva König. Mitglied der Mannheimer Akademie der Wissenschaften.	1776 (4. Juli) Amerikanische Unabhängigkeitserklärung. Gründung des Mannheimer Nationaltheaters. Leisewitz ,,Julius von Tarent". Goethe ,,Stella". Klinger ,,Sturm und Drang".
1777 (Ende) Einzug in das heute so genannte Lessing-Haus. 25. Dezember: Geburt und Tod des Sohnes Traugott.	1777 Heinrich von Kleist geboren. Albrecht von Haller gestorben.

Lessing	Zeitgenossen und Zeitergebnisse
1778 (10. Januar) Tod Eva Lessings. (Frühjahr) Die Fragementen-Publikationen führen zum Konflikt mit dem Hamburger Hauptpastor Goeze. Die Polemik wiederum hat für Lessing den Entzug der Zensurfreiheit zur Folge (3. August). Fünf Tage später veröffentlicht Lessing die ,,Ankündigung'' des ,,Nathan''. ,,Ernst und Falk. Gesprüche für Freymäurer''.	
1779 (Ende April) ,,Nathan der Weise. Ein dramatisches Gedicht''.	1779 Goethe ,,Iphigenie'' (Prosafassung).
1780 ,,Die Erziehung des Menschengeschlechts''. Friedrich Heinrich Jacobi besucht Lessing in Wolfenbüttel (Spinoza-Gespräche).	1780 Maria Theresia und Herzog Karl I. von Braunschweig-Lüneburg gestorben.
1781 (15. Februar) Tod Lessings in Braunschweig, wo er im Hause des Weinhändlers Angott eine kleine Zweitwohnung hatte.	1781 Kant ,,Kritik der reinen ,,Vernunft''. Friedrich Schiller ,,Die Räuber''.

MATERIALIEN ZU DEN STUNDENSEQUENZEN A 1 – A 12

Materialien zur 1. Stunde: Grundzüge der jüdischen und mohammedanischen Religion

Jüdische Religion (Charakteristische Merkmale und Gebote)

Der Name ,,Juden" kommt vom Stamme Juda, das Wort ,,Israeliten" vom Stamme Israel. Heute werden beide Ausdrücke in gleicher Bedeutung gebraucht, während mit ,,Israelis" die Staatsangehörigen der 1948 gegründeten Republik Israel bezeichnet werden. Das Wort ,,Hebräer" war ursprünglich der Name eines Nomadenvolks Chabiri, das im 14. Jahrhundert v. Chr. in Palästina erschien und mit den später eindringenden Israeliten zu dem Volk Israel verschmolz.
Sinnbild des Judentums ist der Davidstern, ein durch zwei ineinandergeschobene Dreiecke gebildeter sechszackiger Stern, ursprünglich ein Götteremblem, das die Durchwirktheit der irdischen Welt durch die Gottheit versinnbildlichen sollte.
Ein anderes Symbol des Judentums ist der siebenarmige Leuchter, die Menora, der heute das Staatswappen der Republik Israel kennzeichnet.
Der Stifter der jüdischen Religion ist Moses, der etwa um 1250 v. Chr. lebte.
Die Geschichte Moses verzeichnet das 2. Buch Mose des Alten Testaments, das ihn als den Verkünder Jahves, den Begründer des Bundes zwischen Gott und dem Volke Israel, als Empfänger göttlicher Offenbarungen, als Befreier vom ägyptischen Joch, als Gesetzgeber, Priester und Führer seines Volkes darstellt.
Der Gott, den Moses verkündete, war der ,,Gott der Väter", Jahve; die metaphysische Grundlage der religiösen Ethik sind die zehn Gebote, die Gott den Menschen gegeben hat und die Moses unter Donner und Blitz auf von Gott eigenhändig geschriebenen Tafeln auf der Spitze des Berges Sinai empfangen hat (2. Mos. 31, 18).
Der Mensch hat diese Gebote zu befolgen und soll sein Leben nach ihnen ausrichten.

Die ursprüngliche Form der Zehn Gebote war wohl von lapidarer Kürze:

,,Ich bin Jahwe, dein Gott.

Du sollst keine anderen Götter neben mir haben.
Du sollst dir von Gott kein Bild machen, um es anzubeten.
Du sollst den Namen Nahwes, deines Gottes, nicht leichtfertig aussprechen.
Denke daran, daß du den Sabbat heilig haltest.
Du sollst deinen Vater und deine Mutter ehren.
Du sollst nicht morden.
Du sollst nicht ehebrechen.
Du sollst nicht stehlen.
Du sollst nicht Lügenzeuge sein gegen deinen Nächsten.
Du sollst nicht begehren, was deinem Nächsten gehört.''

In der Beachtung dieser Gebote soll Israel seine Treue gegen Gott beweisen. Die religiösen Forderungen nehmen die erste Stelle ein. Aber auch die übrigen, die den Schutz des Gemeinschaftslebens im Auge haben, stehen unter dem Satz: ,,Ich bin Jahwe, dein Gott.'' Alles Recht kommt von Gott, ihm ist der Israelit in all seinem Tun und Denken verpflichtet. Die *unlösliche Verbindung von Religion und Sittlichkeit — das ist das Einzigartige dieser Gebote.*

Der Kultus der Juden. Das ganze tägliche Leben des strenggläubigen Juden wird von Gebeten umrahmt und durchgezogen. Das *Gebet* ist in festgelegter Form am Morgen, Mittag und Abend zu sprechen, dazu kommen besondere Gebete bei bestimmten Gelegenheiten. Beim Morgengebet wird ein *Gebetmantel* (Tallit) umgelegt, ein viereckiges Woll- oder Seidentuch, das mit Quasten versehen ist, als Ersatz dient auch ein unter der Kleidung getragenes Tüchlein (Arba Kanfot). Beim Morgengebet wird werktags auch ein *Gebetsriemen* (Tephillim) am linken Arm gegenüber dem Herzen und an der Stirn befestigt. An diesen ist je eine Kapsel mit Pergamentröllchen angebracht, auf denen die vier Thora-Stellen 2. Mos. 13,1-10, 11-16 und 5. Mos. 6,4-9; 11,13-21 geschrieben stehen. Es gilt dies als eine buchstäbliche Erfüllung des Gebotes 2. Mos. 13,9. Der griechische Name Phylakterion (vergl. Matth. 23,5) scheint darauf hinzudeuten, daß diese Riemen ursprünglich als schutzspendende Amulette gedacht waren. Während das Hauptgebet (Achtzehngebet) stehend gesprochen wird, sind beim Beten auch andere Stellungen gebräuchlich (in die Knie sinken, aufs Antlitz fallen, den Körper schütteln usw.). Die Männer müssen nach orthodoxem Ritus beim Beten immer das Haupt bedeckt halten. Die Gebete werden nach Osten (Misrach = Sonnenaufgang, Ostseite) gewendet gesprochen, weshalb in jüdischen Häusern eine mit Psalmenstellen beschriebene oder mit Abbildungen versehene *Misrach-Tafel* an der Wand hängt, um die Himmelsrichtung anzuzeigen.

Von einschneidender Bedeutung für die Lebensführung sind vor allem die zahlreichen Speisegesetze, welche genau festsetzen, welche Speisen *,koscher'* (hebr. kascher = tauglich) sind. Erlaubt ist der Genuß der Wiederkäuer mit gespaltenen Klauen sowie bestimmter Fische und Vögel. Verboten ist hingegen das Essen von Schweinen, Kamelen, Hasen (5. Mos. 14,7f.), von Würmern, Insekten und dergl. sowie von Gemüsen und Früchten, die von diesen befallen sind. Der Genuß von Milch und Eiern ist nur von reinen Tieren erlaubt. Auch von reinen Tieren darf die Spannader bzw. das ganze Hinterteil, Blut und Unschlitt nicht gegessen werden. Gewisse Arten von Verletzungen und Erkrankungen machen an sich reine Tiere zum Genuß ungeeignet. Verboten ist ferner das Essen von nicht rituell, d. h. mittels eines Querschnitts durch Speise- und Luftröhre geschlachteten (,geschächtet' von hebr. Schechita = Schlachtung) Tieren. Nicht gestattet ist ferner der gleichzeitige Genuß von Fleisch- und Milchspeisen. In wörtlicher Auslegung von 2. Mos. 23,19; 34,26, 5. Mos. 14,21 dürfen Fleisch und Milch bzw. deren Produkte bei der Speisezubereitung nicht miteinander vermischt werden. Im jüdischen Haushalt gibt es deshalb besonderes Geschirr für das ,Fleischige' und das ,Milchige'.

Eigentümlich ist dem Judentum die Unterscheidung von Werktagen und *Sabbat,* die später vom Christentum und Islam übernommen und umgebildet wurde. Der Sabbat (hebr. ,Ruhe') ist ein ständig wiederkehrender Festtag, der jede Woche beschließt. Er beginnt am Freitag 45 Minuten vor Eintritt der Dunkelheit und wird durch zahlreiche Gebete, Riten und Bräuche begangen. An ihm hat jede Arbeit zu ruhen, auch viele andere Arten der Betätigung, z. B. Rauchen, Reisen, Schreiben, Telefonieren, Geld berühren sind verboten. Die Durchführung der Sabbatheiligung setzte deshalb den Frommen großen Unbequemlichkeiten aus und forderte von ihm eine große Disziplin, zumal in nichtjüdischen Ländern.

(Helmuth von Glasenapp (Hrsg.), Die nichtchristlichen Religionen, Frankfurt a. M. 1957, S. 221-224)

Eine große religionsgeschichtliche Bedeutung im Judentum und über das Judentum hinaus hat der Glaube an einen kommenden Messias, an einen Erlöser. Die Idee dieses Messianismus spielt in charakteristischer Abwandlung auch im Islam wie im Christentum eine entscheidende Rolle: Christos, ,,der Gesalbte'' ist die griechische Übersetzung des hebräischen Wortes ,,Messias''. So ergeben sich hier wie auch bei den Zehn Geboten enge Beziehungen zwischen Judentum und Christentum, die auch in Lessings ,,Nathan'' mit hineinspielen.

Mohammedanische Religion

Der Islam (d. h. ,,Hingabe an Gott'') ist die von Mohammed selbst gewählte Bezeichnung für die von ihm verkündete Religion. Ihre Bekenner heißen Moslem, persische Musalman. Den Ausdruck ,,Mohammedaner'' vermeiden die Moslem selber nach Möglichkeit, weil sie nicht den Anschein erwecken wollen, daß sie Mohammed in ähnlicher Weise verehren wie die Christen Christus.
Symbol des Islam ist nicht Halbmond und Stern, sondern das in arabischer Schrift geschriebene Glaubensbekenntnis: ,,Es gibt keinen Gott außer ALLAH und MOHAMMED ist sein Prophet.''
Der Stifter und seine Bedeutung. Mohammed wurde um 570 n. Chr. in *Mekka* als Sohn des *Abdallah* und der *Amina* in einem verarmten Nebenzweig der vornehmen Familie der Kuraischiten geboren. Früh verwaist mußte er sich als Hirt durchbringen, bis die reiche Witwe *Chadidscha* ihn als Kameltreiber und später als Leiter ihrer Handelskarawanen anstellte und als Vierzigjährige den fünfzehn Jahre Jüngeren heiratete. Mohammed hätte jetzt als reicher Handelsherr leben können, wenn nicht sein Dasein durch Visionen, die er in einer Höhle bei Mekka hatte, von Grund auf verändert worden wäre. Er gewann durch diese Geschichte, in welchen ihm der Engel Gabriel oder Gott selbst erschien, die Überzeugung, daß er zum *Propheten* der Araber ausersehen sei. Er fand für seine Berufung zunächst nur bei seiner Frau Glauben, erst nach und nach schlossen sich ihm auch einige einflußreiche Leute an; die Opposition der meisten Mekkaner gegen ihn war aber so stark, daß er sich dafür entschied, seine Heimatstadt zu verlassen (seine Frau war inzwischen gestorben) und nach *Yathrib,* dem heutigen *Medina,* überzusiedeln. Diese Flucht oder richtiger Auswanderung *(Hedschra)* fand am 15./16. Juli des Jahres 622 n. Chr. statt und bildet seitdem den Anfang der islamischen Zeitrechnung. In Medina wurde er in kurzer Zeit zum einflußreichsten Mann der Stadt und entwickelte sich zu einem bedeu-

tenden Staatsmann und Heerführer. 630 eroberte er Mekka mit seinem Herr. Seinen Sieg wußte er mit Kraft und Milde auszuwerten, so daß die Mekkaner bald seine eifrigen Anhänger wurden, um so mehr als er das Zentralheiligtum der arabischen Heiden, die *Kaaba,* auch als Wallfahrtsort seiner neuen Religion anerkannte. Der Prophet wurde zum Herrscher eines theokratischen Staates, dem sich immer mehr arabische Stämme anschlossen. In seiner Lebensführung einfach, unterhielt er jetzt einen *Harem:* daß er mehr Frauen sein eigen nannte, als seinen Anhängern erlaubt war, rechtfertigte er durch erhaltene Offenbarungen. Am 8. Juni 632 starb er in den Armen seiner Lieblingsfrau *Aischa,* der Tochter seines erstes Anhängers und späteren Nachfolgers *Abu Bekr.*

(Helmut von Glasenapp, a. a. O. S. 174-175)

Mohammed ordnet sich selbst in die Reihe der Propheten ein, die Gott zu jedem einzelnen Volk mit seiner Botschaft in der jeweiligen Landessprache geschickt hat. Nach Abraham, Moses und Jesus betrachtet sich Mohammed als der Gesandte Gottes schlechthin, als ,,Siegel des Propheten''. Er ist mit dem arabischen Koran, der Abschrift der Uroffenbarung zu seinen Landsleuten geschickt, um ihnen den einen Gott zu verkünden.

Mohammed sieht seine Botschaft als Bestätigung der Lehre früherer Propheten; und diese Übereinstimmung des Korans mit der Thora des Moses und dem Evangelium Jesu Christi wertet Mohammed als Zeichen der Wahrheit seiner Botschaft.

Selbstverständlich bleibt der Anspruch Mohammeds — zugleich Mensch und Prophet Gottes zu sein — nicht unwidersprochen. Im Koran spiegelt sich die Auseinandersetzung des Propheten mit den Polytheisten ebenso wider wie der Streit mit den Angehörigen der sogenannten Schriftreligionen, mit Christen und Juden. Mohammed ist von den Einwänden der Verstocktheit der Ungläubigen tief betroffen; aber Gott bestärkt ihn immer wieder, seiner Sendung treu zu bleiben.

Die welthistorische Bedeutung Mohammeds beruht vor allem darin, daß er die bisher in der Geschichte wenig hervorgetretenen arabischen Stämme einte und das gewaltige Kräftereservoir, das in ihnen vorhanden war, zu großen Leistungen, vor allem kriegerischer Art, entband. Durch seine Religionsstiftung gab er dem Volk nicht nur einen außerordentlichen politischen Auftrieb, sondern er hob es auch auf ein höheres geistiges Niveau, denn bisher hatte die Religion der Araber in einer Anzahl von Stammeskulten bestanden, in denen ein männlicher Gott,

der meist mit dem Gattungsnamen Allah bezeichnet wurde, samt einer weiblichen Göttin *Allat* und einer großen Zahl von anderen höheren Wesen verehrt wurde. Im Kultus spielten dabei heilige Steine eine besondere Rolle. An die Stelle dieses ,Götzendienstes' setzte Mohammed einen absoluten *Monotheismus.* Es unterliegt keinem Zweifel, daß er bei dessen Ausgestaltung von der Religion der Juden und Christen beeinflußt war, die er auf seinen Reisen und in Medina kennengelernt hatte. Sein Ehrgeiz war, den Arabern, die bisher kein heiliges Buch besaßen, im *Koran,* d. h. in der Sammlung der ihm zuteil gewordenen Offenbarungen, ein solches zu schenken. Seine Erwartung, daß die Christen und Juden ihn als den Träger einer neuen, über Thora und Evangelium hinausgehenden Offenbarung, als den letzten und größten Gesandten Gottes, als *,Siegel der Propheten'* anerkennen würden, fand allerdings keine Erfüllung. Doch hat der Islam von jeher Juden und Christen als auf dem Wege zur Wahrheit befindliche ,Schriftbesitzer' anerkannt und ihnen eine bevorrechtigte Stellung gegenüber den ,götzendienerischen' Heiden eingeräumt.
(Helmuth von Glasenapp, a. a. O. S. 175)

Islamischer Glaube

Das Herzstück des Islam bildet der Glaube an einen über der Welt stehenden, unvergleichlichen, diese aber vollständig beherrschenden persönlichen Gott. Den kürzesten Ausdruck findet dieser Glaube in der 112. Sure, wo es heißt: ,,Er ist der eine Gott, der ewige Gott. Er zeugt nicht und wird nicht gezeugt, und keiner ist ihm gleich.'' Hier wird aufs klarste der Gegensatz zum Christentum und seiner Lehre von der Gottessohnschaft Jesu herausgestellt. Der Islam betrachtet es als einen schweren Irrtum, dem unvergleichlichen Gott andere Wesen ,beizugesellen'. Die spätere Dogmatik hat das Wesen Allahs im einzelnen zu definieren versucht. So schreibt der Theologe *al-Ashari* (gest. 935): ,,Er allein ist der Uranfängliche, es gibt keinen Uranfänglicheren als ihn und keinen Gott außer ihm, er hat keinen Genossen in seiner Herrschaft, keinen Ratgeber bei seiner Macht und keinen Helfer bei der Begründung dessen, was er begründet, und der Erschaffung dessen, was er erschafft; er hat die Schöpfung nicht nach einem vorhergegangenen Vorbild geschaffen, und die Erschaffung keines Dinges ist ihm leichter als

die eines anderen oder schwerer; er kann weder Nutzen ziehen noch Nachteil erleiden, Freude und Vergnügen berühren ihn nicht, Schaden und Schmerzen erreichen ihn nicht, er hat keine Grenze, so daß er endliche wäre." Als seine positiven Eigenschaften werden hervorgehoben: Leben, Wissen, Macht, Wollen, Hören, Sehen, Reden. Die Vorstellung von der absoluten Allmacht hat zur Folge gehabt, daß der orthodoxe Moslem keine Naturgesetze anerkennt: es ist nur die Gewohnheit Gottes, daß das Feuer brennt und der Schnee kühlt; wenn er wollte, könnte es auch anders sein. Ein Wunder ist nur eine Unterbrechung des gewöhnlichen Zustandes, den Gott jederzeit aufheben kann. Die richtige geistige Haltung des frommen Moslem besteht deshalb konsequenterweise in der vollständigen Ergebung in Allahs Willen.
(Helmuth von Glasenapp, a. a. O. S. 183-184)

Der Kultus. Der Kultus ist sehr einfach, er verwendet weder Bilder noch Musik. Jeder Moslem ist verpflichtet, fünfmal am Tag, nämlich vor Sonnenaufgang, am Mittag, am Nachmittag, bei Sonnenuntergang und zwei Stunden danach, nachdem er sich mit Wasser gewaschen und gereinigt hat, ein rituelles Gebet zu sprechen, bei dem er bestimmte Bewegungen einzuhalten hat. Diese heilige Handlung wird an jedem Ort vollzogen, wo sich ein Moselm gerade befindet, z. B. auch in der Eisenbahn. Am Freitag findet ein gemeinsamer Gemeindegottesdienst mit Predigt in der *Moschee* (arab. mesdschid = Bethaus) statt. Die Gebetsstunden werden alle Tage vom *Minaret* (Turm) der Moschee durch einen *Gebetsrufer* (mu-essin) angekündigt, mit den stereotypen Worten: „Gott ist groß! Ich bezeuge, daß es keinen Gott gibt außer Allah und daß Mohammed der Gesandte Gottes ist. Herbei zum Gebet."
Die fünf Hauptpflichten des Moslems werden als die ‚fünf Säulen des Islam' bezeichnet. Sie betreffen das *Glaubensbekenntnis,* das Ritualgebet *(Ssalat), das Zahlen einer Armensteuer (Sakat),* das *Fasten* während des Monats *Ramadan* und die *Wallfahrt* nach *Mekka.* Im Monat Ramadan, in welchem der Koran vom Himmel zur Erde herabkam, darf der Fromme von der Morgendämmerung bis zum Sonnenuntergang nicht essen, trinken und rauchen, wofür er sich dann aber während der Nacht schadlos hält. Am Ende des Monats wird ein Freudenfest gefeiert. Das größte Fest aber ist das zwei Monate später folgende *Opferfest,* bei dem ein Lamm, ein Ochse oder ein Kamel geschlachtet wird. Das Fleisch wird nachher ganz oder teilweise zu frommen Zwecken verschenkt.

Die *Wallfahrt* nach Mekka, den *‚Haddsch'*, soll jeder Moslem, wenn er es irgend ermöglichen kann, wenigstens einmal in seinem Leben ausführen. Am Ziel besteht die Haupttheremonie darin, die *Kaaba* zu umschreiten und ihren schwarzen Stein zu küssen. Andere heilige Orte, zu denen gepilgert wird, sind *Medina* und *Jerusalem.*
(Helmut von Glasenapp, a. a. O. S. 183-184)

Soziales Leben. Die Welt zerfällt nach islamischer Vorstellung in zwei Teile, den Bereich des Islam *(dar al-islam* und den Bereich des Krieges *(dar al-harb).* Letzterer heißt so, weil er durch heilige Kriege *(dschihad)* solange bekämpft werden soll, bis die dort wohnenden Heiden sich bekehrt oder die dortigen Schriftbesitzer, also Juden und Christen, sich zur Entrichtung einer Kopfsteuer verpflichtet haben.
Das islamische Recht gilt heute auch in islamischen Gebieten nur noch teilweise, weil die modernen Verhältnisse die Einführung neuer Bestimmungen nach abendländischem Muster unumgänglich machten. So wird das Recht des Mannes, gleichzeitig vier Frauen zu besitzen und außerdem noch zahlreiche Sklavinnen als Konkubinen zu haben, heute in den zivilisierten Gegenden schon aus wirtschaftlichen Gründen nur noch in beschränktem Maße ausgeübt. Einen großen Harem mit zahlreichen von Eunuchen bewachten Frauen konnten sich überhaupt immer nur wenige Fürsten leisten. Die in den fortschrittlicheren Staaten sehr rege Frauen-Emanzipations-Bewegung sorgt im übrigen dafür, daß die im islamischen Gesetz sich findenden Ansätze zu einer freiheitlicheren Gestaltung des Loses der Frauen (die Frau behält bei der Verheiratung ihr Eigentum) weiter ausgebaut werden. Der Moslem hat die Möglichkeit, sich von seiner Frau durch eine einfache Willenserklärung zu scheiden. In vielen Ländern ist es gebräuchlich, daß die Frau außerhalb ihres Hauses dicht verschleiert geht.
(Helmut von Glasenapp, a. a. O. S. 187)

Die Derwisch-Orden. Vielfach treten *Derwische* zu gemeinsamen Leben in einem Kloster zusammen, das gewöhnlich durch fromme Stiftungen unterhalten wird. Hier widmen sie sich unter Leitung eines geistigen Führers, dem sie zu absolutem Gehorsam verpflichtet sind, gemeinsamen Andachtsübungen *(dhikr).* Nur ein kleiner Teil der Angehörigen eines Ordens lebt dauernd im Kloster, die meisten üben weltliche Berufe aus und finden sich nur zu religiösen Übungen im Kloster ein. Da kein

Keuschheitsgelübde verlangt wird, lassen sich Derwischtum und Weltleben unschwer vereinigen. Die Derwisch-Orden haben, wie das Beispiel des 1835 gestifteten *Senussi-Ordens* in Tripolis zeigt, teilweise eine bedeutsame politische Aktivität entfaltet. Daher hat sie Mustafa Kemal (Atatürk) in der Türkei überhaupt verboten.
(Helmuth von Glasenapp, a. a. O. S. 191)

Expansionsbestreben des Islam. Der Islam besinnt sich zunehmend auf seinen Auftrag, sich für die Sache Gottes einzusetzen, d. h. sich in eigener Person und durch den Einsatz der finanziell und technisch verfügbaren Mittel (vgl. Koran 9,41), den Islam in seinen Glaubensinhalten, seinen moralischen Normen und seinen gesetzlichen Bestimmungen zum Sieg über alle anderen. Gestalten des religiösen Lebens, der sozialen Beziehungen und der politischen Ordnung zu verhelfen (vgl. Koran 9,33). Erst dann, wenn das Gesetz des Korans und des Islams zur Richtschnur der Regierung und zum Maßstab ihrer Autorität, zur Grundlage der Rechtsprechung und der Ausübung der öffentlichen Ämter geworden ist, gelten die Rechte Gottes und die Rechte der gläubigen Muslime als gesichert und erfüllt die politische Ordnung ihren Zweck. Der Staat hat nämlich die Aufgabe, den geeigneten Raum zu schaffen, in dem die Gläubigen, hier die Muslime, ungehindert, ja mit offizieller Ermunterung ihren religiösen Pflichten nachgehen können, und zwar im persönlichen, familiären, sozialen, politischen und internationalen Bereich. (Der Islam kennt ja keine Trennung von Religiösem und Profanem.) So steht die Autorität und die Macht im Staat im Dienste Gottes, im Dienste der Gläubigen und im Dienste der Einheit und der Solidarität der islamischen Glaubensgemeinschaft. Inmitten der gespaltenen Welt muß sich der Islam bewähren, seine Einheit stärken, aber auch versuchen, seine Grenzen so auszudehnen, daß die Religion Gottes, der Islam (Glaube, moralische Norm und Gesetz) die gesamte Welt umfaßt. Die Einheit der islamischen Gemeinschaft und ihre Ausdehnung bis an die Grenzen der Welt bedeutet jedoch nicht die Ausmerzung aller anderen Religionsgemeinschaften bzw. sozialen Gruppen. Diese Einheit läßt die Existenz von Enklaven zu, die zwar toleriert, aber nicht integriert werden. Juden und Christen gehören zu solchen Gemeinschaften, ihnen wird ein Existenzrecht auf Grund der von ihnen empfangenen göttlichen Offenbarung zugestanden. Der Islam gewährt diesen Gruppen eine relative Freiheit innerhalb bestimmter Grenzen. Er respektiert ihre interne Organisation, ihre soziale Struktur und ihr Eigentum; er erlaubt ihnen die Ausübung ihrer religiösen Kulthandlungen auf der Grundlage ihrer eigenen Rechtsnormen. Aber der Islam verlangt für seine Toleranz die Entrichtung eines Tributs (vergl. Koran 9,29) und die Unterwerfung unter die Herrschaft des Islams, die er immer weiter und weiter auszudehnen sucht.

Materialien zur 2. Stunde: Grundzüge der christlichen Religion

Grundlage der christlichen Religion: Die Bibel (Das Neue Testament)

Grundlage der christlichen Religion ist die Bibel oder die Heilige Schrift. Sie umfaßt Schriften des Alten und Neuen Testaments und bildet das Fundament für die Glaubensvorstellungen der Christen, das Alte Testament auch für die Glaubensvorstellungen der Juden. Der Name — vom griechischen „ta biblia" = die Bücher — besagt, daß die in der Bibel enthaltenen Schriften als Gotteswort einen derartigen Rang besitzen, daß sie die Bücher par exellence sind.

Das ALTE TESTAMENT übernahm das Christentum von den Juden, dem Gottesvolk des „Alten Bundes". Christus selbst hat es als „Heilige Schrift" anerkannt. Er wollte als Messias die Erfüllung der alttestamentlichen Heilsverheißung sein.

Unter den geschichtlichen Büchern des Alten Testaments stehen an erster Stelle die fünf Bücher Moses oder der Petateuch (griech. Fünfbuch). Sie enthalten die Überlieferungen des Volkes Israel über seine Vorgeschichte vom Schöpfungsmorgen bis zur Zeit des großen Befreiers und Gesetzgebers Moses im 13. Jahrhundert vor Christus. Das NEUE TESTAMENT verkündet das im Alten Testament verheißene Heil durch den Gottessohn Jesus Christus.

Die vier Evangelien schildern die Person, die Sendung und Predigt, den Tod und die Auferstehung Jesu. *Evangelium* heißt ‚Frohe Botschaft'. Sie besteht darin, „daß Jesus der (im Alten Testament verheißene) Messias ist, der Sohn Gottes, damit ihr das Leben habt in seinem Namen" (Joh. 20, 31). Die drei ersten Evangelien *(Matthäus, Markus* und *Lukas)* sind einige Jahrzehnte nach dem Tode Jesu, wenigstens das Markusevangelium noch vor der Zerstörung Jerusalems (70 n Chr.) geschrieben worden. Man nennt sie auch ‚synoptische' Evangelien, weil sie wegen ihrer weitgehenden inhaltlichen wie stilistischen Ähnlichkeit in einer Synopse (griech., ‚Zusammenschau') nebeneinandergestellt werden können. Das vierte Evangelium ist nach alter kirchlicher Überlieferung als letztes um die Wende des ersten Jh. von *Johannes,* dem „Jünger, den Jesus liebte", geschrieben worden. Es bietet viele wertvolle Ergänzungen über die synoptischen Berichte hinaus, zugleich aber

bereits tiefe Theologie der Gestalt, des Lebens und des Werkes Jesu. Über die Anfänge und die Ausbreitung der Kirche, vor allem die Urpredigt durch *Petrus* und die Missionsreisen des Völkerapostels *Paulus,* berichtet die *Apostelgeschichte,* die als ,zweites Werk' aus der Hand des Paulusschülers Lukas stammt. Es folgen 21 z.T. sehr umfangreiche ,Briefe, die meisten und wichtigsten von *Paulus.* Sie sind alle aus ganz konkreten Anlässen, zumeist an einzelne Gemeinden, geschrieben und bieten gute Einblicke in das urchristliche Leben. Da ber besonders Paulus, vom konkreten Anlaß ausgehend, vor allem grundsätzliche theologische Fragen behandelt, spiegelt sich in diesen Briefen zugleich der Glaube der Urkirche an die Erlösung in Christus. Das letzte Buch des Neuen Testaments ist die *Offenbarung* des Johannes, ein Trostbuch für die Kirche, der schwere Verfolgungen drohen, geschrieben im Stil der spätjüdischen Apokalyptik, das einzige ,prophetische' Buch des Neuen Testaments.
(Oskar Simmel/Rudolf Stählin, Christliche Religion, Frankfurt a.M. 1957, S. 27 – 28)

Ein anschauliches Bild der Persönlichkeit Jesu und seines Auftretens bieten uns die vier Evangelien. Nach ältester, einhelliger Überlieferung sind zwei dieser Berichte von Aposteln, d.h. von unmittelbaren Augenzeugen geschrieben: Matthäus und Johannes; die beiden anderen von Apostelschülern: Markus, der als „Dolmetscher" des Petrus dessen Worte in Rom aufzeichnete, und Lukas, dem zeitweiligen Begleiter des Paulus; im verdanken wir die Apostelgeschichte. Sind die Evangelien auch nicht Geschichtswerke im modernen Sinn, so berichten sie doch das, was geschehen ist. Bei aller Verschiedenheit der Berichte treten entscheidende Züge der Botschaft Jesu, die sie übereinstimmend darstellen, scharf und klar heraus, obwohl über der inneren Entwicklung Jesu und den Einzelheiten seines geschichtlichen Lebens das Dunkel liegen bleibt, weswegen auch der Versuch der Leben-Jesu-Forschung, den „historischen Jesus" zu finden, wie er an sich gewesen sei, nämlich abgesehen von der Glaubensdeutung und den theologischen Aussagen der Evangelien, im wesentlichen scheitern mußte. Die eigentliche Bedeutung der Person Jesu liegt in der Predigt vom Kommen des endzeitlichen Gottesreiches, der Nachfolgeforderung, des neuen Gebotes der Nächstenliebe und Gottesliebe, des Todesleidens. Durch seine ganze Predigt, mit seinem ganzen Handeln und Leiden hat sich Jesus als den bekannt, durch den das Reich Gottes in die Welt kommt und die Erlösung vom Bösen geschieht.

Das Christentum sieht in Gott den einen allmächtigen Schöpfer Himmels und der Erde, der das All aus nichts geschaffen hat und dessen ewiger, unendlicher vollkommener Herr er ist, selbst unverursacht, aber die Ursache von allem. Dieser eine und einzige Gott hat nach christlichem Glauben in Jesus Christus zum Menschen gesprochen und nimmt durch seinen Heiligen Geist Wohnung in allen, die seiner Offenbarung glauben. Von diesem Heilshandeln Gottes am Menschen her begreift der christliche Glaube Gott als den dreipersönlich-einen: Vater, Sohn und Geist sind die drei Personen der einen Gottheit, die dabei – für den Menschengeist ein letztlich undurchdringliches Geheimnis – dennoch radikal eine bleibt *(Dreifaltigkeit).* Wo immer christlicher Gottesglaube vorliegt, kann von diesem konkreten Antlitz Gottes, wie es sich in Jesus Christus enthüllt hat, nicht abgesehen werden.

Christliche Ethik

Die ethische Frage ist die Frage nach der rechten, dem Sinn und Auftrag unseres Menschseins gemäßen Gestaltung unseres Lebens. Die christliche Theologie kann diese Frage nur beantworten von der Voraussetzung aus: Daß Gott ist, daß wir Menschen seine Geschöpfe und zu seinen Söhnen bestimmt sind, daß wir uns faktisch in schuldhafter Ferne zu Gott, damit im Widerspruch zu der Eigentlichkeit unseres Menschseins und von daher auch in einer Bedrohung und Zerstörung unserer mitmenschlichen Beziehungen vorfinden; daß aber Gott durch seine Selbstoffenbarung in Jesus Christus diese Ferne durchbrochen, den Widerspruch versöhnt hat, und uns den Anfang eines neuen Lebens schenkt. Christlich kann auf die Frage nach der rechten Gestaltung unseres Lebens nur geantwortet werden: Es ist das Leben, das aus dem Glauben an Gott in Christus gestaltet wird. Denn in Jesus Christus ist Gott selbst gegenwärtig; Christus ist der ‚Ort', an dem Gott bei uns ist und wir bei Gott sind (Offenbarung). Christliches Ethos ist also nicht das Leben unter dem Gesetz irgendeiner idealen Normvorstellung, sondern ganz einfach das Leben, das gelebt wird im Angesicht der Wirklichkeit Gottes und in der Gemeinschaft mit ihm. Alles Weitere folgt daraus, daß wir mit ihm in seiner Liebe zusammensein dürfen. Die ‚Norm' ist stets die Gegenwart und Liebe Gottes selbst; und die Frage, was jeweils zu tun ist, ist stets die Frage, mit welchem Tun wir in dieser Gegenwart

und Liebe bleiben und ihr entsprechen, und mit welchem Tun wir uns aus ihr entfernen und ihr ins Gesicht schlagen. Die Entscheidung dieser Frage ist mehr die Sache des lebendigen, inneren Gespräches mit Gott, des Betens und Hörens, der Führung seines Geistes.
Diese Doppelgestalt des Lebens als Glauben und Liebe ist gemeint in dem ,,Doppelgebot der Liebe'', mit dem Jesus die zehn Gebote auslegt, und den ganzen Inhalt des Gotteswillens zusammenfaßt: ,,Du sollst lieben Gott, deinen Herrn, von ganzer Seele, von ganzem Herzen und von ganzem Gemüte. Das andere aber ist dem gleich: Du sollst deinen Nächsten lieben wie dich selbst'' (Mt. 22, 34–40). Daß ,,das andere dem gleich ist'', bedeutet, daß man mit Gott in seiner Liebe nicht zusammen sein kann, ohne auch mit dem Mitmenschen zusammen zu sein, in derselben Liebe Gottes, die auch ihm gilt und die damit mein Verhalten zu ihm bestimmt. Daß wir den Nächsten lieben sollen ,,wie uns selbst'', bedeutet nicht, daß unsere Selbstliebe zum Maßstab und dann womöglich auch zur Grenze unserer Nächstenliebe gemacht würde, sondern daß wir ihn so lieben sollen, wie wir selbst geliebt sein möchten, Liebe brauchen und auf sie angewiesen sind.
Diese Aussagen haben ihren Ursprung in der Sendung und Gestalt Jesu Christi, in der wir glaubend das Handeln Gottes an uns erkennen. Gott handelt in Christus so, daß er sich des Menschen, der vor ihm keinen Wert, sondern nur Verschuldung aufzuweisen hat, bedingungslos annimmt und ihn aus freier Gnade vor sich gelten läßt. Dadurch ist unser Leben zunächst in die Gestalt des *Glaubens* gewiesen: Es kann rechtes menschliches Leben nur sein in der Auslieferung an diese Gnade und damit in Verzicht auf den Versuch, sich vor sich selbst, der Welt und Gott ins Recht zu setzen.
(Oskar Simmel/Rudolf Stählin, a.a.O., S. 80–82)

Beziehung der christlichen zur jüdischen und mohammedanischen Religion

Das Volk der Juden hat zwar kein Weltreich gegründet wie die Römer, hat auch in Kunst, Philosophie und Dichtung nichts hervorgebracht, was sich mit den Leistungen der Griechen vergleichen läßt; aber die Bedeutung der jüdischen heiligen Schriften ist unvergänglich groß. Als religiöse Bücher sind sie einzigartig. Kein Volk hat in gleicher Weise Gott

als den Allmächtigen, Überweltlichen und in die Geschichte Wirkenden erfaßt.
Die Weltreligion des Islam hat von ihnen wesentliches Glaubensgut übernommen, und für das Christentum bilden sie die Grundlage und Voraussetzung der christlichen Lehre.
Das Heilswirken Gottes, das im Alten Testament geschildert wrird, hat seine Erfüllung in Christus gefunden. ,,Dem Fleische nach'' aus dem Geschlecht Davids stammend, ging Christus in der ,,Fülle der Zeit'' aus dem jüdischen Volk hervor. Er wuchs im Geist und in der Umwelt des Alten Testaments auf, er berief sich auf dieses und erkannte es als göttliche Autorität an.
Die enge Verbindung von Altem und Neuem Testament, von Judentum und Christentum hat Augustinus so formuliert: ,,Novum Testamentum in Vetere latet, Vetus Testamentum in Novo patet — Das Neue Testament lebt verborgen im Alten, das Alte tritt im Neuen ins rechte Licht.''
Manchmal haben sich die Christen gefragt, ob die Juden ein von Gott verworfendes Volk seien, weil sie den Gottessohn gekreuzigt haben. Gewiß bleibt es wahr, daß Israel sich Christus versagte. Aber haben nicht auch die Römer schuld an dem Justizmord? Niemand hat so sehr um Israels Heil gerungen wie Paulus in seinem Römerbrief. Und er spricht die Hoffnung aus, daß Israel im Ende der Tage sein Vergehen bereuen und sich zu Christus bekehren werde (Röm. 9 — 11). Der gemeinsame Besitz des Alten Testaments verbindet Christen und Juden; beide beten zu demselben Gott, der sich ihnen offenbart hat.
Auch zwischen dem Christentum und dem Islam bestehen enge Verbindungen, aber trotz vieler Gemeinsamkeiten zwischen diesen beiden Religionen widersprechen sich christliche und islamische Lehre in wesentlichen zentralen Punkten.
Zwar sind Christentum und Islam monotheistische Religionen; zwar kennen beide die biblischen Traditionen und erkennen Jesus Christus als Propheten und das Evangelium als Göttliche Offenbarung an; aber der Koran lehnt als entschieden monotheistische Religion mit Nachdruck die Lehre von der Gottheit Christi ab. Andererseits erkennt das Christentum nicht ohne weiteres Mohammeds prophetische Sendung an.
Wesentliche Differenzen bestehen auch in der Gottesvorstellung beider Religionen. Für den Islam ist Gott der absolut Transzendente, zu dessen innerem Leben kein Weg Zugang verschafft. Und während Gott im Islam keinerlei Ähnlichkeiten mit seinem Geschöpf hat und sich kein Ge-

schöpf zu einer irgendwie gearteten Göttlichkeit erheben kann, ist nach christlicher Lehre der Mensch nach Gottes Ebenbild geschaffen, ist Gottes Sohn Mensch geworden.

In dem Fischer-Lexikon ,,Christliche Relligion" und ,,Die nicht-christlichen Religionen", dem einige der vorstehenden Abschnitte entnommen sind, schreibt Helmuth von Glasenapp zusammenfassend: ,,Die Lehren und Bräuche aller Religionen lassen sich, soweit sie nicht die Grundlagen aller menschlichen Ethik ,,nicht töten, nicht stehlen, nicht ehebrechen und nicht lügen" betreffen, nicht miteinander in Einklang bringen. Es muß vielmehr jedem einzelnen die Entscheidung überlassen bleiben, was er für wahr und was er für recht hält. Jeder Glaube vermag nur eine für ein bestimmtes Individuum oder eine Gruppe von solchen verbindliche Gewißheit zu geben. Es kann daher nicht die Aufgabe einer vergleichenden Betrachtung der Religionen sein, aus ihnen eine allein wahre Glaubensform herauszuschälen, die allgemein verbindlich zu sein behauptet. Vielmehr läßt sich aus ihr nur die praktische Folgerung ziehen, daß wir allen, die sich zu anderen Anschauungen bekennen, dieselbe Achtung schuldig sind, die wir für unsere eigene fordern.

Eine objektiv gültige Einheit der Religionen läßt sich deshalb nicht künstlich dadurch herstellen, daß man aus ihnen das heraussucht, was den eigenen Anschauungen entspricht, und alles andere beiseite läßt, sondern nur in der Erkenntnis, daß alle Erscheinungsformen religiösen Denkens in ihrer Mannigfaltigkeit und Gegensätzlichkeit menschliche Deutungsversuche eines Unergründlichen darstellen, bei denen sich Wahrheit und Irtum in merkwürdiger und ständig wechselnder Weise zu immer neuen Formen verbinden. Alle historisch gewordenen Glaubensformen können deshalb immer nur als irdische Teil-Aspekte eines Unerforschlichen gelten, das jenseits von jeder dogmatischen Festlegung bleibt."

Stimmen Sie der Auffassung bei, daß die dem Motto des Jesus-Wortes ,,In meines Vaters Hause sind viele Wohnungen" gemäße Äußerung Helmuth von Glasenapps gewissermaßen ebenfalls eine Antwort auf die Saladin-Frage nach der wahren Religion darstellt?

Wie stellt sich das Verhältnis von Christen und Juden in folgenden Textstellen aus Lessings Drama ,,Nathan der Weise" dar? Nehmen Sie Stellung zu ihnen.

Erster Aufzug

Erster Auftritt

(Vers 866-889)

Sittah.
Hab ich des schönen Traums nicht gleich gelacht?
Du kennst die Christen nicht, willst sie nicht kennen.
Ihr Stolz ist: Christen sein; nicht Menschen. Denn
Selbst das, was, noch von ihrem Stifter her,
Mit Menschlichkeit den Aberglauben würzt,
Das lieben sie, nicht weil es menschlich ist:
Weils's Christus lehrt; weil's Christus hat getan. —
Wohl ihnen, daß er so ein guter Mensch
Noch war! Wohl ihnen, daß sie seine Tugend
Auf Treu und Glaube nehmen können! — Doch
Was Tugend? — Seine Tugend nicht; sein Name
Soll überall verbreitet werden; soll
Die Namen aller guten Menschen schänden,
Verschlingen. Um den Namen, um den Namen
Ist ihnen nur zu tun.
Saladin. Du meinst: warum
Sie sonst verlangen würden, daß auch ihr,
Auch du und Melek, Christen hießet, eh'
Als Ehgemahl ihr Christen lieben wolltet?
Sittah.
Jawohl! Als wär' von Christen nur, als Christen,
Die Liebe zu gewärtigen, womit
Der Schöpfer Mann und Männin ausgestattet!
Saladin. Die Christen glauben mehr Armseligkeiten,
Als daß sie *die* nicht auch noch glauben könnten!
Und gleichwohl irrst du dich. —

Zweiter Aufzug

Zweiter Auftritt

(Vers 1269-1313)

Tempelherr. Ich muß gestehn,
Ihr wißt, wie Tempelherrn denken sollten.

Nathan. Nur Tempelherren? *sollten* bloß? und bloß
Weil es die Ordensregeln so gebieten?
Ich weiß, wie gute Menschen denken; weiß,
Daß alle Länder gute Menschen tragen.
Tempelherr.
Mit Unterschied, doch hoffentlich?
Nathan. Jawohl;
An Farb', an Kleidung, an Gestalt verschieden . . .
Tempelherr.
Sehr wohl gesagt! — Doch kennt Ihr auch das Volk,
Das diese Menschenmäkelei zuerst
Getrieben? Wißt Ihr, Nathan, welches Volk
Zuerst das auserwählte Volk sich nannte?
Wie? wenn ich dieses Volk nun, zwar nicht haßte,
Doch wegen seines Stolzes zu verachten,
Mich nicht entbrechen könnte? Seines Stolzes;
Den es auf Christ und Muselmann vererbte,
Nur sein Gott sei der rechte Got! — Ihr stutzt,
Daß ich, ein Christ, ein Tempelherr, so rede?
Wenn hat, und wo die fromme Raserei,
Den bessern Gott zu haben, diesen bessern
Der ganzen Welt als besten aufzudringen,
In ihrer schwärzesten Gestalt sich mehr
Gezeigt, als hier, als itzt? Wem hier, wem itzt
Die Schuppen nicht vom Auge fallen . . . Doch
Sei blind, wer will! — Vergeßt, was ich gesagt;
Und laßt mich *(Will gehen.)*
Nathan. Ha! Ihr wißt nicht, wie viel fester
Ich nun mich an Euch drängen werde. — Kommt,
Wir müssen, müssen Freunde sein! — Verachtet
Mein Volk so sehr Ihr wollt. Wir haben beide
Uns unser Volk nicht auserlesen. Sind
Wir unser Volk? Was heißt denn Volk?
Sind Christ und Jude eher Christ und Jude,
Als Mensch? Ah! wenn ich einen mehr in Euch
Gefunden hätte, dem es genügt, ein Mensch
Zu heißen!

Vierter Aufzug

Vierter Auftritt

(Vers 2682-2690)

Saladin. Laß uns das
Sogleich versuchen. — Bliebst du wohl bei mir?
Um mir? — Als Christ, als Muselmann: gleichviel!
Im weißen Mantel, oder Jamerlonk;
Im Tulban, oder deinem Filze: wie
Du willst! Gleichviel! Ich habe nie verlangt,
Daß allen Bäumen *eine* Rinde wachse.

Materialien zur 3. Stunde: Grundzüge der Philosophie der Aufklärung

Aufklärung

Immanuel Kant: ,,Was ist Aufklärung"?

Der in Königsberg in Ostpreußen lebende Philosoph Immanuel Kant (1724 — 1804) beantwortet in einem Aufsatz, der im Dezember 1784 in der ,,Berlinischen Monatsschrift" erschien, eine Frage, die Johann Friedrich Zöllner in der gleichen Monatsschrift im November 1783 in einer Abhandlung über den Sinn der kirchlichen Eheschließung gestellt hatte: ,,Was ist Aufklärung? Diese Frage, die beinahe so wichtig ist als die Frage: Was ist Wahrheit?, sollte doch einmal beantwortet werden, ehe man anfängt aufzuklären! Und noch habe ich sie nirgends beantwortet gefunden!"

Beantwortung der Frage: Was ist Aufklärung?

Aufklärung ist der Ausgang des Menschen aus seiner selbstverschuldeten Unmündigkeit. Unmündigkeit ist das Unvermögen, sich seines Verstandes ohne Leitung eines anderen zu bedienen. Selbstverschuldet ist diese Unmündigkeit, wenn die Ursache derselben nicht am Mangel des Verstandes, sondern der Entschließung und des Mutes liegt, sich seiner ohne Leitung eines andern zu bedienen. Sapere aude! Habe Mut, dich deines eigenen Verstandes zu bedienen! ist also der Wahlspruch der Aufklärung.
Faulheit und Feigheit sind die Ursachen, warum ein so großer Teil der Menschen, nachdem sie die Natur längst von fremder Leitung freigesprochen, dennoch gerne zeitlebens unmündig bleiben; und warum es anderen so leicht wird, sich zu deren Vormündern aufzuwerfen. Es ist so bequem, unmündig zu sein. Habe ich ein Buch, das für mich Verstand hat, einen Seelsorger, der für mich Gewissen hat, einen Arzt, der für mich die Diät beurteilt, so brauche ich mich ja selbst nicht zu bemühen. Ich habe nicht nötig zu denken, wenn ich nur bezahlen kann; andere werden das verdrießliche Geschäft schon für mich übernehmen. Daß der bei weitem größte Teil der Menschen (darunter das ganze schöne

Geschlecht) den Schritt zur Mündigkeit, außerdem, daß er beschwerlich ist, auch für sehr gefährlich halte: dafür sorgen schon jene Vormünder, die die Oberaufsicht über sie gütigst auf sich genommen haben. Nachdem sie ihr Hausvieh zuerst dumm gemacht haben und sorgfältig verhüteten, daß diese ruhigen Geschöpfe ja keinen Schritt außer dem Gängelwagen, darin sie sie einsperrten, wagen durften: so zeigen sie ihnen nachher die Gefahr, die ihnen droht, wenn sie es versuchen, allein zu gehen. Nun ist diese Gefahr zwar ebenso groß nicht, denn sie würden durch einigemal Fallen wohl endlich gehen lernen; allein ein Beispiel von der Art macht doch schüchtern und schreckt gemeiniglich von allen ferneren Versuchen ab.
Es ist also für jeden einzelnen Menschen schwer, sich aus der ihm beinahe zur Natur gewordenen Unmündigkeit herauszuarbeiten. Er hat sie sogar liebgewonnen und ist vor der Hand wirklich unfähig, sich seines eigenen Verstandes zu bedienen, weil man ihn niemals den Versuch davon machen ließ. Satzungen und Formeln, diese mechanischen Werkzeuge eines vernünftigen Gebrauchs oder vielmehr Mißbrauchs seiner Naturgaben, sind die Fußschellen einer immerwährenden Unmündigkeit. Wer sie auch abwürfe, würde dennoch auch über den schmalsten Graben einen nur unsicheren Sprung tun, weil er zu dergleichen freier Bewegung nicht gewöhnt ist. Daher gibt es nur wenige, denen es gelungen ist, durch eigene Bearbeitung ihres Geistes sich aus der Unmündigkeit herauszuwickeln und dennoch einen sicheren Gang zu tun.
Daß aber ein Publikum sich selbst aufkläre, ist eher möglich; ja, es ist, wenn man ihm nur Freiheit läßt, beinahe unausbleiblich. Dann da werden sich immer einige Selbstdenkende, sogar unter den eingesetzten Vormündern des großen Haufens, finden, welche, nachdem sie das Joch der Unmündigkeit selbst abgeworfen haben, den Geist einer vernünftigen Schätzung des eigenen Werts und des Berufs jedes Menschen, selbst zu denken, um sich verbreiten werden. Besonders ist hierbei, daß das Publikum, welches zuvor von ihnen unter dieses Joch gebracht worden, sie hernach selbst zwingt, darunter zu bleiben, wenn es von einigen seiner Vormünder, die selbst aller Aufklärung unfähig sind, dazu aufgewiegelt worden; so schädlich ist es, Vorurteile zu pflanzen, weil sie sich zuletzt an denen selbst rächen, die oder deren Vorgänger ihre Urheber gewesen sind. Daher kann ein Publikum nur langsam zur Aufklärung gelangen. Durch eine Revolution wird vielleicht wohl ein Abfall von persönlichem Despotismus und gewinnsüchtiger und herrschsüchtiger Bedrückung, aber niemals wahre Reform der Den-

kungsart zustandekommen; sondern neue Vorurteile werden ebensowohl als die alten zum Leitband des gedankenlosen großen Haufens dienen.
Zu dieser Aufklärung aber wird nichts gefordert als Freiheit; und zwar die unschädlichste unter allem, was nur Freiheit heißen mag, nämlich die: von seiner Vernunft in allen Stücken öffentlichen Gebrauch zu machen. Nun höre ich aber von allen Seiten rufen: räsoniert nicht! Der Offizier sagt: räsoniert nicht, sondern exerziert! Der Finanzrat: räsoniert nicht, sondern bezahlt! Der Geistliche: räsoniert nicht, sondern glaubt! (Nur ein einziger Herr in der Welt sagt: räsoniert, so viel ihr wollt und worüber ihr wollt; aber gehorcht!) Hier ist überall Einschränkung der Freiheit. Welche Einschränkung aber ist der Aufklärung hinderlich? welche nicht, sondern ihr wohl gar förderlich? — Ich antworte: Der öffentliche Gebrauch seiner Vernunft muß jederzeit frei sein, und der allein kann Aufklärung unter Menschen zustandebringen . . .
Aber sollte nicht eine Gesellschaft von Geistlichen, etwa eine Kirchenversammlung, oder eine ehrwürdige Classis (wie sie sich unter den Holländern selbst nennt) berechtigt sein, sich eidlich untereinander auf ein gewisses unveränderliches Symbol zu verpflichten, um so eine unaufhörliche Obervormundschaft über jedes ihrer Glieder und vermittels ihrer über das Volk zu führen und diese so gar zu verewigen? Ich sage: das ist ganz unmöglich. Ein solcher Kontrakt, der immer alle weitere Aufklärung vom Menschengeschlechte abzuhalten geschlossen wurde, ist schlechterdings null und nichtig; und sollte er auch durch die oberste Gewalt, durch Reichstage und die feierlichsten Friedensschlüsse bestätigt sein. Ein Zeitalter kann sich nicht verbünden und darauf verschwören, das folgende in einen Zustand zu setzen, darin es ihm unmöglich werden muß, seine (vornehmlich so sehr angelegentliche) Erkenntnisse zu erweitern, von Irrtümern zu reinigen und überhaupt in der Aufklärung weiterzuschreiten. Das wäre ein Verbrechen wider die menschliche Natur, deren ursprüngliche Bestimmung gerade in diesem Fortschreiten besteht; und die Nachkommen sind also vollkommen dazu berechtigt, jene Beschlüsse, als unbefugter und frevelhafter Weise genommen, zu verwerfen. Der Probierstein alles dessen, war über ein Volk als Gesetz beschlossen werden kann, liegt in der Frage: ob ein Volk sich selbst wohl ein solches Gesetz auferlegen könnte? Nun wäre dieses wohl gleichsam in der Erwartung eines bessern, auf eine bestimmte kurze Zeit möglich, um eine gewisse Ordnung einzuführen; indem man es zugleich jedem der Bürger, vornehmlich dem Geistlichen, frei ließe, in

der Qualität eines Gelehrten öffentlich, d.i. durch Schriften, über das Fehlerhafte der damaligen Einrichtung seine Anmerkungen zu machen, indessen die eingeführte Ordnung noch immer fortdauerte, bis die Einsicht in die Beschaffenheit dieser Sachen öffentlich so weit gekommen und bewährt worden, daß sie durch Vereinigung ihrer Stimmen (wenngleich nicht aller) einen Vorschlag vor den Thron bringen könnte, um diejenigen Gemeinden in Schutz zu nehmen, die sich etwa nach ihren Begriffen der besseren Einsicht zu einer veränderten Religionseinrichtung geeignet hätten, ohne doch diejenigen zu hindern, die se beim alten wollten bewenden lassen. Aber auf eine beharrliche, von niemandem öffentlich zu bezweifelnde Religionsverfassung, auch nur binnen der Lebensdauer eines Menschen, sich zu einigen und dadurch einen Zeitraum in dem Fortgange der Menschheit zur Verbesserung gleichsam zu vernichten und fruchtlos, dadurch aber wohl gar der Nachkommenschaft nachteilig zu machen, ist schlechterdings unerlaubt. Ein Mensch kann zwar für seine Person, und auch alsdann nur auf einige Zeit, in dem, was ihm zu wissen obliegt, eine Aufklärung aufschieben; aber auf sie Verzicht zu tun, es sei für eine Person, mehr aber noch für die Nachkommenschaft, heißt die heiligen Rechte der Menschheit verletzen und mit Füßen treten. Was aber nicht einmal ein Volk über sich selbst beschließen darf, das darf noch weniger ein Monarch über das Volk beschließen; denn sein gesetzgebendes Ansehen beruht eben darauf, daß er den gesamten Volkswillen in dem seinigen vereinigt. Wenn er nur darauf sieht, daß alle wahre oder vermeinte Verbesserung mit der bürgerlichen Ordnung zusammen bestehe: so kann er seine Untertanen übrigens nur selbst machen lassen, was sie um ihres Seelenheils willen zu tun nötig finden; das geht ihn nichts an, wohl aber zu verhüten, daß nicht einer den andern gewalttätig hindert, an der Bestimmung und Beförderung desselben nach allem seinem Vermögen zu arbeiten.
Es tut selbst seiner Majestät Abbruch, wenn er sich hierin mischt, indem er die Schriften, wodurch seine Untertanen ihre Einsichten ins reine zu bringen suchen, seiner Regierungsaufsicht würdigt, sowohl wenn er dieses aus eigener höchsten Einsicht tut, wo er sich dem Vorwurfe aussetzt: Caesar non est supra grammaticos, als auch und noch weit mehr, wenn er seine oberste Gewalt so weit erniedrigt, den geistlichen Despotismus einiger Tyrannen in seinem Staate gegen seine übrigen Untertanen zu unterstützen.
Wenn denn nun gefragt wird: Leben wir jetzt in einem aufgeklärten Zeitalter? so ist die Antwort: Nein, aber wohl in einem Zeitalter der Aufklä-

rung. Daß die Menschen, wie die Sachen jetzt stehen, im ganzen genommen schon imstande wären oder darin auch nur gesetzt werden könnten, in Religionsdingen sich ihres eigenen Verstands ohne Leitung eines andern sicher und gut zu bedienen, daran fehlt noch sehr viel. Allein, daß jetzt ihnen doch das Feld geöffnet wird, sich dahin frei zu bearbeiten und die Hindernisse der allgemeinen Aufklärung oder des Ausganges aus ihrer selbstverschuldeten Unmündigkeit allmählich weniger werden, davon haben wir doch deutliche Anzeigen. In diesem Betracht ist dieses Zeitalter das Zeitalter der Aufklärung oder das Jahrhundert Friedrichs . . .

Karl Steinbuch: „Der aufgeklärte Mensch in seiner Unzulänglichkeit"

Nehmen Sie auch Stellung zu der kontroversen Darstellung des Problems der Aufklärung in Karl Steinbuchs Aufsatz *„Der aufgeklärte Mensch in seiner Unzulänglichkeit"* (Die Welt Nr. 58 vom 9. 3. 1985).

Die grundsätzliche Forderung der Aufklärung war der Ausgang des Menschen aus seiner selbst verschuldeten Unmündigkeit. Die Entdeckung unserer Zeit ist jedoch, daß dem Menschen dieser erhoffte Ausgang *nicht* gelungen ist und nicht gelingen *kann,* daß ihm nur und ausschließlich bleibt, seine unüberwindbare Abhängigkeit zu erkennen und sie nicht an falsche Götzen anzubinden. Versuchte ein Mensch, sein Denken und Verhalten ständig vollständig auf ein bewußtes Geflecht von Ursachen und Wirkungen zu stellen, versuchte er also jede unbewußte Übernahme fremden Denkens und Verhaltens zu vermeiden, dann würde er zum denk- und verhaltensunfähigen Monstrum.
„Aufgeklärtes" Denken brachte uns nicht das geringste Verständnis des Menschlichen, wie Geburt und Tod, Ästhetik und Sinn des Lebens.
„Aufgeklärt" meint man zwar frei zu sein, aber man ist zugleich verlassen, die inneren und äußeren Spannungen werden unerträglich. Und nicht nur subjektiv sind die Folgen des scheinbar aufgeklärten Denkens unerträglich, sondern auch sozial: Vor den ungelösten gemeinsamen Problemen entwickelt sich keine Solidarität zur gemeinsamen Lösung dieser Probleme, vielmehr gegenseitiges Mißtrauen, Haß und Neid.
„Aufgeklärtes" Denken ist auch immer unvollständig: Versucht man das Spiel mit Ursache und Wirkung zu Ende zu spielen, dann gerät man

auf einen endlosen Weg immer neuer Begründungen, ohne jemals einen endgültigen Bezugspunkt zu finden. So muß schließlich jeder Mensch — jeder *denkende* Mensch! — irgendwo das aufgeben, was man als ,,Rationalität'' versteht und sich etwas anvertrauen, was ,,nur'' Glaube ist.

Und es gibt hier und jezt kein besseres Angebot als den *christlichen* Glauben. Diese Kultur ist durch und durch christlich. Nicht nur ist unsere Jahreseinteilung durch die christliche Tradition bestimmt und nicht nur sind unsere Dörfer und Städte um Kirchen herum gebaut, die christliche Tradition bestimmt auch unser Denken, Sprechen und Verhalten. Ohne sie wären unser Denken, Sprechen und Verhalten nicht mehr die unsrigen.

Der Versuch, unsere Kultur auf total andere Grundlagen zu stellen, wäre so gewalttätig und barbarisch, wie wenn man einen alten Baum von seinen Wurzeln trennen wollte. Zwar hat sich unsere Welt und haben sich ihre Probleme gründlich verändert und müssen mit neuem Wissen und neuen Entwürfen angegangen werden, aber dort, wo es um die Grundlagen der menschlichen Existenz geht, um ethische Orientierungen und das menschliche Selbstverständnis, da sollte man sich — in kritischer und aufgeklärter Autonomie — zu dem entschließen, wozu sich auch der verlorene Sohn nach schweren Erfahrungen entschloß: ,,Ich will mich aufmachen und zu meinem Vater gehen.''

Materialien zur 4. Stunde: Lessings Auseinandersetzung mit der Theologie

Lessings Stellung zur Theologie

Zur Auseinandersetzung Lessings mit der Theologie, die schließlich, nachdem ihm die Veröffentlichung theoretischer theologischer Streitschriften untersagt worden war, in der Veröffentlichung seines Dramatischen Gedichtes ,,Nathan der Weise" 1779 gipfelte, nimmt Johannes Schneider in seinem Buch ,,Lessings Stellung zur Theologie" ('s-Gravenhage 1953) wie folgt Stellung:
,,Lessing faßte die Theologie nicht fachmännisch-systematisch an, sondern ging eklektisch zu Werke: ,,Ich bin ein Liebhaber der Theologie und nicht Theolog." Schriften für und gegen eine bestimmte Weltanschauung konnten ihn zu gleicher Zeit zum Widerspruch reizen. Seit seiner Jugend hält Lessing es für seine Pflicht ,,mit eigenen Augen zu prüfen, *quid liquidum sit in causa Christianorum",* welche Untersuchungen man, wie er sagt, ,,doch eigentlich nur zu seiner eignen Beruhigung anstellt". Die Schriften für und gegen das Christentum reißen ihn von einer zur anderen Seite, keine befriedigt ihn ganz, aber er faßt den festen Vorsatz, ,,die Sache nicht eher abzuurteln, *quam utrinque plenius fuerit peroratum".*

Von diesem Gesichtspunkt aus müssen viele seiner Gedanken und Lösungsversuche in den theologischen und philosophischen Schriften beurteilt werden. Es sind nicht an erster Stelle Früchte einer prinzipiellen eigenen Überzeugung, sondern Untersuchungen und Kritiken der herrschenden Geistesströmungen. Daher ist es auch unmöglich, ein System in Lessings Äußerungen hineinzulegen. Seine Haltung jeder Weltanschauung und jeder theologischen Richtung gegenüber ist souverän, und sofort erhebt er Widerspruch gegen die selbstsicheren Äußerungen der *beati possidentes* derselben. Diese sperren den Weg zu einr völlig freien Untersuchung der Wahrheit, da sie zu denkfaul geworden sind, um ihre eigenen Ansichten und ihre Verurteilung Andersdenkender immer wieder kritisch zu prüfen. Lessings eigenes Dogma ist eben kein anderes, als daß er sich auf kein einziges Dogma festlegt. Er spricht sich vor der Öffentlichkeit nie über den Standpunkt aus, auf dem er selbst

nach innerster Überzeugung steht. Das heißt nun aber nicht, daß Lessing keine eigene Überzeugung hätte. Auf jede gewonnene Überzeugung wirft er aber bald wieder das schonungslose Licht der eigenen Kritik, ,,denn nicht die Wahrheit, in deren Besitz irgendein Mensch ist oder zu sein vermeint, sondern die aufrichtige Mühe, die er angewandt hat, hinter die Wahrheit zu kommen, macht den Wert des Menschen''. Er hofft, durch unausgesetztes Suchen und Forschen das zu finden, was sein Denken befriedigen könnte. Manchmal erkennt er die Hoffnungslosigkeit seines Ringens um eine befriedigende Erkenntnis der Wahrheit, aber er sucht und forscht weiter. Sein Dämon, ,,der immer rege Trieb nach Wahrheit'', gönnt ihm keinen Augenblick der Rast. Den Zustand des geistigen Genügens erreicht er nie.
Lessing weiß, daß die absolute Wahrheit unerforschbar ist, aber der edelste der Triebe, der immer rege Trieb nach Wahrheit, wird dem Menschen eine subjektive Gewißheit über die Wahrheit und eine relative Erkenntnis derselben erringen helfen. Darum muß zunächst alles, was Theologen und Philosophen für Wahrheit halten, auf seinen Wahrheitsgehalt geprüft werden. Die Wahrheitsansprüche der geistigen Strömungen einer Zeit müssen den Orkan einer Kritik über sich ergehen lassen, denn nur dann kann die Erkenntnis der Wahrheit dabei gewinnen. Mit richtiger Kampfesfreude wirft Lessing sich in den Streit zwischen der alten Orthodoxie, die sich in ihren apologetischen Schriften auf die Bibel als göttliche Offenbarung in allen ihren Teilen und als ausschließliche Glaubensquelle beruft, und der Aufklärungstheologie, die entweder gemäßigt schriftkritisch der Vernunft neben der Offenbarung, oder, schärfer kritisch, der Vernunft allein ihre Stimme einräumt.'' (S. 7ff.)

Aus dem ,,Fragmenten-Streit''

Die sogenannten ,,Fragmente des Hamburger Orientalisten Hermann Samuel Reimarus (1694 — 1768) hatte Lessing von dessen Kindern erhalten. Seit 1774 veröffentlichte er in den ,,Beiträgen aus den Schätzen der Herzoglichen Bibliothek zu Wolfenbüttel'' Teile der ihm überlassenen unvollständigen Handschrift unter dem Titel ,,Fragmente eines Ungenannten'', die er durch ,,Gegensätze des Herausgebers'' ergänzte. Besonders die ,,Fragmente, die Offenbarung betreffend'' und Lessings ,,Einwände'' hierzu entfesselten den theologischen Streit mit dem Ham-

burger Hauptpastor Goeze, der als Lessings schärfster Gegner hervortrat.
Zum zweiten Fragment, die Offenbarung betreffend, äußert sich Lessing 1777 folgendermaßen:
Das zweite Fragment sagt eine Menge vollkommen richtiger, ganz ungezweifelter Dinge. Es mag nichts als solche Dinge enthalten! Der Beweis, daß eine Offenbarung, die *alle* Menschen auf eine gegründete Art glauben können, unmöglich sei, sei mit aller Strenge geführt. Und er ist es wirklich.
Führt er aber seine Beantwortung nicht gleich mit sich? Wenn eine *solche* Offenbarung unmöglich ist, — nun freilich, so hat sie auch Gott nicht möglich machen können. Allein wenn nun gleichwohl eine Offenbarung nützlich und nötig ist: sollte Gott dem ohngeachtet lieger *gar keine* erteilen, weil er keine *solche* erteilen konnte? Sollte Gott dem ganzen menschlichen Geschlechte diese Wohltat vorenthalten, weil er nicht alle Menschen *zu gleicher* Zeit, in *gleichem* Grade daran teilnehmen lassen konnte? Wer hat das Herz, hierauf mit Ja zu antworten?
Daß nämlich die Offenbarung auch für diejenigen Menschen zur Seligkeit nötig sei, die gar keine oder doch keine gegründete Kenntnis davon erlangen können, ist weder die Lehre Christi noch jemals die allgemein anerkannte Lehre der Kirche gewesen. Selbst die, die sich in allen den verschiedenen Gemeinden derselben am härtesten darüber ausgedrückt haben, die jener allgemeinen Notwendigkeit nichts vergeben zu dürfen geglaubt, sind den traurigen Folgerungen doch ausgewichen und haben mit der andern Hand wiedergegeben, was sie mit der einen genommen. Es ist gleichviel, mit wie guter oder schlechter Art sie dieses getan, wie unphilosophisch sie dabei gedacht, wie treu oder nicht treu sie ihrem eignen System dabei geblieben: genug, sie haben es doch getan und haben es gern und freudig getan. Ihr bloßer Wunsch rechtfertigt ihr Herz, und ihr Geständnis, daß Gott dispensieren könnte, wo es der Theolog nicht könne, daß Gott Auswege wissen werde, wo es auch nicht einmal der Dispensation bedürfe, versöhnt mit ihrem System.
(Lessing, Einwände zu den Fragmenten eines Ungenannten, Gesammelte Werke, Bd. 1, München 1959, S. 1042ff.)
Auf die daraufhin erfolgten Angriffe des Hamburger Hauptpastors Goeze antwortet Lessing 1778 mit dem „Anti-Goeze", deren erster „Beitrag" folgenden Wortlaut hat:

Anti-Goeze

D.i. Notgedrungene Beiträge
zu den ,,Freiwilligen Beiträgen'' des Herrn Pastor Goeze

Erster

(Gott gebe, letzter!)

Multa sunt sic digna revinci, ne gravitate adorentur.
Tertullianus

Lieber Herr Pastor!

Poltern Sie doch nicht so in den Tag hinein, ich bitte Sie. – Ich gehe ungern daran, daß ich meiner *Absage* schon sobald nachleben muß. Aber Sie glaubten wohl sonst, es sei mein Ernst nicht. – Sehen Sie also, welchen Plan zu meiner Fehde gegen Sie ich hiermit anlege. Auch schließen Sie auf den Ton aus dem Lemma des Tertullian und den fernen Worten, die bei ihm folgen. *Uüberschreien* können Sie mich alle acht Tage, Sie wissen wo. *Überschreiben* sollen Sie mich gewiß nicht. Gott weiß es, ich habe nichts dagegen, daß Sie und alle Schulrektoren in Niedersachsen gegen meinen Ungenannten zu Felde ziehen. Vielmehr freue ich mich darüber; denn eben darum zog ich ihn an das Licht, damit ihn recht viele prüfen, recht viele widerlegen könnten. Ich hoffe auch, er wird noch Zeit genug unter die rechten Hände kommen, unter welchen er mir noch nicht zu sein scheinet, und sodann glaube ich wirklich der christlichen Religion durch seine Bekanntmachung einen größern Dienst erwiesen zu haben als Sie mit allen Ihren Postillen und Zeitungen.

Wie? weil ich der christlichen Religion mehr zutraue als Sie, soll ich ein Feind der christlichen Religion sein? Weil ich das Gift, das im Finstern schleichet, dem Gesundheitsrate anzeige, soll ich die Pest in das Land gebracht haben? Denn kurz, Herr Pastor – Sie irren sich sehr, wenn Sie glauben, daß der Ungenannte ganz aus der Welt geblieben wäre, wenn ich ihm nicht hereingeholfen hätte. Vernehmen Sie, daß *das* Buch ganz existiert und bereits in mehrern Abschriften existiert, wovon, ich weiß nicht wie, nur Fragmente des *ersten Entwurfs* sich in *die* Bibliothek verlaufen haben, die ich der Welt freilich nutzbarer hätte machen können, wenn ich alle darin befindlichen plattdeutsche Bibeln von Wort zu Wort für Sie konferieret hätte.

Versichern Sie indes nicht selbst, daß diese *ledigen* Fragmente schon ein paar Werke hervorgebracht haben, deren Nutzen den besorglichen Schaden derselben unendlich überwiege? Und ich, ich, der ich die causa sine qua non dieser vortrefflichen Werke bin, sollte desfalls ein Reichshofratskonklusum zu besorgen haben? Vielmehr verspreche ich mir eine Belohnung von dem Reichshofrate, sobald es nicht bloß die traurige Plficht des Reichshofrats sein wird, Unrecht zu steuern und böse Handlungen zu ahnden, — sobald aufgeklärtere tugendhaftere Zeiten, wie wir unter einem Joseph II. sie uns immer mehr und mehr versprechen dürfen, auch dem Reichshofrate Muse und Stoff geben werden, verborgene Tugend aufzusuchen und gute Taten zu belohnen. Bis dahin hat er wenigstens keine Not, daß nur *einer* in den ersten Gerichten des Reichs sein sollte, der so dächte — wie *Goeze.*

Schön, vortrefflich, ganz in Luthers Geiste ist es von diesem Lutherschen Pastor gedacht, daß er den Reichshofrat zu einem Schritte gern verhetzen möchte, der, vor zweihundertundfunfzig Jahren mit Ernst getan, uns um alle Reformation gebracht hätte! Was hatte Luther für Rechte, die nicht noch jeder Doktor der Theologie hat? Wenn es itzt keinem Doktor der Theologie erlaubt sein soll, die Bibel aufs neue und so zu übersetzen, wie er es vor Gott und seinem Gewissen verantworten kann: so war es auch Luthern nicht erlaubt. Ich setze hinzu: so war es Luthern noch weniger erlaubt. Denn Luther, als er die Bibel zu übersetzen unternahm, arbeitete eigenmächtig gegen eine von der Kirche angenommene Wahrheit, nämlich gegen die, daß es besser sei, wenn die Bibel von dem gemeinen Manne in seiner Sprache nicht gelesen werde. Den Ungrund dieses von seiner Kirche für wahr angenommenen Satzes mußte er erst erweisen; er mußte die Wahrheit des Gegensatzes erst erfechten; er mußte sie als schon erfochten voraussetzen, ehe er sich an seine Übersetzung machen konnte. Das alles braucht ein itziger protestantischer Übersetzer nicht; die Hände sind ihm durch seine Kirche weniger gebunden, die es für einen Grundsatz annimmt, daß der gemeine Mann die Bibel in seiner Sprache lesen dürfe, lesen müsse, nicht genug lesen könne. Er tut also etwas, was ihm jemand streitig macht, *daß* er es tun könne; anstatt daß Luther etwas tut, wobei es noch sehr streitig war, *ob* er es tun dürfe. — Das ist ja sonnenklar. — Kurz, Bahrdtens oder eines andern Itztlebenden Übersetzung verdammen, heißt, der Lutherschen Übersetzung den Prozeß machen, wenn jene auch noch so sehr von dieser abgehen. Luthers Übersetzung ging von den damals angenommenen Übersetzungen auch ab; und mehr oder weniger, darauf kömmt nichts an.

Der wahre Lutheraner will nicht bei Luthers Schriften, er will bei Luthers Geiste geschützt sein; und Luthers Geist erfordert schlechterdings, daß

man *keinen* Menschen in der Erkenntnis der Wahrheit nach seinem eigenen Gutdünken fortzugehen hindern muß. Aber man hindert *alle* daran, wenn man auch nur *einem* verbieten will, seinen Fortgang in der Erkenntnis andern mitzuteilen. Denn ohne diese Mitteilung im einzelnen ist kein Fortgang im ganzen möglich.
Herr Pastor, wenn Sie es dahin bringen, daß unsere Lutherschen Pastores unsere Päpste werden; — daß diese uns vorschreiben können, wo wir aufhören sollen in der Schrift zu forschen; — daß diese unserem Forschen, der Mitteilung unsers Erforschten Schranken setzen dürfen: so bin ich der erste, der die Päpstchen wieder mit dem Papste vertauscht. — Hoffentlich werden mehrere so entschlossen denken, wenngleich nicht so viele entschlossen reden dürften. Und nun, Herr Pastor, arbeiten Sie nur darauf los, so viele Protestanten als möglich wieder in den Schoß der katholischen Kirche zu scheuchen. So ein Lutherscher Eifrer ist den Katholiken schon recht. Sie sind ein Politikus wie ein Theolog. — Die Reihe zu reden ist nun an Ihnen; und es soll mich verlangen, wie weit es Ihre Exegetik treiben wird, das Wort Gottes in den Augen vernünftiger Menschen lächerlich zu machen."
Schließlich faßt Lessing seine religöse Auffassung eindeutig in dem 1780, ein Jahr vor seinem Tod erschienenen Fragment ,,Die Religion Christi" zusammen.

Die Religion Christi

Denn der Vater will auch haben, die ihn also anbeten.
St. Johannes

§ 1

Ob Christus mehr als Mensch gewesen, das ist ein Problem. Daß er wahrer Mensch gewesen, wenn er es überhaupt gewesen; daß er nie aufgehört hat, Mensch zu sein: das ist ausgemacht.

§ 2

Folglich sind die Religion Christi und die christliche Religion zwei ganz verschiedene Dinge.

§ 3

Jene, die Religion Christi, ist diejenige Religion, die er als Mensch selbst erkannte und übte; die jeder Mensch mit ihm gemein haben kann; die jeder Mensch um so viel mehr mit ihm gemein zu haben wünschen muß, je erhabener und liebenswürdiger der Charakter ist, den er sich von Christo als bloßen Menschen macht.

§ 4

Diese, die christliche Religion, ist diejenige Religion, die es für wahr annimmt, daß er mehr als Mensch gewesen, und ihn selbst als solchen zu einem Gegenstand ihrer Verehrung macht.

§ 5

Wie beide diese Religionen, die Religion Christi sowohl als die christliche, in Christo als in einer und eben derselben Person bestehen können, ist unbegreiflich.

§ 6

Kaum lassen sich die Lehren und Grundsätze beider in einem und ebendemselben Buche finden. Wenigstens ist augenscheinlich, daß jene, nämlich die Religion Christi, ganz anders in den Evangelisten enthalten ist als die christliche.

§ 7

Die Religion Christi ist mit den klarsten und deutlichsten Worten darin enthalten;

§ 8

Die christliche hingegen so ungewiß und vieldeutig, daß es schwerlich eine einzige Stelle gibt, mit welcher zwei Menschen, so lange als die Welt steht, den nämlichen Gedanken verbunden haben.

(Lessing, Gesammelte Werke, Bd. 1, München 1959, S. 1126f.)

Materialien zur 5. Stunde: Vorstufen zu „Nathan der Weise"

Das Lustspiel „Die Juden" und die Freimaurergespräche „Ernst und Falk"

Szenen aus Lessings Lustspiel „Die Juden"

Personen: Der Baron
Das Fräulein, seine Tochter
Lisette
Der Reisende
Christoph, sein Diener
Martin Krumm

Zweiter Auftritt

Herr Reis. Ich kann Euch nicht beschreiben, wie erkenntlich sich Euer Herr gegen mich bezeigte. Er nannte mich hundertmal seinen Erretter und nötigte mich, mit ihm auf sein Gut zurückzukehren. Ich wollte wünschen, daß es meine Umstände zuließen, länger um diesen angenehmen Mann zu sein; so aber muß ich mich noch heute wieder auf den Weg machen. – Und eben deswegen suche ich meinen Bedienten.

Mart. Kr. O! lassen Sie sich doch die Zeit bei mir nicht so lang werden. Verziehen Sie noch ein wenig – Ja! was wollte ich denn noch fragen? Die Räuber – sagen Sie mir doch – – wie sahen sie denn aus! wie gingen sie denn? Sie hatten sich verkleidet; abert wie?

Der Reis. Euer Herr will durchaus behaupten, es wären Juden gewesen. Bärte hatten sie, das ist wahr; aber ihre Sprache war die ordentliche hiesige Bauernsprache. Wenn sie vermummt waren, wie ich gewiß glaube, so ist ihnen die Dämmerung sehr wohl zustatten gekommen. Denn ich begreife nicht, wie Juden die Straßen sollten können unsichtbar machen, da doch in diesem Lande so wenige geduldet werden.

Mart. Kr. Ja, ja, das glaub ich ganz gewiß auch, daß es Juden gewesen sind. Sie mögen das gottlose Gesindel noch nicht so kennen. So viel als ihrer sind, keinen ausgenommen, sind Betrüger, Diebe und Straßenräuber. Darum ist es auch ein Volk, das der liebe Gott verflucht hat. Ich dürfte nicht König sein: ich ließ keinen, keinen einzigen am Leben. Ach! Gott behüte alle rechtschaffne Christen vor diesen Leuten! Wenn sie der liebe Gott nicht selber haßte, weswegen wären denn nur vor kurzem, bei dem Unglücke in Breslau, ihrer bald noch einmal so viel als Christen geblieben? Unser Herr Pfarrer erinnerte das sehr weislich in der letzten Predigt. Es ist, als wenn sie zugehört hätten, daß sie sich gleich deswegen an unserm guten Herrn haben rächen wollen. Ach! mein lieber Herr, wenn Sie wollen Glück und Segen in der Welt haben, so hüten Sie sich vor den Juden ärger als vor der Pest.

Der Reis. Wolle Gott, daß das nur die Sprache des Pöbels wäre!

Mart. Kr. Mein Herr, zum Exempel: Ich bin einmal auf der Messe gewesen — ja! Wenn ich an die Messe deke, so möchte ich gleich die verdammten Juden alle auf einmal mit Gift vergeben, wenn ich nur könnte. Dem einen hatten sie im Gedränge das Schnupftuch, dem andern die Tabaksdose, dem dritten die Uhr und ich weiß nicht was sonst mehr weggestibitzt. Geschwind sind sie, ochsenmäßig geschwind, wenn es aufs Stehlen ankömmt. So behende, als unser Schulmeister nimmermehr auf der Orgel ist. Zum Exempel, mein Herr: ernstlich drängen sie sich an einen heran, so wie ich mich ungefähr jetzt an Sie — —

Der Reis. Nur ein wenig höflicher, mein Freund! —

Mart. Kr. O! lassen Sie sichs doch nur wissen. Wenn Sie nun so stehen, — — sehen Sie, — wie der Blitz sind sie mit der Hand nach der Uhrtasche. *(Er fährt mit der Hand nach der Uhr in die Rocktasche und nimmt ihm seine Tabaksdose heraus)* Das können sie nun aber alles so geschickt machen, daß man schwören sollte, sie führen mit der Hand dahin, wenn sie dorthin fahren. Wenn sie von der Tabaksdose reden, so zielen sie gewiß nach der Uhr, und wenn sie von der Uhr reden, so haben sie gewiß die Tabaksdose zu stehlen im Sinne. *(Er will ganz sauber nach der Uhr greifen, wird aber ertappt)*

Der Reis. Sachte! sachte! was hat Eure Hand hier zu suchen?

Mart. Kr. Da können Sie sehn, mein Herr, was ich für ein ungeschickter Spitzbube sein würde. Wenn ein Jude schon so einen Griff getan hätte, so wäre es gewiß um die gute Uhr geschehn gewesen. — — Doch weil ich sehe, daß ich Ihnen beschwerlich falle, so nehme ich mir die Freiheit, mich Ihnen bestens zu empfehlen, und verbleibe zeitlebens für Dero erwiesene Wohltaten meines hochzuehrenden Herrn gehorsamster Diener, Martin Krumm, wohlbestallter Vogt auf diesem hochadeligen Rittergute.

Der Reis. Geht nur, geht!

Mart. Kr. Erinnern Sie sich ja, was ich Ihnen von den Juden gesagt habe. Es ist lauter gottloses diebisches Volk.

Dritter Auftritt

Der Reisende

Vielleicht ist dieser Kerl, so dumm er ist oder sich stellt, ein boshafter Schelm, als je einer unter den Juden gewesen ist. Wenn ein Jude betrügt, so hat ihn unter neun Malen der Christ vielleicht sieben Mal dazu genötiget. Ich zweifle, ob viel Christen sich rühmen können, mit einem Juden aufrichtig verfahren zu sein; und sie wundern sich, wenn er ihnen Gleiches mit Gleichem zu vergelten sucht? Sollen Treu und Redlichkeit unter zwei Völkerschaften herrschen, so müssen beide gleichviel dazu beitragen. Wie aber, wen es bei der einen ein Religionspunkt und beinahe ein verdienstliches Werk wäre, die andre zu verfolgen? Doch — —

Sechster Auftritt

Der Baron. Der Reisende

Der Baron. War nicht meine Tochter bei Ihnen? Warum läuft denn das wilde Ding?

Der Reis. Das Glück ist unschätzbar, eine so angenehme und muntre Tochter zu haben. Sie bezaubert durch ihre Reden, in welchen die liebenswürdigste Unschuld, der ungekünsteltste Witz herrscht.

Der Baron. Sie urteilen zu gütig von ihr. Sie ist wenig unter ihresgleichen gewesen und besitzt die Kunst zu gefallen, die man schwerlich auf dem Lande erlernen kann, und die doch oft mehr als die Schönheit selbst vermag, in einem sehr geringen Grade. Es ist alles bei ihr noch die sich selbst gelaßne Natur.

Der Reis. Und diese ist desto einnehmender, je weniger man sie in den Städten antrifft. Alles ist da verstellt, gezwungen und erlernt. Ja, man ist schon so weit darin gekommen, daß man Dummheit, Grobheit und Natur für gleich viel bedeutende Wörter hält.

Der Baron. Was könnte mir angenehmer sein, als daß ich sehe, wie unsre Gedanken und Urteile so sehr übereinstimmen? O! daß ich nicht längst einen Freund Ihresgleichen gehabt habe!

Der Reis (beiseite). Soll ich ihm die Wahrheit sagen?

Der Baron (beiseite). Doch ich will den sichersten Weg gehen. Ich will erst seinen Bedienten ausfragen lassen.

Der Reis. (beiseite). Könnte ich doch dieser Verwirrung überhoben sein! — —

Der Baron. Warum so nachdenkend?

Der Reis. Ich war gleich bereit, diese Frage an Sie zu tun, mein Herr —

Der Baron. Ich weiß es, man vergißt sich dann und wann. Lassen Sie uns von etwas anderm reden. — Sehen Sie, daß es wirklich Juden gewesen sind, die mich angefallen haben? Nur jetzt hat mir mein Schulze gesagt, daß er vor einigen Tagen ihrer drei auf der Landstraße getroffen. Wie er sie mir beschreibt, haben sie Spitzbuben ähnlicher als ehrlichen Leuten gesehen. Und warum sollte ich auch daran zweifeln? Ein Volk, das auf den Gewinst so erpicht ist, fragt wenig danach, ob es ihn mit Recht oder Unrecht, mit List oder Gewaltsamkeit erhält — Es scheinet auch zur Handelschaft oder, deutsch zu reden, zur Betrügerei gemacht zu sein. Höflich, frei, unternehmend, verschwiegen sind Eigenschaften, die es schätzbar machen würden, wenn es sie nicht allzusehr zu unserm Unglück anwendete — *(Er hält etwas inne)* — Die Juden haben mir sonst schon nicht wenig Schaden und Verdruß gemacht. Als ich noch in Kriegsdiensten war, ließ ich mich bereden, einen Wechsel für einen meiner Bekannten mit zu unterschreiben; und der Jude, an den er ausgestellt war, brachte mich nicht allein dahin, daß ich ihn bezahlen, sondern daß ich ihn sogar zweimal bezahlen mußte — O! es sind die allerboshaftesten, niederträchtigsten Leute — Was sagen Sie dazu? Sie scheinen ganz niedergeschlagen.

Der Reis. Was soll ich sagen? Ich muß sagen, daß ich diese Klage sehr oft gehört habe — —

Der Baron. Und es ist nicht wahr, ihre Gesichtsbildung hat gleich etwas, was uns wider sie einnimmt? Das Tückische, das Ungewissenhafte, das Eigennützige, Betrug und Meineid, sollte man sehr deutlich aus ihren Augen zu lesen glauben — Aber warum kehren Sie sich von mir?

Der Reis. Wie ich höre, mein Herr, so sind Sie ein großer Kenner der Physiognomie; und ich besorge, daß die meinige —

Der Baron. O! Sie kränken mich. Wie können Sie auf dergleichen Verdacht kommen? Ohne ein Kenner der Physiognomie zu sein, muß ich Ihnen sagen, daß ich nie eine so aufrichtige, großmütige und gefällige Miene gefunden habe als die Ihrige.

Der Reis. Ihnen die Wahrheit zu gestehn: ich bin kein Freund allgemeiner Urteile über ganze Völker — — Sie werden meine Freiheit nicht übelnehmen. — Ich sollte glauben, daß es unter allen Nationen gute und böse Seelen geben könne. Und unter den Juden — —

Zweiundzwanzigster Auftritt

Das Fräulein und die Vorigen

Lisette. Nun, warum sollte es nicht wahr sein?

Der Baron. Komm, meine Tochter, komm! Verbinde deine Bitte mit der der meinigen; ersuche meinen Erretter, deine Hand und mit deiner Hand mein Vermögen anzunehmen. Was kann ihm meine Dankbarkeit Kostbares schenken als dich, die ich ebensosehr liebe als ihn? Wundern Sie sich nur nicht, wie ich Ihnen so einen Antrag tun könne. Ihr Bedienter hat uns entdeckt, wer Sie sind. Gönnen Sie mir das unschätzbare Vergnügen, erkenntlich zu sein! Mein Vermögen ist meinem Stande und dieser dem Ihrigen gleich. Hier sind Sie vor Ihren Feinden sicher und kommen unter Freunde, die Sie anbeten werden. Allein Sie werden niedergeschlagen? Was soll ich denken?

Das Fräulein. Sind Sie etwa meinetwegen in Sorgen? Ich versichere Sie, ich werde dem Papa mit Vergnügen gehorchen.

Der Reis. Ihre Großmut setzt mich in Erstaunen. Aus der Größe der Vergeltung, die Sie mir anbieten, erkenne ich erst, wie klein meine Wohltat ist. Allein, was soll ich Ihnen antworten? Mein Bedienter hat die Unwahrheit geredt, und ich —

Der Baron. Wollte der Himmel, daß Sie das nicht einmal wären, wofür er Sie ausgibt! Wollte der Himmel, Ihr Stand wäre geringer als der meinige! So würde doch meine Vergeltung etwas kostbarer, und Sie würden vielleicht weniger ungeneigt sein, meine Bitte stattfinden zu lassen.

Der Reis (beiseite). Warum entdecke ich mich auch nicht? — Mein Herr, Ihre Edelmütigkeit durchdringet meine ganze Seele. Allein schreiben

Sie es dem Schicksale, nicht mir zu, daß Ihr Anerbieten vergebens ist. Ich bin — —

Der Baron. Vielleicht schon verheiratet?

Der Reis. Nein — —

Der Baron. Nun? was?

Der Reis. Ich bin ein Jude.

Der Baron. Ein Jude? Grausamer Zufall!

Christ. Ein Jude?

Lisette. Ein Jude?

Das Fräul. Ei, was tut das?

Lisette. St! Fräulein, st! Ich will es Ihnen hernach sagen, was das tut.

Der Baron. So gibt es denn Fälle, wo uns der Himmel selbst verhindert, dankbar zu sein?

Der Reis. Sie sind es überflüssig dadurch, daß Sie es sein wollen.

Der Baron. So will ich wenigstens so viel tun, als mir das Schicksal zu tun erlaubt. Nehmen Sie mein ganzes Vermögen. Ich will lieber arm und dankbar als reich und undankbar sein.

Der Reis. Auch dieses Anerbieten ist bei mir umsonst, da mir der Gott meiner Väter mehr gegeben hat, als ich brauche. Zu aller Vergeltung bitte ich nichts, als daß Sie künftig von meinem Volke etwas gelinder und weniger allgemein urteilen. Ich habe mich nicht vor Ihnen verborgen, weil ich mich meiner Religion schäme. Nein! Ich sahe aber, daß Sie Neigung zu mir und Abneigung gegen meine Nation hatten. Und die Freundschaft eines Menschen, er sei wer er wolle, ist mir allezeit unschätzbar gewesen.

Der Baron. Ich schäme mich meines Verfahrens.

Christ. Nun komm ich erst von meinem Erstaunen wieder zu mir selber. Was? Sie sind ein Jude und haben das Herz gehabt, einen ehrlichen Christen in Ihre Dienste zu nehmen? Sie hätten mir dienen sollen. So wär es nach der Bibel gewesen. Potz Stern! Sie haben inmir die ganze Christenheit beleidigt — Drum habe ich nicht gewußt, warum der Herr auf der Reise kein Schweinfleisch essen wollte und sonst hundert Alfanzereien machte. — Glauben Sie nur nicht, daß ich Sie länger begleiten werde! Verklagen will ich Sie noch dazu.

Der Reis. Ich kann es Euch nicht zumuten, daß Ihr besser als der andre christliche Pöbel denken sollt. Ich will Euch nicht zu Gemüte führen, aus was für erbärmlichen Umständen ich Euch in Hamburg riß. Ich will Euch auch nicht zwingen, länger bei mir zu bleiben. Doch weil ich mit Euren Diensten so ziemlich zufrieden bin, und ich Euch vorhin außerdem in einem ungegründeten Verdacht hatte, so behaltet zur Vergeltung, was diesen Verdacht verursachte. *(Gibt ihm die Dose)* Euren Lohn könnt Ihr auch haben. Sodann geht, wohin ihr wollt!

Christ. Nein, der Henker! es gibt doch wohl auch Juden, die keine Juden sind. Sie sind ein braver Mann. Topp, ich bleibe bei Ihnen! Ein Christ hätte mir einen Fuß in die Rippen gegeben und keine Dose!

Der Baron. Alles, was ich von Ihnen sehe, entzückt mich. Kommen Sie, wir wollen Anstalt machen, daß die Schuldigen in sichere Verwahrung gebracht werden. O wie achtungswürdig wären die Juden, wenn sie alle Ihnen glichen!

Der Reis. Und wie liebenswürdig die Christen, wenn Sie alle Ihre Eigenschaften besäßen! *(Der Baron, das Fräulein und der Reisende gehen ab)*

Aus den Freimaurergesprächen „Ernst und Falk"

II

Falk. Glaubst du, daß die Menschen für die Staaten erschaffen werden? oder daß die Staaten für die Menschen sind?

Ernst. Jenes scheinen einige behaupten zu wollen. Dieses aber mag wohl das Wahrere sein.

Falk. So denke ich auch. – Die Staaten vereinigen die Menschen, damit durch diese und in dieser Vereinigung jeder einzelne Mensch seinen Teil von Glückseligkeit desto besser und sicherer genießen könne. – Das Totale der einzeln Glückseligkeiten aller Glieder ist die Glückseligkeit des Staats. Außer dieser gibt es gar keine. Jede andere Glückseligkeit des Staats, bei welcher auch noch so wenig einzelne Glieder leiden und leiden *müssen,* ist Bemäntelung der Tyrannei. Anders nichts!

Ernst. Ich möchte das nicht so laut sagen.

Falk. Warum nicht?

Ernst. Eine Wahrheit, die jeder nach seiner eignen Lage beurteilt, kann leicht gemißbraucht werden.

Falk. Weißt du, Freund, daß du schon ein halber Freimäurer bist?

Ernst. Ich?

Falk. Du. Denn du erkennst ja schon Wahrheiten, die man besser verschweigt.

Ernst. Aber doch sagen *könnte.*

Falk. Der Weise *kann* nicht sagen, was er besser verschweigt.

Ernst. Du spottest. — — Gut! das bürgerliche Leben des Menschen, alle Staatsverfassungen sind nichts als Mittel zur menschlichen Glückseligkeit. Was weiter?

Falk. Nichts als Mittel! Und Mittel menschlicher Erfindung, ob ich gleich nicht leugnen will, daß die Natur alles so eingerichtet, daß der Mensch sehr bald auf diese Erfindung geraten müssen.

Falk. Wir nehmen also die beste Staatsverfassung für erfunden an; wir nehmen an, daß alle Menschen in der Welt in dieser besten Staatsverfassung leben: würden deswegen alle Menschen in der Welt nur *einen* Staat ausmachen?

Ernst. Wohl schwerlich. Ein so ungeheurer Staat würde keiner Verwaltung fähig sein. Er müßte sich also in mehrere kleine Staaten verteilen, die alle nach den nämlichen Gesetzen verwaltet würden.

Falk. Das ist: die Menschen würden auch dann noch Deutsche und Franzosen, Holländer und Spanier, Russen und Schweden sein, oder wie sie sonst heißen würden.

Ernst. Ganz gewiß!

Falk. Nun, da haben wir ja schon eines. Denn nicht wahr, jeder dieser kleinern Staaten hätte sein eignes Interesse? und jedes Glied derselben hätte das Interesse seines Staats?

Ernst. Wie anders?

Falk. Diese verschiedene Interessen würden öfters in Kollision kommen, so wie itzt, und zwei Glieder aus zwei verschiedenen Staaten würden einander ebensowenig mit unbefangenem Gemüt begegnen können, als itzt ein Deutscher einem Franzosen, ein Franzose einem Engländer begegnet.

Ernst. Sehr wahrscheinlich!

Falk. Das ist: wenn itzt ein Deutscher einem Franzosen, ein Franzose einem Engländer, oder umgekehrt, begegnet, so begegnet nicht mehr ein *bloßer* Mensch einem *bloßen* Menschen, die vermöge ihrer gleichen Natur gegeneinander angezogen werden, sondern ein *solcher* Mensch begegnet einem *solchen* Menschen, die ihrer verschiedenen Tendenz sich bewußt sind, welches sie gegeneinander kalt, zurückhaltend, mißtrauisch macht, noch ehe sie für ihre einzelne Person das Geringste miteinander zu schaffen und zu teilen haben.

Ernst. Das ist leider wahr.

Falk. Nun, so ist es denn auch wahr, daß das Mittel, welches die Menschen vereiniget, um sie durch diese Vereinigung ihres Glückes zu versichern, die Menschen zugleich trennet.

Ernst. Wenn du es so verstehest.

Falk. Tritt einen Schritt weiter! Viele von den kleinern Staaten würden ein ganz verschiedenes Klima, folglich ganz verschiedene Bedürfnisse und Befriedigungen, folglich ganz verschiedene Gewohnheiten und Sitten, folglich ganz verschiedene Sittenlehren, folglich ganz verschiedene Religionen haben. Meinst du nicht?

Ernst. Das ist ein gewaltiger Schritt!

Falk. Die Menschen würden auch dann noch Juden und Christen und Türken und dergleichen sein.

Ernst. Ich getraue mich nicht, nein zu sagen.

Falk. Würden sie das, so würden sie auch, sie möchten heißen, wie sie wollten, sich untereinander nicht anders verhalten, als sich unsere Christen und Juden und Türken von jeher untereinander verhalten haben. Nicht als *bloße* Menschen gegen *bloße* Menschen, sondern als *solche* Menschen gegen *solche* Menschen, die sich einen gewissen geistigen Vorzug streitig machen und darauf Rechte gründen, die dem natürlichen Menschen nimmermehr einfallen könnten.

Ernst. Das ist sehr traurig, aber leider doch sehr vermutlich.

Falk. Nur vermutlich?

Ernst. Denn allenfalls dächte ich doch, so wie du angenommen hast, daß alle Staaten einerlei Verfassung hätten, daß sie auch wohl alle einerlei Religion haben könnten. Ja, ich begreife nicht, wie einerlei Staatsverfassung ohne einerlei Religion auch nur möglich ist.

Falk. Ich ebensowenig. — Auch nahm ich jenes nur an, um deine Ausflucht abzuschneiden. Eines ist zuverlässig ebenso unmöglich als das andere. Ein Staat: mehrere Staaten. Mehrere Staaten: mehrere Staatsverfassungen. Mehrere Staatsverfassungen: mehrere Religionen.

Ernst. Ja, ja, so scheint es.

Falk. So ist es. — Nun sieh da das zweite Unheil, welches die bürgerliche Gesellschaft, ganz ihrer Absicht entgegen, verursacht. Sie kann die Menschen nicht vereinigen, ohne sie zu trennen, nicht trennen, ohne Klüfte zwischen ihnen zu befestigen, ohne Scheidemauern durch sie hin zu ziehen.

Ernst. Und wie schrecklich diese Klüfte sind! wie unübersteiglich oft diese Scheidemauern!

Falk. Laß mich noch das dritte hinzufügen. — Nicht genug, daß die bürgerliche Gesellschaft die Menschen in verschiedene Völker und Religionen teilet und trennet — diese Trennung in wenige große Teile, deren jeder für sich ein Ganzes wäre, wäre doch immer noch besser als gar kein Ganzes —, nein, die bürgerliche Gesellschaft setzt ihre Trennung auch in jedem dieser Teile gleichsam bis ins Unendliche fort.

Ernst. Wieso?

Falk. Oder meinst du, daß ein Staat sich ohne Verschiedenheit von Ständen denken läßt? Er sei gut oder schlecht, der Vollkommenheit mehr oder weniger nahe: unmöglich können alle Glieder desselben unter sich das nämliche Verhältnis haben. — Wenn sie auch alle an der Gesetzgebung Anteil haben, so können sie doch nicht gleichen Anteil haben, wenigstens nicht gleich unmittelbaren Anteil. Es wird also vornehmere und geringere Glieder geben. — Wenn anfangs auch alle Besitzungen des Staats unter sie gleich verteilet worden, so kann diese gleiche Verteilung doch keine zwei Menschenalter bestehen. Einer wird sein Eigentum besser zu nutzen wissen als der andere. Einer wird sein schlechter genutztes Eigentum gleichwohl unter mehrere Nachkommen zu verteilen haben als der andere. Es wird also reichere und ärmere Glieder geben.

Ernst. Also, was willst du damit? Mir das bürgerliche Leben dadurch verleiden? Mich wünschen machen, daß den Menschen der Gedanke, sich in Staaten zu vereinigen, nie möge gekommen sein?

Falk. Verkennst du mich so weit? — Wenn die bürgerliche Gesellschaft auch nur das Gute hätte, daß allein in ihr die menschliche Vernunft angebauet werden kann: ich würde sie auch bei weit größern Übeln noch segnen.

Ernst. Wer des Feuers genießen will, sagt das Sprichwort, muß sich den Rauch gefallen lassen.

Falk. Allerdings! — Aber weil der Rauch bei dem Feuer unvermeidlich ist, durfte man darum keinen Rauchfang erfinden? Und der den Rauchfang erfand, war der darum ein Feind des Feuers? — Sieh, dahin wollte ich.

Ernst. Wohin? — Ich verstehe dich nicht.

Falk. Das Gleichnis war doch sehr passend. — — Wenn die Menschen nicht anders in Staaten vereinigt werden konnten als durch jene Trennungen: werden sie darum gut, jene Trennungen?

Ernst. Das wohl nicht.

Falk. Werden sie darum heilig, jene Trennungen?

Ernst. Wie heilig?

Falk. Daß es verboten sein sollte, Hand an sie zu legen?

Ernst. In Absicht . . .?

Falk. In Absicht, sie nicht größer einreißen zu lassen, als die Notwendigkeit erfordert. In Absicht, ihre Folgen so unschädlich zu machen als möglich.

Ernst. Wie könnte das verboten sein?

Falk. Aber geboten kann es doch auch nicht sein, durch bürgerliche Gesetze nicht geboten! — Denn bürgerliche Gesetze erstrecken sich nie über die Grenzen ihres Staats. Und dieses würde nun gerade außer den Gesetzen aller und jeder Staaten liegen. — Folglich kann es nur ein opus supererogatum sein, und es wäre bloß zu wünschen, daß sich die Weisesten und Besten eines jeden Staats diesem operi supererogato freiwillig unterzögen.

Ernst. Bloß zu wünschen, aber recht sehr zu wünschen.

Falk. Ich dächte! Recht sehr zu wünschen, daß es in jedem Staate Männer geben möchte, die über die Vorurteile der Völkerschaft hinweg wären und genau wüßten, wo Patriotismus Tugend zu sein aufhöret.

Ernst. Recht sehr zu wünschen!

Falk. Recht sehr zu wünschen, daß es in jedem Staate Männer geben möchte, die dem Vorurteile ihrer angebornen Religion nicht unterlägen, nicht glaubten, daß alles notwendig gut und wahr sein müsse, was sie für gut und wahr erkennen.

Ernst. Recht sehr zu wünschen!

Falk. Recht sehr zu wünschen, daß es in jedem Staate Männer geben möchte, welche bürgerliche Hoheit nicht blendet und bürgerliche Geringfügigkeit nicht ekelt; in deren Gesellschaft der Hohe sich gern herabläßt und der Geringe sich dreist erhebet.

Ernst. Recht sehr zu wünschen!

Falk. Und wenn er erfüllt wäre, dieser Wunsch?

Ernst. Erfüllt? — Es wird freilich hier und da, dann und wann einen solchen Mann geben.

Falk. Nicht bloß hier und da, nicht bloß dann und wann.

Ernst. Zu gewissen Zeiten, in gewissen Ländern auch mehrere.

Falk. Wie, wenn es dergleichen Männer itzt überall gäbe? zu allen Zeiten nun ferner geben müßte?

Ernst. Wollte Gott!

Falk. Und diese Männer nicht in einer unwirksammen Zerstreuung lebten? nicht immer in einer unsichtbaren Kirche?

Ernst. Schöner Traum!

Falk. Wie, wenn es die Freimäurer wären, die sich *mit* zu ihrem Geschäfte gemacht hätten, jene Trennungen, wodurch die Menschen einander so fremd werden, so eng als möglich wieder zusammenzuziehen?

Anm. Die Szenen aus Lessings Lustspiel ,,Die Juden'' sowie der Abschnitt aus den ,,Freimaurergesprächen'' sind entnommen aus: Gotthold Ephraim Lessing, Gesammelte Werke, Band 1, München 1964, S. 278ff. und S. 981ff.

Materialien zur 6. Stunde: Zum Handlungsablauf I,1 - III,4

Der Einstieg in den Handlungsablauf des Dramas „Nathan der Weise“ erfolgt am sinnfälligsten von der Eingangsszene aus, die bereits die wesentlichsten Elemente des Dramas in sich birgt und deren innere Bewegung Werner Thomas in seinem Aufsatz „Opus Supererogatum — Didaktische Skizze zur Interpretation von Lessings „Nathan der Weise“ (Der Deutschunterricht Heft 3, Stuttgart 1959, S. 41 ff) überzeugend und besonders auch vom Sprachlichen her einfühlend beschreibt. Seine Darstellung soll als Muster einer Betrachtung des Geschehnisablaufs und der Sinnerschließung des Dramas anhand von Einzelszenen für die Analyse weiterer Szenen im Handlungsabschnitt I,1 - III,4 dienen.

Zum Handlungsablauf I,1 - III,4: Werner Thomas, „Das Opus Supererogatum“

„Mit einer Gegenbewegung setzt sie Szene ein: „Nathan, von der Reise kommend. Daja, ihm entgegen.“ Um ihm ist noch Weite, Luft, Glanz der Ferne: Babylon, Damaskus, die Kamelkarawane. Daja kommt aus dem Hausinnern. Nathans überlegene Diktion am Beginn (9 Verse; rhetorische Fragen und Behauptungssätze) begegnet gelassen Dajas übertreibendem, sensationsgeladenen Mitteilungsbedürfnis, strafft sich dann aber in einem erregten Crescendo (nur 7 Verse; Fragen, Ausrufe, chiastische Anapher: „nur heraus! heraus nur!“) und gipfelt in einem exaltierten Behauptungssatz, dessen apodiktische Form den brennenden Wunsch verbirgt: möchte es doch nicht so sein! Die mit affektiven und hypertrophierenden Akzenten durchsetzten Sprachgesten stellen eine stoßweise (Gedankenstriche!), in stetem Auf und Ab die innere Bewegung abbildende, zum Monologischen neigende Ballung dar, die sich nach Dajas Erklärung in raschem Gefälle entspannt und in dem Seufzer entlädt: „O Recha! O meine Recha!“ Neue blitzschnelle Spannung und Wendung in Dajas vorwurfsvoller Frage: „Eure? Eure Recha?“ Der neue Impuls setzt sich fort in dialektisch einander umkreisendem Wortwechsel, zugespitzt in Nathans Bekenntnis: „Dies Eigentum allein / dank ich der Tugend.“ Damit ist das *argumentum dramatis* umrissen: das Geheimnis um Rechas Herkunft. Dieses „Problema“, hier nur andeutend konturiert, wird erst in IV 7 in seiner vollen Bedeutung offenbar: als die gute Tat Nathans, die ihn zu Rechas Vater macht, aber auch zum ,,Weisen" reifen läßt. Der Knoten ist geschürzt. Kaum vierzig Verse brauchte Lessing bis zu diesem Punkt.

Die folgende Dialogpartie — ein künstlerisch geschlossenes Gebilde — scheint das Geheimnis vorzeitig ans Licht drängen zu wollen. Der sprachliche Reiz liegt darin, daß Nathan, sachlich zwar in die Verteidigung gedrängt, Daja in jeder Phase des Gesprächs im wörtlichen Sinn über-redet. An zwei anaphorisch wiederkehrenden Schlüsselworten ist das Gespräch gleichsam aufgehängt:

Daja:	,,Mein Gewissen ..." ,,Mein Gewissen, sag ich ..." ,,Denn mein Gewissen muß ich Euch / nur sagen, läßt sich länger nicht betäuben."	(dreimalige Steigerung ohne Effekt!)

Dajas Einwürfe sind ohnmächtige Versuche, die zusammenhängend strömende Rede Nathans (man muß sie als einheitliche syntaktische Periode einmal lesen!) zu unterbrechen.

Das respondierende Schlüsselwort Nathans ist vierfach echoartig verfugt:

Nathan: ,,... — und schweig!"
Daja: ,,Und schweig! ..." (dreimaliger Imperativ!)
Nathan: ,,Nun, so schweig!"

Daja: ,,Ich schweige." (schließender Behauptungssatz, mit ,,Effekt"!)

Der Abschnitt schließt mit einer nahezu musikalisch wirkenden Verzahnung:

Daja: ,,... — komm' über Euch!" (Umgekehrte Folge der redenden Partner
Nathan: ,,Komm' über mich! —" gegenüber Vers 34f; daher schließend.)

Die nächsten Drehpunkte der Exposition sind wieder durch Anaphern markiert. Die Worte erscheinen wie in einem Magnetfeld durch Selbstanziehung gehäuft. In knappen Sprachgesten werden die hin und her gewendet, neu beleuchtet, variiert, gesteigert. Der Hörer erlebt das Werden des Gedankens, das Aufkeimen oder Aufblitzen des Verstehens *in statu nascendi* mit; daher die hinreißende Spontaneität des Lessingschen Dialogs. Aus der ungeschickten Redeweise Dajas entsteht straffe Breviloquenz. Wie Bälle werfen die Partner einander die Worte zu:

Daja: ,,Was Wunder! Ihre ganze Seele war / die Zeit her nur bei Euch — und ihm."
Nathan: ,,Bei ihm? / Bei welchem Ihm?"
Daja: ,,Bei ihm, der aus dem Feuer / sie rettete."

Nathan: ,,Wer war das? wer? — Wo ist er? / Wer rettete mir meine Recha? wer?''
Daja: ,,Ein junger Tempelherr, den, wenig Tage / zuvor, man hier gefangen eingebracht / und Saladin begnadigt hatte.''

Damit sind weitere tragende Fakten exponiert: der Tempelherr und Saladin werden eingeführt und zugleich durch ihre Taten charakterisiert. Jede der drei Hauptpersonen hat eine gute Tat getan, deren Leistung jeweils in der Zeitachse der Vorfabel liegt: der Jude nimmt das Christenkind an; der Muselmann schenkt dem christlichen Ritter das Leben; der Christ rettet das vermeintliche Judenmädchen aus dem Feuer. Hier fällt aus Nathans Mund das Wort ,,Wunder''. Es wird Gegenstand des zweiten Auftritts; es deutet aber auch voraus auf die endliche Lösung. Wie sich das Wunder der Rettung und das Verschwinden des Tempelherrn in Rechas Phantasie spiegeln muß, darüber reflektiert der weise Nathan in einem — wiederum monologisch anmutenden — Paradigma einer inneren Dialektik, die sich in antithetischem Periodenbau abbildet, bis zum bündigen Fazit der Denkbewegung: ,,sie schwärmt''. Dann aber erhebt sich aus Dajas Erklärung — im Munde der ,,Subalternfigur'' wie beiläufig wirkend — das leitende Thema der Dichtung:

> ,,Laßt lächelnd wenigstens ihr einen Wahn, / in dem sich Jud' und Christ und Muselmann / vereinigen, — so einen süßen Wahn!''

Die folgenden vier Worte bekunden die sprachliche Meisterschaft Lessings. Nathan nimmt die Wendung auf — und stellt sie verwandelt in eine neue Sinnebene: ,,Auch mir so süß!'' Der Bezugspunkt, der die Gläubigen verschiedener Religionen zu Brüdern macht, wird von der Subalternfigur, die selbst in der Trübung des Wahns befangen ist, als Wahn bezeichnet. Für Nathan ist darin die süßere Wahrheit verborgen. Sie wird in der *argumentatio dramatis* sich wirkend offenbaren. Freilich liegt das nicht in dem vordergründigen Sinn dieser Stelle, die zunächst den Engelsglauben meint — und doch ist damit ,,perspektivisch'' das Ziel des Geschehens vorweggenommen.
Die Eröffnungsszene ist ein augenfälliger Beleg für die Richtigkeit dieser These. Sie exponiert 1. das *argumentum dramatis,* 2. das Leitthema des Ganzen, 3. die zentralen Figuren. Aber auch jedes Wort, jede syntaktische Periode, jedes Aufeinanderzubewegen von Rede und Gegenrede in wechselnder Distanz und Dichte bekundet das sprachliche uns szenische Ineinanderwirken aller Teile.''

Aufgabe

1. Was verstehen Sie unter dem ,,argumentum dramatis''?
2. Kennzeichnen Sie das Leitthema des Dramas.
3. Charakterisieren Sie die zentralen Figuren.

,,Der zweite Auftritt erfüllt ebenfalls mehrere — offene und verdeckte — Funktionen. Diese Vielschichtigkeit ist typisch für das Ganze. Nach dem bewegten Allegro der Eröffnung wirkt diese Szene mehr retardierend. Dennoch ist ihre innere, der Lust am Denken entspringende Dynamik nicht geringer. Das Ergebnis liegt darin, ,,die Engelschwärmerin geheilt zu sehn''. Nathan zeigt sich als Meister einer an Sokrates geschulten Therapie. Auch vor Rechas Tränen macht seine radikale Pädagogik nicht halt. Dajas und Rechas naive Einwürfe treiben die häufig als gereihte rhetorische Fragen formulierten Argumentationen Nathans mit besonderer Geschliffenheit und Intensität hervor. So wird stellenweise eine hermeneutische oder exegetische Kraft gleich einer Verkündigung wirksam, ohne daß der Dialog an dramatischer Bewegtheit verlöre. Was ist die verdeckte Funktion dieser Szene? Die Lösung der Frage: War der Retter ein Engel oder ein Mensch? fördert auch den analytischen Gang der Handlung: erst jetzt können sich Recha und der Tempelherr (,,Es ist ein Mensch!'') begegnen, dessen Herkunft (,,ein Franke'') und Ähnlichkeit mit dem Saladinbruder Assad sich in dieser Szene schärfer konturieren und damit auf die endliche Anagnorisis vorausweisen.
Noch bedeutsamer ist das gedankliche Ergebnis, das wir als Paradigma der Weisheit Nathans in *actu* demonstriert bekommen. Er entlarvt das hybride Gefühl des ,,Sich Gott um so viel näher fühlen'' als ,,Unsinn oder Gotteslästerung''. Er überwindet den Wahn durch Wahrheit. An die Stelle andächtigen Schwärmens setzt er die Erkenntnis guten Handelns, an die Stelle eines durch himmlische Magie bewirkten Wunders das ,,Wunder der Vernunft'' (Leibniz). Gleich Spinoza sieht Nathan-Lessing (,,Nathans Gesinnung gegen alle positive Religion ist von jeher die meinige gewesen'') ,,das echte Wunder nicht mehr im Besonderen, sondern im Allgemeinen; nicht mehr im Zufälligen, sondern im Notwendigen''. Gott als weltimmanente Macht wirkt nicht im Durchbrechen, sondern im Bewahren der Naturgesetze.
Damit aber ist diese Szene über ihre daramaturgische Stellung in der Exposition hinaus zugleich ein propädeutisches Vorspiel für die Endlösung. Sie demonstriert am Beispiel des Versagens der in Wahn, Trü-

bung und Unverstand befangenen positiven Religionen den endlichen Sieg der Vernunftreligion.
Die dritte Szene — ein behender Dialog zwischen Nathan und dem Derwisch, fast scherzhaft angelegt, voll sprudelnder Lebendigkeit und virtuoser Gelenkigkeit der Sprache, gipfelnd in den hervorschießenden, rhetorisch fragenden Wortvariationen über ,,Geck" und ,,Geckerei" (zehnmalige Wiederholung) — bringt ein neues Handlungsmoment: die Geldnot des Sultans. Damit aber beginnt — stärker als in der Übernahme von Schauplatz, Zeit und Personenumriß — die unmittelbare Ausstrahlung der von Lessing aus Boccaccio bekannten, traditionsgesättigten Parabel von den drei Ringen."

Materialien zur 7. Stunde: Die Ringparabel III, 5—7

Aufsätze zur Problematik der Ringparabel

Nehmen Sie Stellung zu den beiden folgenden Aufsätzen über Lessings Parabel von den drei Ringen.
Inwiefern weicht Nathan durch die Erzählung seines ,,Märchens" der Frage des Sultans nach der Wahrheit der echten Religion aus?
War Lessing selber von Vorurteilen frei und völlig tolerant?

1. Stuart Aktins, The parable of the three rings in Lessings ,,Nathan der Weise", Germanic Review XXVI, 1951, S. 259—267.

Das Dilemma der Frage nach der Wahrheit

,,Während der Befragung durch Saladin ist Nathan bescheiden ohne Servilität. Sein Bemühen, der Bitte des Sultans um ein Darlehen zuvorzukommen, schiebt dessen unheilvolle Frage ,,Was für ein Glaube, was für ein Gesetz/Hat dir am meisten eingeleuchtet?" nur eine Zeitlang hinaus. Schon die Formulierung der Frage legt Gewicht auf den Unterschied zwischen jüdischem ,,Gesetz" und christlichem ,,Glauben", unterstreicht die Verbindung dieser beiden Arten religiöser Gestaltung im Mohammedanismus. Auf Nathans Einwand, er sei Jude, entgegnet Saladin, daß von den genannten drei Religionen nur eine die wahre sein könne. Er fordert, daß die Konfessionswahl eines Philosophen — ist Nathan doch ,,weise" — nicht vom empirischen ,,Zufall der Geburt" bestimmt sein dürfe, sondern von rationaler (wir würden sagen: apriorischer) ,,Einsicht", rationalen ,,Gründen". Dabei sieht er, wie sein Ansinnen Nathan in Verlegenheit bringt, ist sich aber auch klar darüber, daß Nathan die hinter seiner Frage stehenden Motive sowie seinen Vorwand, für sich die Sache aus Zeitmangel noch nicht bedacht zu haben, durchschauen könnte. So gewährte er Nathan einen Augenblick des Nachdenkens, während er selbst abgeht, um nachzusehen, ob Sittah nicht heimlich lauscht. Das folgende Selbstgespräch Nathans beweist, daß er in der Tat Argwohn gegenüber Saladins Motiven hegt, die sei-

nem Wunsch nach einer einfachen Antwort auf eine in Wahrheit höchst komplizierte Frage zugrunde liegen.
Er beschließt, Saladin mit einem „Märchen" abzuspeisen. Das heißt aber, er wird dem Sultan keine wirkliche Antwort auf seine Frage geben, hat sich Nathan doch vor sich selbst klar dazu bekannt, nicht mehr Jude im theologischen Sinne (orthodoxer „Stockjude") zu sein. Auch wissen wir bereits, daß er kein Christ oder Moslem, sondern eine Art aufgeklärter Deist ist. Die Ringparabel muß somit als ausweichende Antwort auf Saladins ursprüngliche Frage verstanden werden, als eine Geschichte, die hinlänglich unterhaltsam ist, um Saladin vor seinem Ausgangsproblem einer pariorischen Rechtfertigung von Nathans scheinbarem Judentum abzulenken. Zwar kann sie durchaus eine Darstellung von Nathans eigenem Glauben einschließen, doch ist sie der Ablenkungsfunktion seines Gleichnisses untergeordnet. Daß Nathan an irgendeiner Stelle die nach seiner Überzeugung höchste relitiöse Wahrheit zu erkennen geben wird, ist fast mit Sicherheit zu erwarten angesichts des Selbstvertrauens, das er nach Saladins Rückkehr mit den Worten zum Ausdruck bringt: „Möcht' auch doch / Die ganze Welt uns hören."
Nach der Erlaubnis, „bevor ich mich dir ganz vertraue" ein „Geschichtchen" erzählen zu dürfen, beginnt Nathan schließlich, nicht ohne zuvor seine erzählerischen Fähigkeiten herabzusetzen und — zum zweiten Mal während dieses Gesprächs — vor Saladin wegen seiner Bescheidenheit getadelt zu werden. Was folgt, ist offenbar ein „orientalisches Märchen" in der besten Manier des 18. Jahrhunderts, gleichsam in *conte philosophique.* Wir hören von einem Ring mit der geheimen Kraft, „vor Gott / Und Menschen angenehm zu machen, wer / In dieser Zuversicht ihn trut". Die Herkunft des Ringes bleibt unbestimmt („Aus lieber Hand"), doch wird er dem jeweils liebsten männlichen Erben in der Familie seines ursprünglichen Besitzers vermacht, der dadurch ohne Rücksicht auf das Erstgeburtsrecht zum Familienoberhaupt avanciert. — Aufgrund dessen, was bis zu diesem Punkt ausdrücklich gesagt wird, läßt sich mit Sicherheit nur behaupten, daß der Ring ein Symbol für die Menschenliebe seines Besitzers anderen gegenüber darstellt und daß seine letzte Herkunft nicht übernatürlichen Charakters zu sein scheint.
Nach einer kurzen Zwischenfrage — wohl um sich der Wirksamkeit seiner Erzähltechnik zu vergewissern und sicherzugehen, daß Saladin sich auch tatsächlich von der Ausgangsfrage hat ablenken lassen — bringt

Nathan die Rede auf den Vater, der jedem seiner drei gleich geliebten Söhne den Ring verspricht. Um sein Versprechen erfüllen zu können, läßt der Vater von seinem Künstler zwei Duplikate des Ringes anfertigen. Die Kopien sind so gelungen, daß der sterbende Vater selbst nicht weiß, welchen Ring er welchem Sohn gibt. Das aus dem Volksmärchen vertraute Motiv dreier Söhne beginnt Saladin offenbar zu langweilen, und er drängt Nathan zur raschen Beendigung seiner Geschichte. Nathan beeilt sich, Saladin zu besänftigen, indem er erklärt, bereits am Ende zu sein; was noch folge, verstünde sich von selbst — wie ein Streit zwischen den drei Erben in derartigen Geschichten ja auch in der Tat naheliegt. Er macht eine Pause, um Saladin Gelegenheit zu geben, sich über die Bedeutung des Familienzwistes und der Nichtidentifizierbarkeit des echten Ringes zu äußern. Da Saladin auf den Köder nicht reagiert, sieht sich Nathan gezwungen, die Analogie zu seinem Geheimnis selbst herzustellen. Er erklärt, der rechte Ring sei „fast so unerweislich, als / Uns jetzt — der rechte Glaube". Saladin ist nicht zufrieden damit, daß dieses juristische Dilemma dem von ihm aufgeworfenen Problem der Wahl zwischen den drei Religionen entsprechen soll. Mit der Warnung, Nathan solle kein Spiel mit ihm treiben, weist er ihn darauf hin, daß — im Gegensatz zu den drei Ringen — jede der zur Debatte stehenden Religionen sich äußerlich sichtbar von den anderen beiden unterscheide. Nathan kommt hierauf auf Saladins ursprünglichen Begriff der „Gründe" zurück, den er jedoch nicht im apriorischen, sondern in einem empirisch-historischen und gleich danach empirisch-psychologischen Sinne gebraucht. Er beruft sich zunächst auf das allgemeine Faktum, daß organisierte Religionen auf historischer Überlieferung beruhen, ferner auf den Umstand, daß geschichtliche Traditionen einzig durch die Liebe verbürgt sind, die uns von Kindheit an von unserer Familie entgegengebracht wird. Der Sultan ist von diesem Argument — aufgrund des Appells an den eigenen Familiensinn, an die eigene Kindesliebe ein klares Argument *ad hominem* — so beeindruckt, daß er Nathans Beweisführung stillschweigend billigt. Infolgedessen hält Nathan es für ungefährlich, mit der Ringgeschichte fortzufahren, die er doch gerade eben für beendet erklärt hatte.
Es folgt eine kurze Schilderung der Aussagen vor Gericht. Wie Nathan ausdrücklich feststellt, beansprucht jeder der Söhne zu Recht, seinen Ring direkt vom Vater empfangen und dabei das Versprechen erhalten zu haben, dereinst das Vorrecht des Ringes zu genißen. Nur indirekt deutet Nathan an, daß die aufgebrachten Söhne einander verdächti-

gen, ein falsches Spiel zu treiben. Dies erregt Saladins teilnahmsvolle Neugier schließlich so sehr, daß er Nathan bittet, ihm die Reaktion des Richters zu schildern — wenn er auch noch sachlich genug ist, seine Forderung sogleich abzuändern in ,,Mich verlangt zu hören / Was du den Richter sagen lässest''. Nathan kommt nun zu den Worten des Richters, der mit Nathan selbst identifiziert werden muß, und zwar nicht allein wegen Saladins ,,Was du . . . sagen lässest'', sondern auch, weil Nathan sein Gleichnis mit den entlarvenden Worten enden läßt: ,,So sagte der / Bescheidne Richter'' — eine deutliche Anspielung auf Saladins früheren Unwillen über Nathans bescheidenes Auftreten.

Der Richter kommt zu dem Schluß, daß die Beweise zur Entscheidung des vorliegenden Falles nicht ausreichen, und ist im Begriff, die Klagen abzuweisen, als er sich an die Wunderkräfte des echten Ringes erinnert. Daraufhin stellt er die Frage, welcher Bruder denn bei den beiden übrigen am beliebtesten sei. Als sich herausstellt, daß keiner diesen Vorzug genießt, folgert er, der wahre Ring müsse verlorengegangen sein und der Vater den Verlust durch Anfertigung dreier Imitationen verborgen haben. Saladin findet dies ,,herrlich'', obwohl ihm doch als Tatsache unterbreitet worden war, daß nur zwei Nachbildungen existierten. Da Saladin diese widersprüchliche Annahme des Richters akzeptiert, scheut sich Nathan nun nicht, seinen Richter vermuten zu lassen, er habe ,,der Vater nun / Die Tyrannei des *einen* Rings nicht länger / In seinem Hause dulden wollen!'' — Der Ring, der (wie Nathan anfangs zu verstehen gab) das Symbol für die beste von drei Religionen sein sollte, ist aus der Parabel verschwunden. Die drei Religionen, nach denen sich Saladin ursprünglich erkundigt hatte, haben sich in Imitationen eines wahreren, berechtigteren Glaubens verwandelt. Hinsichtlich des Problems der Religionswahl ist man somit keinen Schritt über die Stelle hinausgekommen, an der Nathan dazu überging, statt von apriorischen von empirischen Gründen zu sprechen. Was hat Nathan dann aber dadurch gewonnen, daß er die Parabel über den Punkt hinaus fortführt, an dem Saladin stillschweigend das empirische Argument akzepzierte? Die Antwort ist offenbar, daß die Erklärung des Richters Nathan eine umfassendere Bestimmung seiner eigenen Religion erlaubt, als es ihm in dramatischen Situationen möglich war, die ihn mit solchen spezifisch begrenzten Fragen konfrontierten wie Rechas Rückfall in den Aberglauben, Al-Hafis Perfektionismus oder des Templers Intoleranz gegenüber der Unduldsamkeit jüdischer Religion. So kann der Richter den Klägern auferlegen:

Es eifre jeder seiner unbestochnen
Von Vorurteilen freien Liebe nach!
Es strebe von euch jeder um die Wette,
Die Kraft des Steins in seinem Ring an Tag
Zu legen! komme dieser Kraft mit Sanftmut,
Mit herzlicher Verträglichkeit, mit Wohltun,
Mit innigster Ergebenheit in Gott
Zu Hilf'!

Diese Anweisung faßt nicht nur Anschauungen zusammen, die Nathan zum Ausdruck gebracht hat und für die er selbst ein Beispiel ist; sie enthält auch Grundsätze, die — wie wir sahen — von Al-Hafi, dem Tempelritter, dem Klosterbruder und Recha geäußert oder exemplarisch dargestellt wurden, und dies auf eine Weise, daß man fast behaupten könnte, Nathans rationaler Deismus, seine natürliche Religion, sei mit dem ursprünglichen Ring dieser Parabel gemeint. Wahrscheinlicher jedoch ist, daß der Ur-Ring des Gleichnisses nicht die Religion eines endlichen Menschen repräsentiert. So bemerkt der Templer später:

Religion ist auch Partei; und wer
Sich drob auch noch so unparteiisch glaubt,
Hält, ohn' es selbst zu wissen, doch nur seiner
Die Stange.

Es ist nicht möglich, seinen geschichtlichen Ursprüngen zu entrinnen, und hierin liegt zweifellos der Grund, warum Nathans ethischer Deismus eine solch große Ähnlichkeit mit der christlichen Ethik aufweist. Wenn der Richter in Nathans Gleichnis wirklich glaubt, daß es in Millionen Jahren einen weiseren Richter geben wird als ihn, so nur deshalb, weil er in verweltlichter Form die Voraussetzung von der menschlichen Fähigkeit zur letztendlichen Vollkommenheit anerkennt. Die wahrhaft Weisen, wie Nathan oder Saladin, erkennen an, daß eine gänzlich sinnvolle Lebensdeutung menschliche Fähigkeiten übersteigt, und weise spricht auch der Tempelritter, wenn er mit unbewußter Ironie erklärt: ,,Es sind / Nicht alle frei, die ihrer Ketten spotten.''
Wenn Nathan das Ringsymbol nicht widerspruchsfrei gebraucht, wenn er zum Zwecke bewußter ästhetischer Irreführung aus ihm Kapital schlägt, so nur aufgrund der gefahrvollen Situation, in der er sich befindet; wenn er Saladins ursprüngliche Frage unbeantwortet läßt, so nur, weil er auf sie redlicherweise keine Antwort geben kann. Gleichwohl,

sobald er das Herz seines Zuhörers gewonnen hat, beantwortet er unaufgefordert eine andere Frage, die Saladin ebenso gestellt haben könnte: ,,Wie sollte deiner Ansicht nach die wahre, d.i. ideale Religion aussehen?“ Auf Saladins ursprüngliche Frage kann er keine ehrliche Antwort geben, weil er gar kein Jude ist, weil er ihre Prämisse nicht akzeptiert, daß eine der drei von Saladin genannten Religionen die Idealreligion darstelle. So benutzt er sein Gleichnis dazu, solche Fragen aufzuwerfen, die er beantworten kann. Seine Methode entspricht der eines Redners in einer öffentlichen Diskussion, der eine gefährliche oder unmögliche Frage so umzuformulieren versteht, daß sie sich zur Zufriedenheit seiner Gesprächspartner beantworten läßt — alles, was wir erwarten, wenn eine Frage gestellt wurde, ist, eine Antwort zu erhalten, und den meisten von uns ist dabei ziemlich gleichgültig, ob es sich dabei um die Antwort auf die von uns gestellte Frage handelt oder nicht.

Die Frage, welche Nathan niemals beantwortet, lautete jedoch: ,,Aus welchem Grund hast du deine Religion gewählt?“ Es ist dies eine Frage, auf die Nathans unabhängige deistische Religion offensichtlich niemals eine befriedigende Antwort hätte geben können und von der sich auch kaum behaupten läßt, daß sich in ‚Nathan der Weise‘ eine Antwort darauf findet. In der Tat lassen sich die letzten Worte der Ringparabel als Lessings stillschweigendes Eingeständnis werten, sich dessen bewußt zu sein, daß diese Frage strenggenommen nicht gestellt werden kann. Der Richter fordert nämlich die Repräsentanten der drei Religionen, auf die sich das Gleichnis bezieht (und die — wie wir bereits anmerkten — nicht die einzigen historischen Religionen in ‚Nathan der Weise‘ sind), nachdrücklich dazu auf, die wahre religiöse Gesinnung an ihre Nachkommen weiterzugeben; diese mögen dann ,,über tausend tausend Jahre“ wiederum vor dem Richterstuhl erscheinen. ,,Da wird / Ein weis'rer Mann auf diesem Stuhle sitzen, / Als ich; und sprechen.“ Die Millionen Jahre des Richters bedeuten eine Zeitspanne jenseits allen historischen Vorstellungsvermögen des Menschen. Die von ihm umrissene Religion läßt sich durch menschliche Vernunft auf apriorischer Grundlage nicht rechtfertigen. Sie stellt nicht weniger einen irrationalen, bestenfalls empirischen Glauben dar als jede irrationale geschichtliche Religion, die wir im Vertrauen auf unsere Väter übernahmen. Folglich ist Vernunft nur ein anderer Name für moralisches Gewissen, eine andere Bezeichnung für Gottes geheimnisvolle Wege. Später, als Nathan dem Klosterbruder die Geschichte der Ausrottung seiner Familie erzählt, erklärt er: ,,Doch nun kam die Vernunft allmählich wieder. / Sie sprach mit sanfter Stimm': ,Und doch ist Gott!'' (Z. 3052 – 3053). Die einzige Lösung für das Dilemma, in das Nathan durch Saladin gebracht wird, ist die gleiche wie für das Dilemma, dem der Richter gegenübersteht: das Urteil auf unbestimmte Zeit zu suspendieren.''

2. Heinz Politzer, Lessings Parabel von den drei Ringen. In: H. P. ,,Das Schweigen der Sirenen'', Stuttgart 1968, S. 339ff.

Ein Denkspiel mit ,,Pro et Contra''

,,Der Richter, vor dem die drei Söhne ihren Streitfall vorgetragen haben, steht zunächst völlig im ,Vordergrund' des Diesseits, wenn er fragt:

> Nun; wen lieben zwey
> Von euch am meisten? — Macht, sagt an! Ihr schweigt?
> Die Ringe wirken nur zurück? und nicht
> Nach aussen? Jeder liebt sich selber nur
> Am meisten? — O so seyd ihr alle drey
> Betrogene Betrieger!

Aus der Parabel ist soziale Kritik, beinahe soziale Satire geworden. Die Söhne sind betrogene Betrüger, aber nicht mehr wie ihr Vater im Sinn des Gleichnisses, sondern in dem einer bürgerlichen Moralität. Es geht nicht mehr um das Jenseits, den göttlichen Ursprung, sondern um das Diesseits, die menschliche Verträglichkeit. Der Richter drückt das deutlich aus, wenn er die Echtheit aller drei Ringe anzweifelt.

> Der echte Ring
> Vermuthlich ging verloren. Der Verlust
> Zu bergen, zu ersetzen, ließ der Vater
> Die drey für einen machen.

In der Tat ist es nun völlig gleichgültig geworden, ob einer der drei Ringe der echte sei und welcher es wäre: da die Echtheit des ursprünglichen Opals an seine Einmaligkeit geknüpft ist, verschlägt es nichts mehr, ob er zwei- oder dreimal kopiert wurde: die magische Kraft des Originals ist im Augenblick seiner Vervielfältigung verlorengegangen. Und was nun folgt, des Richters Mahnung, an die Söhne, den dreifachen Ring in dreifacher Befolgung seiner ethischen Maxime dreifach in Humanität umzusetzen, hat die Folge endgültig umgangen, welche der

Sultan Nathan — und Goeze Lessing — stellte, wie nämlich die Existenz *eines* Religionsstifters mit der *dreier* Monotheismen vereinbar sei. Statt dessen werden der Menschenwelt der bürgerlichen Aufklärung die Maximen der Humanität empfohlen: Sanftmut, herzliche Verträglichkeit, Wohltun und innigste Ergebenheit in Gott. Nicht erst bei Schiller, sondern schon hier ist die Bühne zur moralischen Anstalt geworden.

Es eifre jeder seiner unbestochnen
Von Vorurtheilen freyen Liebe nach!,

hat der Richter den Söhnen zugerufen. Die Widersprüchlichkeit dieser Stelle liegt nun darin, daß Lessing selbst sie nicht in Wirklichkeit umsetzen konnte, als er sein Drama mit Figuren bevölkerte. Die Ringparabel ist ein Musterbeispiel utopischer Philanthropie; der *Nathan* selbst aber eine Streitschrift, ein *Anti-Goeze.* Das Klima ,,herzlicher Verträglichkeit'', wie es etwa den letzten Akt von Goethes *Iphigenie* gleichsam von innen her durchweht, ist dem streitbaren und im Streit stehenden Lessing nicht gegeben. Seine Schöpferkraft selbst ist noch nicht ,,unbestochen'', nicht von ,,Vorurtheilen frey''. Er verfährt, wie oft bemerkt worden ist, im Verlauf des Stückes mit seinen christlichen Figuren unerbittlicher als es dem künstlerischen Gleichgewicht des Ganzen zuträglich ist, geschweige denn seiner eigenen Lehre von der Toleranz. Einzig dem Tempelherrn sind unter den christlichen Personen des Dramas Bilder des Adels und der echten Glaubensnähe beigegeben: als Engel erscheint er Recha im Brand des Hauses und unter den Palmen wandelt er, ,,die dort des Auferstandnen Grab umschatten''. (I, 1, 111) Doch wieviel Menschlich-Allzumenschliches birgt sich auch unter dem weißen Mantel dieses Kreuzfahrers, der sich am Ende als der Sohn eines Mohammedaners entpuppt!

Die Schlußlösung — der Christensohn und die Judentochter als die leiblichen Kinder eines Muselmanen — ist ebenso geheimnislos vernünftig wie es in der Parabel der Kommentar des Richters war. Hätte Lessing es hierbei bewenden lassen, dann wäre das Drama nichts als das Spiel aufklärerischen Witzes, dem Huge von Hofmannsthal die ,,unvergleichliche Gespanntheit'' des Dialogs nachgerühmt hat, ,,dies Einander-aufs-Wort-Lauern, Einander-die-Replik-Zuspielen, . . . dies Fechten mit dem Verstand (und mit dem als Verstand maskierten Gemüt)'', dann wäre wirklich alles ,,auskalkuliert . . . an diesen Figuren''. (Prosa IV, 483, 2) Die Gefahr, das Gedicht in pure Konstruktion, in Logik ohne Leben, in eine ,,theatralische Schnurre'' ausarten zu lassen, lag Lessing nahe, und er wußte es. Das Wort von der ,,theatral'schen Schnurre'' hat er in bitterer Selbstironie der einzigen unter seinen Gestalten in den Mund gelegt, in der sein beherrschter Geist an die Grenze des Grotesken und Maliziösen rührte, dem Patriarchen:

> Ich will den Herrn damit auf das Theater
> Verwiesen haben, wo dergleichen pro
> *Et contra* sich mit vielem Beyfall könnte
> Behandeln lassen. (IV, 2, 2522-2525)

Von dieser Gefahr, aus seinem Drama ein pures ,,Denkspiel'' zu machen und nichts weiter, hat sich Lessing durch das Ende der Ringerzählung bewahrt. Denn für den Richter ist der Prozeß, der mit der Stiftung des einen Ringes begonnen, immer noch anhängig, (wie er es, nebenbei gesagt, auch für den Juden des Boccaccio war). Aber für Lessing geht der Streit, der Wettstreit der Brüder, nicht nur weiter, er ist auch schlichtbar. Die Erziehung des Menschengeschlechts zu der ihm eingeborenen Würde ist nur die dringendste Aufgabe, nicht aber das letzte Ziel:

> und wenn sich dann der Steine Kräfte
> Bey euren Kindes-Kindeskindern äussern:
> So lad' ich über tausend tausend Jahre,
> Sie wiederum vor diesen Stuhl. Da wird
> Ein weisrer Mann auf diesem Stuhle sitzen,
> Als ich; und sprechen.

Dem Unbestimmten offen, wie die Parabel begann, endet sie nun. In der Erzählung selbst ist eine rückläufige Bewegung eingetreten, die sie abrundet, wenn auch erst im Unendlichen.''

Materialien zur 8. Stunde: Die Quelle der Ringparabel

Giovanni Boccaccio, ,,Decamerone" I, 2 und I, 3

Lessing verweist, was die Quellen zu seinem ,,Nathan" anbelangt, auf Giovanni Boccaccios Novellensammlung ,,Decamerone" (1349 – 1352), die eins der beliebtesten ,,Lesebücher" des Mittelalters war.
Den Namen ,,Nathan" fand er ebenfalls in ,,Decamerone", X, 3, in der Erzählung vom freigebigen und gütigen Juden. Ihre Anfangssätze lauten:
,,In der Gegend von Katajo soll ehemals ein Mann von edler Geburt und unermeßlichen Reichtümern namens Nathan gewohnt haben. Unter anderem besaß er ein Gut an der Straße, welche alle Reisenden, die von Abend nach Morgen oder umgekehrt reisten, benutzen mußten. Begierig, sein edles und gütiges Herz in Handlungen zu zeigen, ließ er einen der schönsten und weitläufigsten Paläste erbauen und ihn zur Aufnahme und Bewirtung der Vorüberreisenden aufs beste herrichten. Durch diese löbliche Gewohnheit breitete sich sein Ruf nicht nur im Orient, sondern selbst im ganzen Okzident aus."
Die Erzählung von den drei Ringen als Allegorie der drei Religionen gehörte zum Bestand spätmittelalterlicher Geschichtensammlungen. Daher war sie Boccaccio bekannt, aus dessen ,,Decamerone" I, 3 sie Lessing entnahm und in sein dramatisches Gedicht ,,Nathan der Weise" als Höhe- und Kulminationspunkt einfügte.
Auch der vorhergehenden Erzählung I,2 entnahm Lessing einige Züge.

I, 2

Abraham, ein Jude, geht auf Anregung Jeannot von Civignis an den römischen Hof, sieht da das lasterhefte Leben der Geistlichen, kehrt nach Paris zurück und wird ein Christ.
In Paris lebte ein großer Kaufmann, namens Jeannot von Civigni, ein braver, rechtschaffener und aufrichtiger Mann. Seinen größten Handel trieb er mit Seidenwaren und unterhielt eine genaue Freundschaft mit einem reichen, gleich ehrlichen und rechtschaffenen Handelsjuden, Abraham genannt.
Jeannot kannte dessen Ehrlichkeit und Rechtschaffenheit und bedauerte herzlich, daß die Seele eines so braven und verständigen Mannes aus

Gründen des Glaubens verdammt werden sollte. Er bat ihn also freundschaftlich, die Irrtümer der jüdischen Lehre zu verlassen und sich zur Wahrheit der christlichen Religion zu bekehren. Er sähe ja, daß diese als die heilige und wahre immer mehr gedeihe und sich ausbreite, da im Gegenteil die seinige immer mehr und mehr abnähme.
Der Jude antwortete, er hielte keine Religion für heiliger und besser als die jüdische. In dieser sei er geboren, in ihr wolle er leben und sterben, und nichts könnte je ihn davon abbringen.
Jeannot ließ es dabei nicht bewenden. Nach einigen Tagen wiederholte er das nämliche Anliegen und bewies ihm auf eine so derbe Art, wie Kaufleute es können, aus was für Gründen seine Religion der jüdischen vorzuziehn sei. Der Jude war zwar ein großer Meister in seinem Gesetze, gleichwohl rührte ihn die besondre Freundschaft des Jeannot — oder vielmehr die Worte, die ein guter Geist diesem ungelehrten Manne in den Mund legte — so sehr, daß er anfing, an den Urteilen des Jeannot Geschmack zu finden. Doch bestand er noch hartnäckig auf seinem Glauben und wollte sich nicht bereden lassen. Trotz seiner Widerspenstigkeit aber ließ Jeannot nicht nach, in ihn zu dringen, bis endlich der Jude den anhaltenden Bitten unterlag.
„Wohlan, Jeannot", sprach er, „du siehst es gern, daß ich ein Christ werde; ich bin bereit, es zu tun. Doch will ich zuvor nach Rom gehn, um den, welchen du für den Statthalter Gottes auf Erden ausgibst, und seiner Brüder, der Kardinäle, Lebensart und Aufführung zu sehn. Finde ich sie so, daß ich aus ihren Worten und Handlungen schließen kann, euer Glaube sei besser als der meinige, so tu' ich, was ich dir versprochen habe, wo nicht, so bleib' ich, was ich bin, ein Jude."
Als Jeannot dies hörte, betrübte er sich außerordentlich und sagte bei sich selbst: Ich glaube diesen Mann bekehrt zu haben, aber meine so gut angewandte Mühe ist verloren; denn wenn er an den römischen Hof geht und das lasterhafte und schädliche Leben der Geistlichkeit sieht, wird er sicher kein Christ, und wäre er es schon, so kehrte er ohne Zweifel zum Judentum zurück.
„Aber mein Freund", sagte er daher, sich zu Abraham wendend, „warum willst du dir mit der Reise nach Rom soviel Mühe und Kosten machen? Wieviel Gefahren können einem so reichen Manne wie dir, zu Wasser und zu Lande begegnen? Glaubst du nicht, daß sich hier jemand finden wird, der dich taufen kann? Oder nährst du vielleicht noch einige Zweifel in Ansehung des Glaubens, darin ich dich unterwiesen habe; wo könnte es größere Meister und klügere Männer in diesem Fa-

che geben als hier? Diese werden dir alles erklären, was du wünschest und verlangst. Deine Reise, dächt' ich, wäre daher sehr unnötig. Du kannst glauben, daß die Prälaten dort ebenso sind wie hier, eher um vieles besser, weil sie dem Haupthirten um soviel näher sind. Verspare also, wenn ich dir raten soll, diese Reise auf ein andermal, etwa bei Gelegenheit eines Ablasses, wo ich dir vielleicht Gesellschaft leisten will."
„Ich glaube, Jeannot", erwiderte der Jude, die „Wahrheit von alldem, was du sagst; aber mit einem Worte, ich bin nun einmal entschlossen, dahin zu gehen."
„So geh denn in Gottes Namen", antwortete Jeannot, als er seine Beharrlichkeit sah. — Er dachte bei sich selbst: Der wird nimmermehr ein Christ werden, wenn er den römischen Hof sieht. Weil er selber aber auf alle Fälle dabei nichts verlor, so ließ er sich's gefallen.
Der Jude setzte sich aufs Pferd und eilte so geschwind als möglich nach Rom. Bei seiner Ankunft wurde er von den Juden selbst mit vieler Ehre empfangen. Ohne jemandem die Ursache seiner Reise zu entdecken, wandte er seinen Aufenthalt dazu an, behutsam die Aufführung des Papstes, der Kardinäle, der Prälaten und aller Hofleute zu beobachten. Aber als ein Mann von Geist bemerkte er sehr bald, daß fast die ganze Klerisei, vom Größten bis zum Niedrigsten, auf die unanständigste Art in Wollüsten lebte. Nicht mit der Natur zufrieden, schweiften sie bis zum Unnatürlichen aus. Weder Vorwürfe des Gewissens noch Schande konnten sie bezähmen. Viele fand er so geizig und geldhungrig, daß sie Menschen, ja sogar Christenblut und geweihte Sachen, sie mochten noch so heilig sein und zum Gottestdienst oder zu den Pfründen gehören, für Geld kauften und verkauften. Sie trieben so große Jüdelei und versorgten soviel Makler damit, daß es in Paris kaum Kleiderhändler oder andere Trödler gibt. Unter dem Namen der Besorgungsgebühren trieben sie die offenbarste Simonie. Gefräßigkeit nannten sie Unterhaltung. Gleich als ob Gott die böse Absicht dieser niederträchtigen Seelen nicht kenne und nach Menschenweise durch Benennung der Dinge sich müsse hintergehn lassen.
Diese und noch viele andere Dinge, die man verschweigen muß, mißfielen dem Juden, der mäßig und ehrbar lebte, äußerst. Er glaubte genug gesehn zu haben, beschloß seine Abreise und kehrte nach Paris zurück. Als Jeannot seine Ankunft vernahm, hoffte er nichts weniger als die Bekehrung des Juden. Er besuchte ihn sogleich, und sie schmausten miteinander. Nachdem er einige Tage ausgeruht hatte, fragte Jeannot, was er von der römischen Klerisei hielte.

,,Sie ist größtenteils nichts wert'', erwiderte der Jude ohne Anstand, ,,daß ihr Gott das Leben erhält. Bei den meisten Geistlichen, sag' ich dir, hab' ich, soviel ich bemerken konnte, nicht die geringste Frömmigkeit oder Andacht, noch sonst etwas Gutes, wohl aber Üppigkeit, Geiz, Fressen und Saufen, Betrug, Neid, Hochmut und solche Dinge, die noch schlimmer sind — wenn es noch schlimmere geben kann —, im Schwange getroffen. Es scheint dort mehr eine Werkstatt verdammlicher, als göttlicher Handlungen zu sein.
Soviel ich urteilen kann, sucht man mit aller Sorgfalt, Erfindung und Kunst die christliche Religion zu Nichts zu verwandeln und sie ganz aus der Welt zu vertilgen, anstatt daß sie der Grund und die Stützen derselben sein sollten. Trotzdem sehe ich aber, daß dies Trachten doch nicht in Erfüllung geht, sondern daß eure Religion sich immer mehr ausbreitet, aufgeklärter und glänzender wird. Daraus schließe ich, daß sie die wahre und heilige sei und mehr als irgendeine andre den Heiligen Geist zur Stütze habe. Ich sage dir also unverhohlen, so hart und unempfindlich ich sonst gegen dein Zureden war, jetzt lasse ich mich durch nichts mehr abhalten, ein Christ zu werden. Laß uns zur Kirche gehn, damit ich nach den Bräuchen eures heiligen Glaubens getauft werde.''
Jeannot, der gerade den entgegengesetzten Entschluß erwartete, war der zufriedenste Mann von der Welt, als er dies hörte. Er ging mit ihm zur Kirche Unsrer Lieben Frauen zu Paris und ersuchte die dort Geistlichen, sie möchten Abraham taufen. Sie erfüllten seinen Wunsch und tauften ihn sogleich. Jeannot vertrat die Patenstelle und nannte ihn Johann. Er ließ ihn hierauf von gelehrten und braven Männern in den Grundsätzen unsres Glaubens hinlänglich unterrichten, die er bald begriff. Er blieb nachher ein ehrlicher und rechtschaffner Mann und führte ein frommes Leben.

I, 3

Melchisedech wendet mit einer Erzählung von drei Ringen eine große von Saladin ihm zugedachte Gefahr ab.

Ihr alle werdet wissen, daß Torheit uns oft vom höchsten Glück ins größte Elend stürzt, Verstand hingegen den Klugen aus den größten Gefahren reißt und in die vollkommenste und zufriedenste Sicherheit versezt. Die Wahrheit des ersten sehn wir in vielen Beispielen.
Saladin hatte sich durch seine vorzügliche Tapferkeit von einem geringeren Manne bis zum Sultan von Babylon emporgeschwungen und

manchen Sieg über sarazenische und christliche Könige erfochten. Aber seine vielen Kriege und große Pracht hatten auch seinen ganzen Schatz erschöpft; und als ein plötzlicher Zufall eine ansehnliche Summe Geldes erforderte, wußte er nicht, wo er so geschwind es hernehmen sollte.

Endlich besann er sich auf einen reichen Juden, namens Melchisedech, der in Alexandrien Geld auf Zinsen lieh. Dieser, glaubte er, könnte ihm aushelfen, wenn er nur wollte; aber er war so geizig, daß er es gutwillig nie würde getan haben, und Gewalt wollte er nicht brauchen. In der Not sann er auf ein Mittel, wie ihm der Jude dienen müßte, und entschloß sich, endlich zwar Gewalt anzuwenden, sie aber doch mit einigem Schein zu bemänteln.

Er ließ ihn rufen, empfing ihn sehr freundschaftlich und befahl, sich neben ihm niederzulassen. „Braver Mann", sprach er, „ich habe dich von vielen Leuten für weise und erfahren in göttlichen Dingen rühmen müssen. Ich wünschte von dir zu wissen, welche von den drei Religionen du für die wahre hältst, die jüdische, die sarazenische oder die christliche."

Der Jude, welcher wirklich ein gescheiter Mann war, merkte wohl, daß Saladin die Absicht hatte, seine Worte zu benutzen, um ihm einen verdrießlichen Handel auf den Hals zu ziehn. Er glaubte also, wenn er sein Spiel nicht gleich verloren geben wollte, keine von diesen drei Religionen mehr loben zu dürfen als die andere, und bekümmert um eine unverfängliche Antwort, besann er sich endlich auf folgende Ausflucht:

„Mein Beherrscher", erwiderte er, „die Frage, die Ihr mir vorlegt, ist schön. Um mein Urteil darüber zu fällen, muß ich folgende Geschichte erzählen. Ich besinne mich, sofern ich nicht irre, gehört zu haben, daß ehedem ein großer und reicher Mann unter andern raren Edelsteinen in seinem Schatz auch einen vorzüglich schönen und kostbaren Ring besessen hat. Er schätzte ihn seines Werts und seiner Schönheit wegen so sehr, daß er wünschte, er möge beständig in seiner Familie bleiben, und befahl darüber, daß dasjenige von seinen Kindern, bei dm sich dieser Ring befände und dem er ihn hinterließe, für seinen Erben angesehn und von den übrigen als der Vornehmste geachtet und geschätzt werden solle.

Sein Erbe beobachtete bei seinen Nachkommen ebendiese von seinem Vorfahren festgesetzte Ordnung, und so ging der Ring von einer Hand in die andre.

Endlich kam er an einen Vater von drei Söhnen, die gleich schön, tugendhaft und ihrem Vater äußerst gehorsam waren. Er liebte sie folglich

alle drei gleich stark. Die Söhne kannten die Bedeutung des Ringes, und jeder war begierig, der Erbe zu sein. Jeder bat also den alten Vater, ihm beim Sterben den Ring zu hinterlassen. Der ehrliche Mann, der gleiche Liebe für sie hatte, war wirklich im Zweifel, welchen er zum Besitzer des Ringes machen sollte. Er hatte ihn allen versprochen und war also darauf bedacht, wie er allen dreien sein Versprechen halten wollte. Er ließ daher bei einem guten Künstler insgeheim noch zwei andre Ringe fertigen. Diese waren dem ersten so ähnlich, daß er selbst kaum den rechten unterscheiden konnte, und als es zum Sterben kam, gab er jedem seiner Söhne heimlich einen davon.
Nach dem Tode des Vaters verlangte jeder die Erbschaft nebst der Ehre. Da einer dem andern dieselbe verweigerte, brachte jeder seinen Ring hervor zum Beweise, daß er ein Recht darauf habe. Man fand die Ringe einander so ähnlich, daß der rechte nicht zu unterscheiden war. Die Frage, welcher von ihnen der rechtmäßige Erbe des Vaters sei, blieb daher unentschieden und soll auch heute noch unausgemacht sein.
Dies ist, mein Beherrscher, meine Meinung von den drei Religionen, welche Gott der Vater den drei Nationen gegeben hat und worüber Ihr die Frage aufwarft. Jede hält ihre Gesetze für wahr und glaubt ihre Gebote unmittelbar von ihm zu haben. Die Frage, wer recht hat, ist ebenso unentschieden wie die von den drei Ringen."
Als Saladin sah, daß der Jude sich sehr gut aus der ihm gelegten Schlinge zu ziehen wußte, entschloß er sich, ihm sein Anliegen vorzutragen, ob er ihm helfen wolle. Er verhehlte ihm auch die Absicht nicht, die er gehabt, wenn er nicht so bescheiden geantwortet hätte. Der Jude ließ sich willig finden, die verlangte Summe vorzustrecken. Saladin zahlte sie ihm nachher zurück und verehrte ihm überdies noch ansehnliche Geschenke.
(Boccaccio, Das Dekameron, Berlin 1938, S. 38 – 44)

Aufgabe
Beantworten Sie folgende Fragen:
Wie hat Lessing diese Erzählung in sein Drama eingebaut?
Welche Veränderungen hat er vorgenommen?
Inwiefern entsprechen diese seinen Intentionen von der Idee des Dramas?

Materialien zur 9. Stunde: Der Handlungsablauf III, 8 — V, 7

Texte und Aufgaben zum Handlungsablauf III, 8 — V, 7

Mit dem Monolog des Tempelherrn in III, 8 setzt — in hartem Kontrast zu der eben vollzogenen Befreundung Nathans mit Saladin — eine gegenläufige Bewegung ein, ausgelöst durch die von Nathan abgelehnte Werbung des Tempelherrn. Eine Katastrophe scheint sich vorzubreiten, verursacht durch die Unreife des Christen, die den Durchbruch der Vernunftwahrheit in ihm am längsten verhindert. Seine eigene Verstrickung führt ihn hart an den Rand eines tragischen Konflikts. Innerhalb einer dramaturgischen Struktur aber wird dieser Punkt am Ende des dritten Aufzuges erreicht. Er ist — bühnenmäßig gesprochen — die Ballung der gegenläufigen Dynamik der Handlung vor der großen Pause. Man sollte vorsichtiger sein mit dem Vorwurf, die Nathan-Handlung sei im Sinne der klassischen dramatischen Formgesetze allzu locker gefügt.
Mit dem Einsatz des vierten Aktes scheint sich das Gegenspiel zu formieren. Die Wichtigkeit der Patriarchenszene wird unterstrichen durch den einen präludierenden Auftritt deliberativischen Charakters (Tempelherr, monologisch: „Laßt sehn, warum mir eigentlich zu tun!"). In der Bosheit des Patriarchen und in dem Rasen Curds gegen den „toleranten Schwätzer" Nathan erscheinen die Verzerrung und Verkehrung der Wahrheit, Lüge und Widervernunft. Aber sie bleiben ohne Macht und Folgen. Es ist, als habe die parabolisch verkündete Wahrheit die zerstörerischen Mächte paralysiert. So ergibt sich eine eigentümliche, wieder im Sinne eines nach allen Seiten spielenden Funktionalismus zu verstehende Struktur.

Aufgabe:
Analysieren Sie die Bedeutung der Patriarchenszene IV, 2.
Gehen Sie auf die Zeitbezogenheit des haßerfüllten Patriarchenwortes „Tut nichts! Der Jude wird verbrannt!" ein.
Entdecken Sie im Patriarchen einen Christen, wie der Tempelherr in IV, 1, Vers 2446 sagt?
Kennzeichnen Sie die Intoleranz und Rachsucht des Patriarchen.
Lesen Sie Paul Celans Gedicht „Todesfuge" vor und setzen Sie es in Beziehung zu dem Mordbefehl des Patriarchen.

Charakterisieren Sie die Bedeutung der Szene IV, 4.
Wie beurteilen Sie folgende Äußerung des Tempelherrn über Nathan:

> Der tolerante Schwätzer ist entdeckt!
> Ich werde hinter diesen jüd'schen Wolf
> Im philosoph'schen Schafpelz Hunde schon
> Zu bringen wissen, die ihn zausen sollen!

Die Szene IV, 7 — eine der wichtigsten des Dramas — soll im Unterricht ganz gelesen werden.
Beurteilen Sie folgende Kernstelle aus dieser Szene:

Klosterbruder: Und ist denn nicht das ganze Christentum
Aufs Judentum gebaut? Es hat mich oft
Geärgert, hat mir Tränen g'nug gekostet,
Daß unser Herr ja selbst ein Jude war.
(IV, 7, Vers 3020 — 3024)

Die Aktualität des ,,Nathan''-Dramas spricht auch aus dem erschütternden Bericht Nathans von der Ermordung und Vernichtung seiner Sippe durch christliche Unduldsamkeit und Judenhaß. Ziehen Sie von diesem Bericht aus die Verbindung zur ,,Blutbegier'' (Tempelherr Vers 2804) des Patriarchen und der Ausrottung der Juden durch den Nationalsozialismus unter Adolf Hitler.

> Ihr wißt wohl aber nicht, daß wenige Tage
> Zuvor, in Gath, die Christen alle Juden
> Mit Weib und Kind ermordet hatten; wißt
> Wohl nicht, daß unter diesen meine Frau
> Mit sieben hoffnungsvollen Söhnen sich
> Befunden, die in meines Bruders Hause,
> Zu dem ich sie geflüchtet, insgesamt
> Verbrennen müssen . . .
>
> Als
> Ihr kamt, hatt' ich drei Tag' und Nächt' in Asch'
> Und Staub vor Gott gelegen, und geweint.
> Geweint? Beiher mit Gott auch wohl gerechtet,
> Gezürnt, getobt, mich und die Welt verwünscht;
> Der Christenheit den unverständlichsten
> Haß zugeschworen . . .

(Vers 3038 — 3051)

Zeigen Sie auf, wie die familiären Bindungen sich am Ende des vierten und zu Beginn des fünften Aktes mehr und mehr zu enthüllen beginnen, so wie Nathan es in V, 4, Vers 3325 – 3328 ausspricht:

Nathan. Wie sich
Der Knoten, der so oft mir bange machte,
Nun von selber löset! – Gott! wie leicht
Mir wird . . .

Materialien zur 10. Stunde: Die Schlußszene V, 8

,,Alle Menschen werden Brüder . . .''
Zur Apotheose der Schlußszene V, 8

Das dramatische Gedicht ,,Nathan der Weise'' mündet ein in die große Apotheose der Schlußszene.
Man hat schon immer auf den opernhaften Schluß des Dramas hingewiesen, der die Versöhnung und Verschwisterung der Personen feiert. So schreibt Werner Thomas: ,,Die drei letzten Auftritte sind schon im Aufbau zu einer Einheit komponiert: ein Dialog zwischen Sittah und Recha weitet sich über ein Terzett (Saladin tritt hinzu) zum Schlußquintett. Die musikalischen Bezeichnungen sind nicht nur äußerlich gemeint. Der Szenencharakter hat eine gewisse Verwandtschaft mit dem Musiktheater. Die Sprachform der eigentlichen Erkennung mit dem Hin- und Herwerfen der Worte:

> ,,Rechas Bruder . . . / Seid ihr? / Ich? ich bin ihr Bruder? / Er mein Bruder? / Geschwister! / Sie Geschwister! / Ah! mein Bruder! / Ihr Bruder!

ist der — dort ins Komische akzentuierten — Erkennung des Figaro durch die ,,Eltern'' in Mozarts ,Le nozze di Figaro' verblüffend ähnlich. Wird die Szene im Geist schwereloser Heiterkeit gespielt, so verlieren die dagegen oft erhobenen Vorwürfe ihre Berechtigung. [. . .]'' (S. 60)
Aufgabe.
Ziehen Sie zum Vergleich einige Operntexte heran (Beethoven, ,,Fidelio'', Mozart, ,,Entführung aus dem Serail'', ,,Fidaros Hochzeit'', ,,Die Zauberflöte'') und zeigen Sie die Affinität der Schlußgestaltung und der ,,Melodik'' der Dialogführung Lessings mit der Schlußgestaltung und Dialogführung der Terzette, Quartette und Quintette dieser Opern auf.
Wilhelm Dilthey (,,Lessing'' in ,,Das Erlebnis und die Dichtung'', Leipzig/Berlin 1929) deutet den Schluß des ,,Nathan'' so:

> ,,Alle Gestalten des Dramas sind geformt unter dem Gesichtspunkt des Grundgedankens, der das Drama beherrscht. Sie stellen den Fortgang des Geistes zu einer religiösen Freiheit dar, welche jede Einzelreligion unter sich zurückläßt. Nathan, Saladin, der Tempelherr, Recha sind nirgend und in keinem Punkte ihres Den-

kens und Handelns Repräsentaten des Glaubens, in dem sie erzogen sind. Der Wert ihrer Persönlichkeit hat nichts zu tun mit dem Wert der historischen Religion, welcher sie äußerlich angehören ... Lessing zeigt, wie mitten im Machtkampf und in den fanatischen religiösen Gegensätzen die freien Geister sich loslösen vom Glauben der Väter, wie sie sich finden, in sich selbst die gleiche Menschlichkeit entdecken, und wie nun eine geistige Solidarität zwischen ihnen sich bildet: der ähnlich, welche Lessing in sich erlebte und um sich sah ....
Hier herrschen die universalen Stimmungen, die aus den höchsten Relationen zur unsichtbaren Welt entspringen, aus dem Verhältnis derer, die gemeinsam in dieser Region leben. Leise, feine Fäden gehen zwischen diesen Personen hin und her — ein Entdecker verwandter Naturen, ein Sichbefreunden, ein reinstes Glück, das von da ausgeht. Die Gemeinschaft, die so entsteht, ist eine innere, unabhängig von Nation, Bekenntnis, Stand und Wirken in der Welt ...
Diese Vorgänge sind zusammengefaßt zu einem Schluß, der in einem äußeren Symbol die erreichte Gemeinschaft der freien Geister zum tiefsten Ausdruck bringt: ... blutsverwandt sind die Nationen, sind die großen Religionen, welche sich in die Erde teilen. Fremd, ja feindlich einander gegenübertretend, entdecken sie, daß e i n e Familie bilden. Das ist das große Geheimnis, welches der Schluß symbolisch ausdrückt. Auf *einem* Stamm sind die religiösen Ideen gewachsen, entsprossen aus *einer* Einheit des ersten Glaubens; sie bilden *eine* Entwicklung der religiösen Vernunft ..." (S. 137 ff.)

Nur Nathan steht in der Schlußszene etwas abseits: Saladin, Sittah, Recha und der Tempelherr sind blutsverwandt; Nathan gehört nicht blutsmäßig zu ihnen, aber er, der „Stifter" dieser Blutsverwandtschaft, dieser Familie, ist sozusagen ihr geistiger Vater und gehört damit in einem höheren und weiteren Sinne zu dieser Gemeinschaft der freien Geister. Und wie Werner Thomas, den musikalischen Charakter der Schlußszene betonend, auf Mozart verweist, so verweist Wilhelm Dilthey auf Beethoven: „Zu mächtigstem Ausdruck gelangte der Gehalt dieses Gedichtes in der neunten Sinfonie Beethovens." Diese mündet in den Schlußchor, dem Schillers Verse aus seinem Lied „An die Freude" zugrundeliegen. Sie entsprechen sinngemäß der Apotheose des Schlußbildes V, 8:

An die Freude

Freude, schöner Götterfunken,
Tochter aus Elysium,
Wir betreten feuertrunken,
Himmlische, dein Heiligtum.
Deine Zauber binden wieder,
Was die Mode streng geteilt,
Alle Menschen werden Brüder,
Wo dein sanfter Flügel weilt.

Chor

Seid umschlungen, Millionen!
Diesen Kuß der ganzen Welt!
Brüder — überm Sternenzelt
Muß ein lieber Vater wohnen.

Wem der große Wurf gelungen,
Eines Freundes Freund zu sein,
Wer ein holdes Weib errungen,
Mische seinen Jubel ein!
Ja — wer auch nur eine Seele
Sein nennt auf dem Erdenrund!
Und wers nie gekonnt, der stehle
Weinend sich aus diesem Bund.

Chor

Was den großen Ring bewohnet,
Huldige der Sympathie!
Zu den Sternen leitet sie,
Wo der Unbekannte thronet.

Zur Charakteristik der Hauptpersonen des Dramas

(Wilhelm Dilthey, Gotthold Ephraim Lessing. In: W. D., Das Erlebnis und die Dichtung, Leipzig/Berlin 1929)

Aufgabe

Nehmen Sie Stellung zu der folgenden Charakterisierung der Personen des Dramas durch Wilhelm Dilthey. In welcher Hinsicht stimmen Sie seinen Ausführungen zu, in welcher Hinsicht würden Sie ihnen widersprechen? Begründen Sie Ihre Ansicht.

,,Die königliche Natur des *Saladin* lebt sich aus in einem Machtwillen, den die Staatsräson leitet, der kühl die gefangenen Tempelherren zur Hinrichtung sendet und die herabgedrückte, unkriegerische jüdische Rasse verachtet. Er zahlt seinen Tribut an orientalisches Fürstenwesen, wenn er die Untertanen aussaugt, um Bettler zu bereichern. Aber in diesem fürstlichen Walten hat er auch lange gelernt, hinter allen Hüllen religiöser Bekenntnisse denselben Menschen zu erkennen und zu würdigen, und Nathan legt ihm nur in der Reflexion das zurecht, dessen sein einfacher, starker, heroischer Geist längst sicher gewesen ist. — Der weise *Nathan* gibt dem Stück nicht nur den Namen, sondern in ihm liegt auch die Kraft aufzuklären, zu erziehen, zusammenzuführen, durch welche das Ziel der dramatischen Handlung erreichbar wird. Das war schon durch die Stellung der Parabel von den drei Ringen im Stücke gegeben. Es mag sich darin auch eine Tendenz Lessings äußern, welche durch die damalige Lage der Juden bedingt war. Aber das ist doch die Hauptsache, daß Nathan, weil in ihm die religiöse Anlage seines Volkes wirksam ist, doppelt wirksam unter äußerem Druck und in der Beschränkung auf bloßes Privatdasein, besonders dazu taugt, den Vorgang totaler Selbstverleugnung faßlich zu machen, der zur universalen Menschenliebe führt, und ebenso dann die unablässige Abstraktion, welche das Erlebte denkend zerlegt und sich so zur Souveränität der Vernunft erhebt. Aber auch Nathan zahlt für die Bewußtheit, die in sich und anderen nichts Dunkles lassen will, für das alles betastende, ruhelose Denken mit der Eintönigkeit eines Charakters, in welchem keine naiven Kräfte im Rückhalt sind; die Mutter alles Großen ist eben die Leidenschaft. Seine Weisheit ist zurückgezogen aus der Welt allgemeiner, bedeutender Wirkungen. Es ist die Weisheit Spinozas. — Der *Tempelherr,* diese herrliche Jünglingsgestalt von stärkster dramatischer Wirkung ist ebenfalls jenseits jeder positiven Religion. Er hat das aber nicht erreicht in einem religiös-intellektuellen Vorgang wie Nathan, oder auch kraft eines großen Überblicks über die Welt wie Saladin; sondern wie sein trotziger, rücksichtsloser Wahrheitssinn hineingestellt war in diese Mischung der Bekenntnisse und der Rassen, lernte er jeden Anspruch der Gläubigen, eine wahre Religion zu besitzen, verachten, gering denken von der Menge und doch Menschenwert voll anerkennen, wo er auf ihn traf. Aber — darin erscheint nun seine Grenze — seine Kraft, aus dem Ganzen in Liebe und Haß, in stolzer Sicherheit der Welt gegenüber zu leben, hat noch nicht gelernt, der Vernunft sich zu unterwerfen: er erlebt vor unseren Augen die Umwandlung, die auch ihn durch Schmerz und Resignation hindurchführt und ihn reif macht. — Aus demselben Geschlecht der Stauffer und der vornehmsten mohammedanischen Fürstenfamilie, zeigt seine Schwester *Recha* das nämliche Ungestüm, gibt sich ebenso stark der leidenschaftlichen Regungen ihres Gemütslebens hin: ihr aber ward das Glück, ohne inneren Kampf durch die Erziehung des Weisen in die Freiheit des Geistes geführt zu werden." (S. 137f.)

„Nathan, Saladin, der Tempelherr und Recha sind nirgend und in keinem Punkte ihres Denkens und Handelns Repräsentanten des Glaubens, in dem sie erzogen sind. Der Wert ihrer Persönlichkeit hat nichts zu tun mit dem Wert der historischen Religion, welcher sie äußerlich angehören. Die Form ihres moralischen Charakters ist ebenso sehr als durch diese historische Religion bedingt durch Rasse, Klima, Lebensart. Und wenn diese Charaktere auf verschiedenen Stufen der Reife, der gedankenklaren Aufklärung sich befinden, so haben doch die Charakterformen selber, zu denen sie angelegt sind, jede ihren eigenen Wert, und keine hat einen höheren Wert als eine andere: Individualität ist eben unvergleichbar." (S. 137)

„Alle diese Gestalten sind aber geformt unter dem Gesichtspunkt des Grundgedankens, der das Drama beherrscht. Sie stellen den Fortgang des Geistes zu einer religiösen Freiheit dar, welche jede Einzelreligion unter sich zurückläßt." (S. 137)

(Gottfried Fittbogen. Die Religion Lessings. In: Michael Bohnen, Lessings „Nathan der Weise", Darmstadt 1984, S. 73)

Die Lehre der Parabel von der künftigen Antiquierung der drei positiven Religionen muß sich natürlich im Drama bereits praktisch geltend machen, sie darf nicht abstrakte Theorie bleiben. Recha ist ihre Verkörperung.

Denn welcher Religion gehört sie, die zu allen drei Religionen in Beziehung steht, eigentlich an??

Sie ist die Tochter eines aus äußerlichem Anlaß zum Christentum übergetretenen Mohammedaners und die Nichte des islamitischen „Verbesserers der Welt und der Gesetze'', allerdings selbst nicht Mohammedanerin; und so kann der Islam sie nicht für sich in Anspruch nehmen. Sie selbst ist getauft und damit Christin geworden. Aber tatsächlich ist sie trotz des character indelebilis des Taufsrakaments keine Christin. Sonst brauchte sich Daja nicht soviel Mühe zu geben, sie zum Christentum hinüberzuziehen; auch weiß sie selbst nichts davon, daß sie getauft ist (III, 10). Also wird sie wohl die Religion ihres geistigen Vaters teilen und Jüdin sein. Dazu stimmt, daß Nathan sie als Jüdin hat aufwachsen lassen (VI, 4) und daß der Tempelherr sie schlechthin als Judenmädchen betrachtet (I, 5; III, 8; III, 10), dafür gilt sie offenbar bei allen Bekannten in Jerusalem.

Tempelherr. Gesetzt, ehrwürd'ger Vater,
Ein Jude hätt' ein einzig Kind, — es sei
Ein Mädchen, — das er mit der größten Sorgfalt
Zu allem Guten auferzogen, das
Er liebte mehr als seine Seele, das
Ihn wieder mit der frömmsten Liebe liebe.
Und nun würd' unsereinem hinterbracht,
Dies Mädchen sei des Juden Tochter nicht;
Er hab' es in der Kindheit aufgelesen,
Gekauft, gestohlen, — was Ihr wollt; man wisse,
Das Mädchen sei ein Christenkind, und sei
Getauft; der Jude hab' es nur als Jüdin
Erzogen; lass' es nur als Jüdin und
Als seine Tochter so verharren: — sagt,
Ehrwürd'ger Vater, was wär' hierbei wohl
Zu tun?

(IV, 2)

Da sie aber gerade des Juden Nathan Pflegetochter ist, so hat es mit ihrem Judentum eine eigne Bewandtnis: sie ist sein Geschöpf, das Werk des Künstlers,

der in dem hingeworfnen Blicke
Die göttliche Gestalt sich dachte, die
Er dargestellt.

Recha ist also, was Nathan aus dem Rohstoff ihrer Seele als überlegener Bildner gemacht hat. Und was das ist, wird mit klaren Worten gesagt. Nathan hat in ihre Seele den ,,Samen der Vernunft'' gestreut und nicht bloß, wie bei ihm ja selbstverständlich, das ,,Unkraut'' der christlichen, sondern auch das Unkraut der jüdischen Glaubenslehren von ihr ferngehalten. Ihr Judentum ist also nur Schein, nur eine von Nathan für angemessen gehaltene Abkommodation an ihre Umgebung. Es ist also eine ganz richtige Umschreibung des vorliegenden Tatbestandes, wenn der Tempelherr (IV, 2) sagt, ihr Vater habe

> Das Mädchen nicht sowohl in seinem, als
> Vielmehr in keinem Glauben auferzogen,
> Und sie von Gott nicht mehr nicht weniger
> Gelehrt, als der Vernunft genügt.

Materialien zur 11. Stunde: Lessings Toleranzbegriff und „Die Erziehung des Menschengeschlechts"

1. Zur Frage der Toleranz

Nehmen Sie Stellung zu den folgenden Texten über das Problem der Toleranz und Humanität bei Lessing.
Hanns Lilje hat die Aufgaben, aber auch die Grenzen des gegenseitigen Verstehens und der Toleranz wie folgt beschrieben:
„Man muß mit der Erkenntnis beginnen, daß in der heutigen politischen Wirklichkeit die Toleranz eine unerläßliche, lebensnotwendige Voraussetzung ist, es sei denn, daß wir die Diktatur vorziehen. Weil aber die Ausübung echter Toleranz im gesamten politischen Bereich, nicht nur im kirchlichen, von entsheidender Bedeutung ist, kommt es auf das Verhältnis der Konfessionen zueinander in einer exemplarischen Weise an. Es ist die Pflicht der beiden großen christlichen Konfessionen in unserem Volk, die Möglichkeiten eines guten und würdigen Verhältnisses zueinander vorzuleben. Sie würden ja auf den Christennamen verzichten, wenn sie es von vornherein für unmöglich hielten, die christliche Liebe im Umgang miteinander zu praktizieren.
Aber hier stoßen wir auf das entscheidende Problem. Im Zusammenhang mit der religiösen Toleranz wird es viel deutlicher erkennbar als auf dem Boden der politischen Toleranz. Es handelt sich um die Tatsache, daß jede ernsthafte religiöse Lehraussage zugleich auch Absolutheit in Anspruch nehmen muß. Kein Christ könnte von seinem Glauben Zeugnis ablegen, wenn er sagen würde: ‚Ich glaube an den lebendigen Gott. Aber natürlich lasse ich mit mir darüber reden. Es könnte auch anders sein.' Wenn ein Christ seine Glaubensvoraussetzungen einer relativistischen Diskussion ausliefert, gibt er seinen Glauben preis und hört auf, ein Christ zu sein. Es ist klar, daß der Christ sich nicht scheuen dürfte, in einer Auseinandersetzung sogar das Odium der Intoleranz auf sich zu nehmen.
Dieses Problem ist übrigens nicht auf die Glaubensaussage beschränkt. Jeder der eine echte Überzeugung hat, kann nicht umhin, dem andern auf irgendeine Weise nahezutreten. Man hat mit Recht gesagt, daß es

mathematisch vollständige Toleranz eigentlich nur bei einem Menschen gibt, der kein Herz hat. Wer eine wirkliche Überzeugung hat, kann nicht so tun, als ob alle anderen möglichen Überzeugungen ihm gleich nah oder fern wären.
Infolgedessen kann der Sinn der Toleranz niemals darin bestehen, einen Menschen aufzufordern, daß er keine kraftvollen Überzeugungen haben oder, wenn er sie hat, sie nicht öffentlich vertreten soll. Dies ist die Voraussetzung, ohne die alle Rede von der Toleranz völlig sinnlos bleibt: sie darf auf keinen Fall die Wahrheit antasten. Ihre edelste Funktion beruht ja gerade darin, daß sie dem Menschen ermöglicht, der Wahrheit zu folgen und sich öffentlich und ungehindert zu ihr zu bekennen.
Man muß deshalb, wenn man die Aufgabe der Toleranz beschreiben will, mit einer Abgrenzung beginnen. Niemand darf seinen Glaubensaussagen mit den Mitteln weltlicher Macht zur Autorität verhelfen wollen. Wer von der Wahrheit spricht, nimmt Autorität in Anspruch; aber sie muß von jedem Versuch zu Zwang und Gewalt völlig frei sein.
Aber diese Abgrenzung genügt allein nicht. Toleranz ist eine eminent geistige Leistung. Wenn sie lediglich der Ausdruck geistiger Müdigkeit ist, bleibt sie uninteressant und wirklungslos. Nur wenn sie echte geistige Leistung ist, taugt sie etwas. Dazu gehört als erste Aufgabe Verständnis. Das schließt zuerst die gründliche geistige Mühe um die Problemstellung des anderen ein. Toleranz ist nicht möglich ohne Verständnis; Verständnis aber ist unmöglich, wenn ich mich nicht darum bemühe, den anderen zu verstehen. Das klingt wie ein Gemeinplatz; aber es ist unerläßlich, auf diesen Zusammenhang hinzuweisen. Freilich muß dieses geistige Verständnis durch menschliche Aufgeschlossenheit ergänzt werden. Sie erst macht den Erkenntnisakt wirksam. Denn viel schlimmer und drückender als die Mängel der geistigen Einsicht ist die Herrschaft der Vorurteile. Sie haben in einer deprimierenden Weise Macht über den Menschen. In jedem Fall gehört zu der geistigen Leistung der Toleranz diese Fähigkeit, dem anderen zu begegnen, hinzu, so daß man das dichte Gitterwerk der Vorurteile nicht von ihm trennt. Diese Forderung ist so wesentlich, daß bei dem Versuch, sie zu verwirklichen, sämtliche Fundamente des persönlichen Lebens aufgedeckt werden."
(Hanns Lilje, Kirche und Welt, München 1956. Zitiert nach Lehmann-Glaser, Arbeitshefte zum Besinnungsaufsatz, Heft 4, Frankfurt a.M. (M. Disterweg) o.J., S. 35f.)

(Harold Lenz — Meno Spann, Zur Kontroverse um Lessings Toleranzbegriff im ,,Nathan'', The German Quarterly XIV, 1941, S. 211 — 217)

,,Der Toleranzbegriff im ,Nathan' schließt folgendes ein: 1. Erkenntnis des Selbst; 2. Erkenntnis der Mitmenschen; 3. Erkenntnis des allen verschiedenen Menschen Gemeinsamen: des Willens zum Leben und zu dessen Erhaltung, wie er sich ausdrückt, sowohl durch biologisch gebundene Kraft als durch befreiende Geistesfähigkeiten wie Bewußtsein, Begriff, Gedächtnis, Logik, ausgebildete Sprache, also ,,das Licht der Vernunft''; 4. Erkenntnis, das Wissen und Lernen *und* Vernunft uns nicht mit eins die ganze volle Wahrheit offenbaren können, sondern uns schrittweise mit der Zeit ans Ziel führen, und daß das Ganze größer ist als die jeweiligen Teile, die wir sehen oder selbst darstellen; und 5. aus dem allen die Erkenntnis der konsequenten dynamischen Haltung: ,,do unto others as you would have them do unto you'', oder es suche jeder mit Zuversicht Gott und Menschen angenehm zu sein, übe Sanftmut, Geduld, Humor (das Produkt von Zuversicht und Geduld), herzliche Verträglichkeit, innige Ergebenheit in Gott und ins Ganze. Lessings tiefster Optimismus spricht aus der Tatsache, daß er seine Menschen im ,Nathan' nicht beschaulich — nur der Derwisch rettet sich in die Beschaulichkeit —, sondern handelnd, nicht ohne tragische Zwischenfälle, doch mit unweigerlichem Erfolg diese zeitlose Vollkommenheit erreichen läßt. Er macht es ihnen aber auch nicht zu einem bloßen Rechenproblem, das jeder schlaue Jongleur im Nu lösen kann oder das zu einem theoretischen Resultat führt. Jede Vervollkommnung, besonders die Nathans und des Tempelherrn, ist das Resultat eines den ganzen Menschen beanspruchenden Kampfes. Lessings Toleranzbegriff ist Zubehör der bürgerlich-liberalen Epoche, wie auch die Geschichtsphilosophie der Lessingschen ,,Briefe zur Erziehung des Menschengeschlechts''. Lessing sieht keinen Gegensatz als den zwischen Gut und Böse. Das ist der Glaube an die Weltharmonie, den Aufklärung und Klassik teilten. Diesen Glauben als moderner Mensch abzulehnen, bedeutet nicht, daß man recht hat, sondern daß man einer anderen Denkerzunft angehört. Fehlerhaftes Denken, reaktionäre Traditionsgebundenheit, mangelnde Seelengröße, Dummheit, Bosheit, Angst, das sind die Triebkräfte der Intoleranz im ,Nathan'. Sie sind auch moderne Triebkräfte der Intoleranz. Wie diese Intoleranz zu überwinden ist, das lehrt der ,Nathan'.''

Humanität bei Lessing

(Benno v. Wiese, Das Humanitätsideal in der deutschen Klassik, Germanisch-Romanische Monatsschrift XX (1932), S. 324-326.)

Lessings *Nathan der Weise* ist eine Weltanschauungsdichtung, deren innere Voraussetzungen in der europäischen Aufklärung liegen, die aber in ihrer eigentümlich deutschen Prägung auf die Ideendichtung der Klassik vorausweist. Ein Schauspiel der vollendeten Humanität! Keine ausgesprochene Handlung, keine ausgesprochenen dramatischen Verwicklungen! Im Mittelpunkt steht vielmehr jene allgemein bekannte Parabel von den drei Ringen, die die natürliche Religion der Humanität in der Lehre bekräftigt, daß guten Taten fortdauernd gute Taten erzeugen. Um jenen Mittelpunkt der Parabellehre entwickelt sich gleichsam in der Form von konzentrischen Ringen der Aufbau des dramatischen Gedichtes, das in der gehobenen Form des Jambendramas gültige Gesetze des menschlichen Daseins durch das dichterische Gleichnis ausspricht. Die Figuren dieses Dramas sind Sinnbilder einer Lebensordnung, die sich als architektonische Rangordnung aufbaut und in der Gestalt der vollendeten Humanität, in Nathan dem Weisen ihre souveräne und verinnerlichte Spitze findet. Vollendete Humanität darf zunächst im Sinne Lessings vollendete Vernunft genannt werden. Sie bedeutet die Norm für die Menschheit, an der die verschiedenen, geschichtlichen Einzelerscheinungen gemessen werden. Die geschichtlich gewordenen religiösen Gegensätze der Bekenntnisse sind die negative Folie, von der sich der allgemeine Gedanke einer Vernunft der Menschheit überhaupt abhebt. Im Sinne der europäischen Aufklärung wird die Notwendigkeit einer generellen Menschenvernunft gegen den Widerspruch einzelner geschichtlicher Bekenntnisse gestellt. Humanität bezeichnet als vernünftige Norm der Menschheit das *Allgemeine und das Übergeschichtliche.* — Sie verlangt die Loslösung vom besonderen Boden, vom besonderen Stand, der besonderen Klasse, der besonderen Nation, dem besonderen Bekenntnis, die Vorurteilslosigkeit, Toleranz gegen Anders-Denkende, Anders-Geborene, Anders-Gläubige und die Vereinigung der in Raum und Zeit getrennten Menschen in jeder allgemeinen Vernunft der Menschheit, die sich nach Lessings Erziehung des Menschengeschlechts durch die Geschichte fortlaufend enthüllt, ,,offenbart''.
Erst in der Erziehung zur Humanität, in dem Bewußtsein gemeinsamer Solidarität, in der Läuterung der Affekte zur Erkenntnis, im freund-

schaftlichen Zusammenfinden zur gemeinsamen geistigen Aufgabe entfaltet sich die Vernunft der Menschen. Die Person in ihrer Innerlichkeit wird aufgerufen, in souveräner Selbsttätigkeit Stimme der Weltvernunft zu werden und den allgemeinsten Gedanken mit dem persönlichen Leben zu erfüllen.
Humanität als geistiger Erziehungs-, Entwicklungs- und Freundschaftsgedanke gibt dem Lessingschen Drama erst seinen eigentlichen Reiz. Die Gestalt, in der die Architektonik der Gestalten gipfelt, Nathan der Weise, verkörpert die souverän gewordene innere Vernunft, die aus der Welt der äußeren und zufälligen Dinge herausgetreten ist und alles äußere Geschehen, aus Ergebenheit in den Willen Gottes, das heißt bei Lessing aus Liebe zur immanenten Weltvernunft in ein inneres Daseinsgesetz verwandelt hat. Hier hat das Ideal der Vernunft jene sittliche Kraft der Bildung gewonnen, die in der Bedingtheit menschlichen Daseins zugleich die kühne Unabhängigkeit der moralischen Person wahrt, das Pathos der inneren Freiheit, das den großen Geistern der deutschen Aufklärung, Friedrich dem Großen, Kant, Lessing noch in der bösen Bitterkeit der Lebensskepsis jene strahlende Helle des unzerbrochenen Standhaltens gibt.

2. Die Erziehung des Menschengeschlechts

Lessing, „Die Erziehung des Menschengeschlechts" (1780):

§ 1

Was die Erziehung bei dem einzelnen Menschen ist, ist die Offenbarung bei dem ganzen Menschengeschlechte.

§ 2

Erziehung ist Offenbarung, die dem einzeln Menschen geschieht: und Offenbarung ist Erziehung, die dem Menschengeschlechte geschehen ist, und noch geschieht.

§ 3

Ob die Erziehung aus diesem Gesichtspunkte zu betrachten, in der Pädagogik Nutzen haben kann, will ich hier nicht untersuchen. Aber in der Theologie kann es gewiß sehr großen Nutzen haben, und viele Schwierigkeiten heben, wenn man sich die Offenbarung als eine Erziehung des Menschengeschlechts vorstellet.

§ 4

Erziehung gibt dem Menschen nichts, was er nicht auch aus sich selbst haben könnte: sie gibt ihm das, was er aus sich selber haben könnte, nur geschwinder und leichter. Also gibt auch die Offenbarung dem Menschengeschlechte nichts, worauf die menschliche Vernunft, sich selbst überlassen, nicht auch kommen würde: sondern sie gab und gibt ihm die wichtigsten dieser Dinge nur früher.

§ 5

Und so wie es der Erziehung nicht gleichgültig ist, in welcher Ordnung sie die Kräfte des Menschen entwickelt; wie sie dem Menschen nicht alles auf einmal beibringen kann: ebenso hat auch Gott bei seiner Offenbarung eine gewisse Ordnung, ein gewisses Maß halten müssen.

§ 6

Wenn auch der erste Mensch mit einem Begriff von einem Einigen Gotte sofort ausgestattet wurde: so konnte doch dieser mitgeteilte, und auch erworbene Begriff unmöglich lange in seiner Lauterkeit bestehen. Sobald ihn die sich selbst überlassene menschliche Vernunft zu bearbeiten anfing, zerlegte sie den Einzigen Unermeßlichen in mehrere Ermeßlichere, und gab jedem dieser Teile ein Merkzeichen.

§ 7

So entstand natürlicher Weise Vielgötterei und Abgötterei. Und wer weiß, wie viele Millionen Jahre sich die menschliche Vernunft noch in diesen Irrwegen würde herumgetrieben haben; ohngedachtet überall und zu allen Zeiten einzelne Menschen erkannten, daß es Irrwege waren: wenn es Gott nicht gefallen hätte, ihr durch einen neuen Stoß eine bessere Richtung zu geben.

§ 8

Da er aber einem jeden *einzeln Menschen* sich nicht mehr offenbaren konnte, noch wollte: so wählte er sich ein *einzelnes Volk* zu seiner besonderen Erziehung; und eben das ungeschliffenste, das verwildertste, um mit ihm ganz von vorne anfangen zu können.

§ 9

Dies war das israelitische Volk, von welchem man gar nicht einmal weiß, was es für einen Gottesdienst in Ägypten hatte [. . .]

§ 36

Die Offenbarung hatte seine Vernunft geleitet, und nun [in der babylonischen Gefangenschaft] erhellte die Vernunft auf einmal seine Offenbarung.

§ 37

Das war der erste wechselseitige Dienst, den beide einander leisteten; und dem Urheber beider ist ein solcher gegenseitiger Einfluß so wenig unanständig, daß ohne ihm eines von beiden überflüssig sein würde.
[. . .]

§ 76

Man wende nicht ein, daß dergleichen Vernünfteleien über die Geheimnisse der Religion untersagt sind. — Das Wort Geheimnis bedeutet, in den ersten Zeiten des Christentums, ganz etwas anders, als wir itzt darunter verstehen; und die Ausbildung geoffenbarter Wahrheiten in Vernunftswahrheiten ist schlechterdings notwendig, wenn dem menschlichen Geschlechte damit geholfen sein soll. Als sie geoffenbaret wurden, waren sie freilich noch keine Vernunftswahrheiten; aber sie wurden geoffenbaret, um es zu werden. Sie waren gleichsam das Fazit, welches der Rechenmeister seinen Schülern voraussagt, damit sie sich im Rechnen einigermaßen darnach richten können. Wollten sich die Schüler an dem vorausgesagten Fazit begnügen: so würden sie nie rechnen lernen, und die Absicht, in welcher der gute Meister ihnen bei ihrer Arbeit einen Leitfaden gab, schlecht erfüllen.

§ 77

Und warum sollten wir nicht auch durch eine Religion, mit deren historischen Wahrheit, wenn man will, es so mißlich aussieht, gleichwohl auf nähere und bessere Begriffe vom göttlichen Wesen, von unsrer Natur, von unsern Verhältnissen zu Gott, geleitet werden können, auf welche die menschliche Vernunft von selbst nimmermehr gekommen wäre?

§ 78

Es ist nicht wahr, daß Spekulationen über diese Dinge jemals Unheil gestiftet, und der bürgerlichen Gesellschaft nachteilig geworden. — Nicht den Spekulationen: dem Unsinne, der Tyrannei, diesen Spekulationen zu steuern; Menschen, die ihre eigenen hatten, nicht ihre eigenen zu gönnen, ist dieser Vorwurf zu machen.

§ 79

Vielmehr sind dergleichen Spekulationen — mögen sie im einzeln doch ausfallen, wie sie wollen — unstreitig die *schicklichsten* Übungen des menschlichen Verstandes überhaupt, solange das menschliche Herz überhaupt, höchstens nur vermögend ist, die Tugend wegen ihrer ewigen glückseligen Folgen zu lieben.

§ 80

Denn bei dieser Eigennützigkeit des menschlichen Herzens, auch den Verstand nur allein an dem üben wollen, was unsere körperlichen Bedürfnisse betrifft, würde ihn mehr stumpfen, als wetzen heißen. Er will schlechterdings an geistigen Gegenständen geübt sein, wenn er zu seiner völligen Aufklärung gelangen, und diejenige Reinigkeit des Herzens hervorbringen soll, die uns, die Tugend um ihrer selbst willen zu lieben, fähig macht.

§ 81

Oder soll das menschliche Geschlecht auf diese höchste Stufen der Aufklärung und Reinigkeit nie kommen? Nie?

§ 82

Nie? — Laß mich diese Lästerung nicht denken, Allgütiger! — Die Erziehung hat ihr *Ziel;* bei dem Geschlechte nicht weniger als bei dem Einzeln. Was erzogen wird, wird zu Etwas erzogen.

§ 83

Die schmeichelnden Aussichten, die man dem Jünglinge eröffnet; die Ehre, der Wohlstand, die man ihm vorspiegelt: was sind sie mehr, als Mittel, ihn zum Manne zu erziehen, der auch dann, wenn diese Aussichten der Ehre und des Wohlstandes wegfallen, seine Pflicht zu tun vermögend sei.

§ 84

Darauf zwecke die menschliche Erziehung ab: und die göttliche reiche dahin nicht? Was der Kunst mit dem Einzeln gelingt, sollte der Natur nicht auch mit dem Ganzen gelingen? Lästerung! Lästerung!

§ 85

Nein; sie wird kommen, sie wird gewiß kommen, die Zeit der Vollendung, da der Mensch, je überzeugter sein Verstand einer immer bessern Zukunft sich fühlet, von dieser Zukunft gleichwohl Bewegungsgründe zu seinen Handlungen zu erborgen, nicht nötig haben wird; da er das

Gute tun wird, weil es das Gute ist, nicht weil willkürliche Belohnungen darauf gesetzt sind, die seinen flatterhaften Blick ehedem bloß heften und stärken sollten, die innern bessern Belohnungen desselben zu erkennen.

§ 86

Sie wird gewiß kommen, die Zeit eines *neuen ewigen Evangeliums,* die uns selbst in den Elementarbüchern des Neuen Bundes versprochen wird.

(Lessing: Die Erziehung des Menschengeschlechts und andere Schriften. Mit einem Nachwort von Helmut Thielicke. Stuttgart 1965. Reclams UB Nr. 8968)

Materialien zur 12. Stunde: Struktur und Sprachgestalt des Dramas ,,Nathan der Weise"

A. Skizzen zur Personenkonstellation und Struktur des Dramas

1. Aufgabe

Das nach dem Aufbauprinzip eines klassischen Dramas in fünf Akten gestaltete dramaturgische Gedicht ,,Nathan der Weise" ist zu analysieren und in seiner strukturellen Gliederung schematisch darzustellen.

2. Frage

Welcher Stellenwert kommt den einzelnen Szenen im Aufbauplan des ganzen Dramas zu?

3. Deuten Sie die folgende Skizze zur Konstellation der Personen des Dramas.

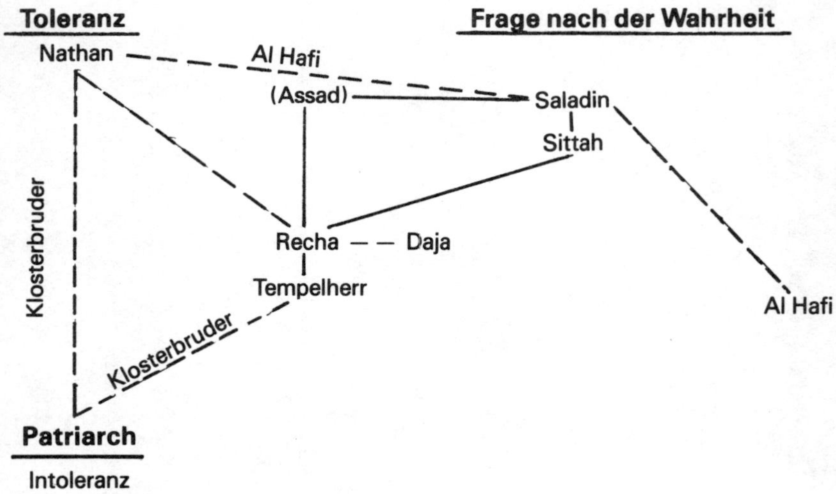

4. Analysieren Sie die folgende Strukturskizze zu Lessings ,,Nathan der Weise"

Nehmen Sie zu den einzelnen stichwortartigen Hinweisen Stellung. (Entnommen aus Wilfried Barner, Lessing, München 1976, S. 411)

Strukturskizze zu Lessings ‚Nathan der Weise'

Vor Beginn des Stückes: Zyklus der drei guten Taten:
Nathan rettet Recha; Saladin begnadigt den Templer; Templer rettet Recha

Ausgangsfrage: Macht punktuelles Eingreifen Gottes menschliches Handeln überflüssig — oder: Was muß der Mensch tun? (I, 3)

Nathan: Nicht schwärmen, sondern gut handeln (I, 2; 338)	*Derwisch:* „Warum man ihn recht bittet und er für gut erkennt" (I, 3; 340) — Emigration (I, 3 und II, 9)	*Templer:* Natürliche Verbundenheit der Menschen soll das Handeln bestimmen (I, 5)	*Bruder:* Äußerlicher Gehorsam (I, 5 und getarntes Handeln nach eigener Überzeugung (IV, 7)	*Patriarch:* Gebote Gottes und der Kirche befolgen (IV, 2)

Gemeinschaft der Menschen Freundschaft zw. Nathan und Derwisch (I, 3) Freundschaft zw. Sultan und Templer möglich (II, 1) Nathan: Freundschaft zw. allen Menschen ist möglich (II, 5) Recha: gegen konfessionelle Trennung der Menschen, da Gott nicht Besitz einzelner Gruppen (III, 1)	*Geldnot* zwingt Saladin, gegen seine Überzeugung dem Rat der intoleranten Sittah zu folgen und Nathan mit der Frage nach der wahren Religion zu erpressen (I, 3 u. III, 4 ff.)	*Konfessionelle Trennungen:* Templer: Jud ist Jud (I, 6) Sittah: Christen sind als Christen keine Menschen (II, 1); auch der beste Jude bleibt ein Jude (II, 3) Templer: religiöse Intoleranz geht von Juden aus (II, 5) Daja (III, 1) und Patriarch (IV, 2): Vernunft dem Glauben untergeordnet und religiöse Trennung der Menschen verabsolutiert. Daraus folgt Gefährdung der Versöhnung (III, 10/IV, 2)

Ringparabel (III, 7)
Humane Praxis als Wertmaßstab der positiven Religionen, da die Frage nach der absoluten Wahrheit unergiebig bleibt

Freundschaft
bahnt sich an zwischen
Nathan und Saladin (III, 7),
Nathan und Templer (III, 8 und 9),
Templer und Saladin (IV, 4)

Störaktion der Daja (III, 10) und des Patriarchen (IV, 2):
Gebote der Kirche widersprechen konfessioneller Aussöhnung

Nathans Erzählung (IV, 7) zeigt Prinzipien des humanen Handelns über die Grenzen der Konfessionen hinweg

Lösung der Geldklemme
durch Nathans Geldlieferung (IV, 3)
und die Tribute aus Kahira (V, 1)

Idealbild einer menschlichen Gemeinschaft
Konstituierung einer neuen, natürlich-geistigen Familie durch Überwindung religiöser und politischer Trennungen

B. Texte zur Sprachgestalt des Dramas (zur Untersuchung)

Lessing ist ein Mensch der Aufklärung. Daher bestimmen Logik und Dialektik den Redestil der Personen seiner Dramen. Er offenbart die rationalistische Einstellung des Verfassers. Zeigen Sie an der folgenden Eingangsszene und auch an der Schlußszene aus ,,Nathan der Weise'' den durch Wortketten (Wiederaufnahme ständig gleicher Worte) gebildeten Dialog der Personen auf und charakterisieren sie ihn als ein Ausdrucksmittel einer streng logistischen Denkweise.
Bewegung und Gegenbewegung kommt so nicht nur inhaltlich, sondern auch sprachlich zum Ausdruck.

Erster Aufzug

Erster Auftritt
(Szene: Flur in Nathans Hause.)

Nathan von der Reise kommend. Daja ihm entgegen.

Daja. Er ist es ! Nathan! — Gott sei ewig Dank,
Daß ihr doch endlich einmal wiederkommt.
Nathan.
Ja, Daja; Gott sei Dank! Doch warum *endlich?*
Hab ich denn eher wiederkommen wollen?
Und wiederkommen können? Babylon
Ist von Jerusalem, wie ich den Weg
Seitab bald rechts, bald links, zu nehmen bin
Genötigt worden, gut zweihundert Meilen;
Und Schulden einkassieren, ist gewiß
Auch kein Geschäft, das merklich fördert, das
So von der Hand sich schlagen läßt.
Daja. *O Nathan,*
Wie elend, elend hättet ihr indes
Hier werden können! Euer Haus . . .
Nathan. Das brannte.
So hab ich ihn schon vernommen. — Gebe Gott,
Daß ich nur alles schon vernommen habe!
Daja. Und wäre leicht von Grund aus abgebrannt

Nathan. Dann, Daja, hätten wir ein neues uns
Gebaut; und ein bequemeres.
Daja. Schon wahr! —
Doch *Recha* wär' bei einem Haare mit
Verbrannt.
Nathan. Verbrannt? Wer? meine Recha? sie? —
Das hab ich nicht gehört. — Nun dann! So hätte
Ich keines Hauses mehr bedurft. — Verbrannt
Bei einem Haare! — Ja! sie ist es wohl!
Ist wirklich wohl verbrannt! — Sag nur heraus!
Heraus nur! — Töte mich: und martre mich
Nicht länger. — Ja, sie ist verbrannt.
Daja. Wenn sie
Es wäre, würdet Ihr von mir es hören?
Nathan.
Warum erschreckst du mich denn? — O Recha!
O meine Recha!
Daja. *Eure? Eure Recha?*
Nathan. Wenn ich mich wieder je entwöhnen müßte.
Dies Kind mein Kind zu nennen!
Daja. Nennt Ihr alles,
Was Ihr besitzt, mit ebensoviel Rechte
Das Eure?
Nathan. Nichts mit größerm! Alles, was
Ich sonst besitze, hat Natur und Glück
Mir zugeteilt. Dies Eigentum allein
Dank ich der Tugend.
Daja. O wie teuer laßt
Ihr Eure Güte, Nathan, mich bezahlen!
Wenn Güt', in solcher Absicht ausgeübt,
Noch Güte heißen kann!
Nathan. In solcher Absicht?
In welcher?
Daja. Mein Gewissen . . .
Nathan. *Daja, laß*
Vor allen Dingen dir erzählen . . .
Daja. Mein
Gewissen, sag ich . . .

Nathan. Was in Babylon
Für einen schönen Stoff ich dir gekauft.
So reich, und mit Geschmack so reich! Ich bringe
Für Recha selbst kaum einen schönern mit.
Daja. Was hilft's? Denn mein Gewissen, muß ich Euch
Nur sagen. läßt sich länger nicht betäuben.
Nathan. Und wie die Spangen, wie die Ohrgehenke,
Wie Ring und Kette dir gefallen werden,
Die in Damaskus ich dir ausgesucht:
Verlanget mich zu sehn.
Daja. So seit Ihr nun!
Wenn Ihr nur schenken könnt! nur schenken könnt!
Nathan.
Nimm du so gern, als ich dir geb: — und schweig!
Daja.
Und schweig! Wer zweifelt, Nathan, daß Ihr nicht
Die Ehrlichkeit, die Großmut selber seid?
Und doch . . .
Nathan. Doch bin ich nur ein Jude. — Gelt,
Das willst du sagen?
Daja. Was ich sagen will.
Das wißt Ihr besser.
Nathan. Nun so schweig!
Daja. Ich schweige.
Was Sträfliches vor Gott hierbei geschieht,
Und ich nicht hindern kann, nicht ändern kann, —
Nicht kann, — komm' über Euch!
Nathan. Komm' über mich! —
Wo aber ist sie denn? wo bleibt sie? — Daja,
Wenn du mich hintergehst! — Weiß sie es denn,
Daß ich gekommen bin?
Daja. Das frag ich Euch!
Noch zittert ihr der Schreck durch jede Nerve.
Noch malet Feuer ihre Phantasie
Zu allem, was sie malt. Im Schlafe wacht,
Im Wachen schläft ihr Geist: bald weniger
Als Tier, bald mehr als Engel.
Nathan. Armes Kind!
Was sind wir Menschen!

Inwiefern hat man den Schluß des ,,Nathan'' als ,,opernhaft'' bezeichnet und ihn ein ,,Libretto'' genannt? Suchen Sie aus dem Text der Schlußszene Argumente hierfür.

5. Aufzug, letzter Auftritt

Tempelherr. Was hat mit diesem allen Rechas Bruder
Zu schaffen?
Nathan. Euer Vater . . .
Tempelherr. Wie? auch den
Habt Ihr gekannt? Auch den?
Nathan. Er war mein Freund.
Tempelherr.
War Euer Freund? Ist's möglich, Nathan! . . .
Nathan. Nannte
Sich Wolf von Filnek; aber war kein Deutscher . . .
Tempelherr.
Ihr wißt auch das?
Nathan. War einer Deutschen nur
Vermählt; war Eurer Mutter nur nach Deutschland
Auf kurze Zeit gefolgt . . .
Tempelherr. Nicht mehr! Ich bitt
Euch! – Aber Rechas Bruder? Rechas Bruder . . .
Nathan. Seid Ihr!
Tempelherr. Ich? ich ihr Bruder?
Recha. Er mein Bruder?
Sittah. Geschwister!
Saladin. Sie Geschwister!
Recha (will auf ihn zu). Ah! mein Bruder!
Tempelherr (tritt zurück).
Ihr Bruder!
Recha (hält an, und wendet sich zu Nathan).
Kann nicht sein! nicht sein! Sein Herz
Weiß nichts davon! – Wir sind Betrüger! Gott!
Saladin (zum Tempelherrn).
Betrüger? wie? Das denkst du? kannst du denken?
Betrüger selbst! Denn alles ist erlogen
An dir: Gesicht und Stimm' und Gang! Nichts dein!
So eine Schwester nicht erkennen wollen! Geh!

Tempelherr (sich demütig ihm nahend).
Mißdeut auch du nicht mein Erstaunen, Sultan!
Verkenn in einem Augenblick', in dem
Du schwerlich deinen Assad je gesehen,
Nicht ihn und mich! *(Auf Nathan zueilend.)*
Ihr nehmt und gebt mir, Nathan!
Mit vollen Händen beides! — Nein! Ihr gebt
Mir mehr, als Ihr mir nehmt! unendlich mehr!
(Recha um den Hals fallend.)
Ah! meine Schwester! meine Schwester!
Nathan. Blanda
Von Filnek.
Tempelherr.
Blanda? Blanda? — Recha nicht?
Nicht Eure Recha mehr? — Gott! Ich verstoßt
Sie! gebt ihr ihren Christennamen wieder!
Verstoßt sie meinetwegen! — Nathan! Nathan!
Warum es sie entgelten lassen? sie!
Nathan. Und was? — O meine Kinder! mein Kinder! —
Denn meiner Tochter Bruder wär' mein Kind
Nicht auch, — sobald er will?
(Indem der sich ihren Umarmungen überläßt, tritt Saladin mit unruhigen Erstaunen zu seiner Schwester.)
Saladin. Was sagst du, Schwester?
Sittah. Ich bin gerührt . . .
Saladin. *Und ich, — ich schaudere*
Vor einer größern Rührung fast zurück!
Bereite dich nur drauf, so gut du kannst.
Sittah. Wie?
Saladin. Nathan, auf ein Wort! ein Wort! —
(Indem Nathan zu ihm tritt, tritt Sittah zu dem Geschwister, ihm ihre Teilnahme zu bezeigen; und Nathan und Saladin sprechen leiser.)
Hör! hör doch, Nathan! Sagtest du vorhin
Nicht —?
Nathan. Was?
Saladin. Aus Deutschland sei ihr Vater nicht
Gewesen; ein geborner Deutscher nicht.
Was war er denn? Wo war er sonst denn her?

Nathan. Das hat er selbst mir nie vertrauen wollen.
Aus seinem Munde weiß ich nichts davon.
Saladin.
Und war auch sonst kein Frank? kein Abendländer?
Nathan. Oh! daß er der nicht sei, gestand er wohl. —
Er sprach am liebsten Persisch . . .
Saladin. *Persisch? Persisch?*
Was will ich mehr? — Er ist's! Er war es!
Nathan. Wer?
Saladin.
Mein Bruder! ganz gewiß! Mein Assad! ganz Gewiß!
Nathan. Nun, wenn du selbst darauf verfällst: —
Nimm die Versichrung hier in diesem Buche!
(Ihm das Brevier überreichend.)
Saladin (es begierig aufschlagend).
Ah! seine Hand! Auch die erkenn ich wieder!
Nathan.
Noch wissen sie von nichts! Noch steht's bei dir
Allein, was sie davon erfahren sollen!
Saladin (indes er darin geblättert).
Ich meines Bruders Kinder nicht erkennen?
Ich meine Neffen — meine Kinder nicht?
Sie nicht erkennen? ich? Sie dir wohl lassen?
(Wieder laut.)
Sie sind's! Sie sind es, Sittah, sind's! Sie sind's!
Sind beide meines . . . deines Bruders Kinder!
(Er rennt in ihre Umarmungen.)
Sittah (ihm folgend).
Was hör ich! — Konnt's auch anders, anders sein! —
Saladin (zum Tempelherrn).
Nun mußt du doch wohl, Trotzkopf, mußt mich lieben!
Zu Recha.) Nun bin ich doch, wozu ich mich erbot?
Magst wollen, oder nicht!
Sittah. Ich auch! ich auch!
Saladin (zum Tempelherrn zurück).
Mein Sohn! mein Assad! meines Assads Sohn!
Tempelherr.
Ich deines Bluts! — So waren jene Träume,

Womit man meine Kindheit wiegte, doch —
Doch mehr als Träume! *(Ihm zu Füßen fallend.)*

Saladin (ihn aufhebend).

Seht den Bösewicht!
Er wußte was davon, und konnte mich
Zu seinem Mörder machen wollen! Wart!

(Unter stummer Wiederholung allseitiger Umarmungen fällt der Vorhang.)

Kommentierte Auswahlbibliographie

Arendt, Dieter: Gotthold Ephraim Lessing, ,,Nathan der Weise" (Grundlagen und Gedanken zum Verständnis des Dramas), Frankfurt 1984.
Recht gute, zeitgemäße Interpretation des Dramas, die alles Wesentliche klar und prägnant darstellt.

Atkins, Stuart: The parable of the rings in Lessings ,,Nathan der Weise". In: Germanic Review 26, 1951, S. 259-267. Die deutsche Übersetzung von Wenzel Peters. Eindringliche, die Problematik der Ringparabel sinnvoll aufreißende Interpretation.

Barner, Wilfried: Lessing, München 1975.
Ein die Epoche, das Werk und die Wirkungsgeschichte Lessings darstellendes Werk, das auch Tabellen, Strukturskizzen und Übersichten enthält und dadurch Lessings Bedeutung und die seiner Zeit und Werke veranschaulicht.

Bodmer, Friedrich: Studien zum Dialog in Lessings ,,Nathan". Diss. Zürich 1924.
Behandelt die Sprachgestalt des Werkes anhand zahlreicher Beispiele.

Bohnen, Michael (Hrsg.): Lessings ,,Nathan der Weise". Darmstadt 1984, Wege der Forschung Bd. 587.
Grundlegendes Werk zum Verständnis des ,,Nathan-Dramas", das die wichtigsten Aufsätze und Darstellungen über die Problematik des ,,Nathan" zusammenfaßt.
Der Band enthält folgende Betrachtungen:

I. Religionsidee und Drama

II. Theologie und Struktur: Präsentationsformen des Dramas

III. Gesellschaft im Drama

IV. Poesie und Pädagogik: Das Drama als „Lehrstück" im Schulunterricht

Dramatische Struktur und soziales Handeln. Didaktische Überlegungen zur Lektüre von Lessings ‚Nathan der Weise' (1976). Von Josef Schnell 459

Düffel, Peter von: Gotthold Ephraim Lessing, ,,Nathan der Weise''. Erläuterungen und Dokumente. Reclams Universal-Bibliothek Bd. 8118, Stuttgart 1978.
Enthält Wort- und Sacherklärungen, Varianten, Entwürfe, Quellen, Materialien, Dokumente zur Wirkungsgeschichte und Texte zur Diskussion. Die Darstellung der eigentlichen Problematik des ,,Nathan'' kommt etwas zu kurz.

Gehrke, Hans: Lessings ,,Nathan der Weise''. Biographie und Interpretation. Analysen und Reflexionen Band 10, Hollfeld/Obfr. 1979.
Recht brauchbare Darstellung des Lebensganges Lessings und der Problematik seines religionsphilosophischen Dramas ,,Nathan der Weise''.

Guthke, Karl S.: Lessing. Sammlung Metzler, Stuttgart 1967.
Verweist auf das Leben Lessings mit biographischen Daten, Daten zur Entstehungsgeschichte der Werke Lessings und zahlreichen bibliographischen Angaben.

Hildebrandt, Dieter: Lessing. Biographie einer Emanzipation. München/Wien 1979.
Sehr anregende, moderne Lessing-Biographie mit interessanten Aspekten, mitunter aber etwas salopp journalistischen Ausführungen. Bezeichnend ist, daß eine Interpretation des ,,Nathan'' bewußt ausgespart wird mit dem versteckten Hinweis, daß die Deutschen dieses Werkes noch nicht würdig seien.

Hillen, Gerd: Lessing-Chronik, München 1979

Kröger, Wolfgang: Lessings ,,Nathan der Weise'' – ein toter Klassiker? München 1980.
Anregende Darstellung der ,,Nathan''-Probleme in kurzgefaßter, übersichtlicher Form.

Lindken, Hans-Ulrich: Erläuterungen zu Gotthold Ephraim Lessing, ,,Nathan der Weise'', Königs Erläuterungen und Materialien Band 10, Hollfeld 1982.
Enthält Wort- und Sacherklärungen, Quellen, Texte zur Entstehungsgeschichte und Wirkungsgeschichte sowie Deutungen des ,,Nathan'' von Benno von Wiese, Karl Jaspers, Gerhard Bauer und Helmut Göbel.

Mann, Otto: Lessing-Kommentar, München 1971.

Politzer, Heinz: Lessings Parabel von den drei Ringen. In: H. P., Das Schweigen der Sirenen, Stuttgart 1968, S. 339ff. Ursprünglich in: The German Quarterly 31, 1958.

Ritzel, Wolfgang: Gotthold Ephraim Lessing, Stuttgart 1966.
Allgemein gehaltene, gut lesbare Lessing-Biographie.

Rohrmoser, Günter: Lessings ,,Nathan der Weise". In: Benno von Wiese (Hrsg.), Das deutsche Drama vom Barock bis zur Gegenwart. Interpretationen. Düsseldorf 1958.
Konventionelle Darstellung der Problematik des ,,Nathan"-Dramas.

Schilson, Arno: Lessings Christentum, Göttingen 1980.

Schnierle, Hans: Lessing. Salzburg 1981.

Schneider, Johannes: Lessings Stellung zur Theologie, s'Gravenhage 1953.
Gute Darstellung der theologischen Ansichten Lessings.

Thomas, Werner: Opus Supererogatum. Didaktische Skizze zur Interpretation von Lessings ,,Nathan der Weise". In: Der Deutschunterricht, Jahrgang 11, Stuttgart 1959, S. 41-70.
Recht gute didaktisch-methodische Darstellung einer Behandlung des Dramas ,,Nathan der Weise" im Deutschunterricht. Geht klar und eindringlich auf die Problematik des religionsphilosophischen ,,dramatischen Gedichts" Lessings ein.

Wiese, Benno von: Das Humanitätsideal in der deutschen Klassik. Germ.-Rom. Monatsschrift XX, 1932, S. 324ff.

Zur Darstellung der religionsgeschichtlichen Grundlagen und Voraussetzung des ,,Nathan"-Dramas:

Fischer-Lexikon: ,,Die nichtchristlichen Religionen", hrsg. von Helmuth von Glasenapp, Frankfurt a. M. 1957.

Fischer-Lexikon: ,,Christliche Religion", hrsg. von Oskar Simmel und Rudolf Frankfurt a. M. 1957.

Khoury, Adel-Theodor: Einführung in die Grundlagen des Islams, Graz / Wien / Köln 1983.
Eine Informationshilfe über die Lehre des Islam bietet das im Styria-Verlag erschienene Buch ,,Einführung in die Grundlagen des Islams". Autor ist der aus dem Libanon stammende katholische Priester Adel-Theodor Khoury, Professor für allgemeine Religionswissenschaft an der Universität Münster. Khoury gibt eine anschauliche und gründliche Einführung in die fundamentalen Elemente des Islam, der dritten großen monotheistischen Religion neben Judentum und Christentum.

CHEMIE

Th. Bokorny

Chemie-Gerüst

Wegweiser und Ratgeber für Schüler und Abiturienten. 13., überarb. Auflage

128 Seiten **Bestell-Nr. 0674–2**

Dieses kurze in Tabellenform abgefaßte Vademecum der Chemie soll kein Lehrbuch oder Lexikon sein, sondern die großen Linien und wissenswerten Teile der modernen Chemie übersichtlich klar und einprägsam veranschaulichen und in Erinnerung bringen.

DEUTSCH

Christian Floto

Basisinterpretationen für den Literatur- und Deutschunterricht I

– Ausgewählte Stücke und Prosa von Shakespeare bis Ionesco –

96 Seiten **Bestell-Nr. 0589–4**

Nach einer kurzen Skizzierung der Literaturepoche werden anhand häufig gelesener Stücke Basisinterpretationen gegeben. Alle Beispiele entstanden im Unterricht der Sekundarstufen.

Folgende Stücke werden u. a. behandelt:

Shakespeare, Hamlet – Lessing, Nathan – Schiller, Wallenstein – Goethe, Iphigenie – Kleist, Marquise von O/Die Verlobung ... – Fontane, Effi Briest – Dostojewski, Der Spieler – Hauptmann, Rose Bernd – Mann, Tonio Kröger – Döblin, Berlin Alexanderplatz – Kafka, Der Prozeß – Brecht, Sezuan – Kipphardt, Oppenheimer – Frisch, Homo Faber – Frisch, Biedermann u. Br. – Ionesco, Die Stühle.

Christian Floto

Basisinterpretationen für den Literatur- und Deutschunterricht II

– Ausgewählte Stücke und Prosa „moderner" Autoren in der ersten Hälfte des 19. Jahrhunderts. –

108 Seiten **Bestell-Nr. 0593-2**

Literaturgeschichtlicher Abriß, Biographische Stationen, Aufbauprinzipien von Novelle und Drama; problemorientierte Bezüge zur modernen sozialpsychologischen Lebenssituation. Folgende Stücke werden u. a. behandelt:

Büchner, Woyzeck – Grabbe, Scherz, Satire, Ironie ..; Kleist, Der zerbrochene Krug/Prinz von Homburg/Michael Kohlhaas/Erdbeben in Chili.

Bernd Matzkowski

Basisinterpretationen für den Literatur- und Deutschunterricht der Sekundarstufen Band III

Untersuchungen und didaktische Hinweise zum Volksbuch Till Eulenspiegel.

Hinweise auf den Schelmenroman.

80 Seiten, kart. **Bestell-Nr. 0598–3**

Sachanalyse – Ausgewählte Historien – Motivquerverbindungen zu Schelmenromanen des 16. und 17. Jahrhunderts – Vorschläge für die Behandlung im Unterricht u. a.

Bernd Matzkowski/Ernst Sott

Basisinterpretationen für den Literatur- und Deutschunterricht der Sekundarstufen Band IV

36 moderne deutsche Kurzgeschichten mit Arbeitsfragen.

112 Seiten, kart. **Bestell-Nr. 0599–1**

Interpretation der Kurzgeschichten **mit Arbeitsfragen** zu

ARBEITSTEXTE FÜR DEN UNTERRICHT (Reclam)
Deutsche Kurzgeschichten 11.–13. Schuljahr
und Pratz/Thiel:
NEUE DEUTSCHE KURZGESCHICHTEN
(Diesterweg)

Karin Cohrs/Martin H. Ludwig

Basisinterpretationen für den Literatur- und Deutschunterricht der Sekundarstufen Band V

Romane und Novellen des 19. Jahrhunderts

120 Seiten, kart. **Bestell-Nr. 0631–9**

Aus dem Inhalt:

Einleitung, Politik und Kultur des 19. Jahrhunderts – Interpretationen ausgewählter Romane und Novellen.

Kurzbiographie des Dichters – Entstehung des Werkes – Inhalt – Charaktere – Situationen – Erschließung des Textes (stilistische Besonderheiten, literaturhistorischer Rahmen, gesellschaftliche und politische Bezüge usw.), Arbeitsfragen.

Hoffmann, Das Fräulein von Scuderi – Kleist, Das Erdbeben in Chili – Mörike, Maler Nolten – Gotthelf, Wie Uli der Knecht glücklich wird – Storm, Immensee – Droste-Hülshoff, Die Judenbuche – Raabe, Die Akten des Vogelgesangs – Fontane, Der Stechlin – Eichendorff, Aus dem Leben eines Taugenichts – Keller, Die drei gerechten Kammacher – Storm, Hans und Heinz Kirch – Raabe, Die schwarze Galeere – Fontane, Schach von Wuthenow – Hauptmann, Bahnwärter Thiel.

Bausteine – Deutsch

stellt detaillierte Unterrichtsstunden zur Behandlung unterschiedlichster Texte für die Sekundarstufen I und II vor.

Anordnung der Stunden als Sequenzen – Texte und Textanalysen – Didaktisch-methodische Arbeitshinweise – praktisch zu handhaben.

Angesprochen sind Lehrer und Lehramtsanwärter aller Schulformen.

Autoren sind: Praktiker – Ausbilder – Fachwissenschaftler aus allen Schulformen.

Bausteine Lyrik I

Spiel mit Sprache/Lyrischer Humor/Konkrete Poesie

160 Seiten, kart. **Bestell-Nr. 0650–5**

Gerd Eversberg

Wie verfasse ich ein Referat?

Hinweise für die Informationsbeschaffung und -verarbeitung für den Literaturunterricht.
2. Auflage, 116 Seiten **Bestell-Nr. 0582–7**
Dieser Band soll den Schülern transparentes Arbeiten lehren. Das Themenbeispiel orientiert sich an der Schulpraxis und wurde auch erfolgreich erprobt.
Inhalt: Bibliographieren – Zitieren – Materialsammlungen – Bibliotheksbenutzung – Entleihen – Fernleihverkehr – Verlagskataloge und Buchhandlung – Manuskriptgestaltung – Referieren – Diskutieren.

Gerd Eversberg

Deutsch – Sekundarstufe II Kollegstufe

Diese neue Reihe bietet Schülern der gymnasialen Oberstufe Arbeitshilfen für die selbständige Erweiterung ihrer Fähigkeiten in den Lernbereichen Umgang mit Texten, mündliche und schriftliche Kommunikation sowie Reflexionen über Sprache.
An die Stelle des traditionellen Aufsatzunterrichts früherer Jahre tritt heute eine Fülle schriftlicher und mündlicher Äußerungen, die auf die Fähigkeit der Schüler zielen, sich erfolgreich in sämtlichen Bereichen der deutschen Sprache auszukennen.
Die vorliegenden Themen orientieren sich an den Anforderungen, die in den Richtlinien der verschiedenen Bundesländer zur Ausbildung im Fach Deutsch formuliert werden.

Textanalyse 1 Umgang mit fiktionalen (literarischen) Texten

152 Seiten **Bestell-Nr. 0641–6**
Aus dem Inhalt:
I. Der Begriff des fiktionalen Textes: Das „Ästhetische" der Literatur – Betrachtungsweisen von Literatur – Literarische Wertung.
II. Probleme der Interpretation: Der Prozeß des „Verstehens" – Methoden der Literaturinterpretation – Arbeitstechniken (Textwiedergabe / Texterarbeitung / Texterörterung).
III. Beispiele für Interpretationen: Epische Texte – Dramatische Texte – Gedichte.
IV. Massenliteratur.

Textanalyse 2 Umgang mit nichtfiktionalen (Gebrauchs-)Texten

144 Seiten **Bestell-Nr. 0642–4**
Aus dem Inhalt:
I. Der Textbegriff.
II. Eine Typologie von Gebrauchstexten.
III. Bedingungen der Textanalyse.
IV. Methoden der Textanalyse: Textwiedergabe – Textbeschreibung – Texterörterung.
V. Beispiele für Textanalysen: Darstellende Texte (Sachtexte/Wissenschaftliche Texte) – Werbende Texte (Werbetexte/Politische Reden) – Gesetzestexte.

Gebrauchstextanalysen

– Methoden und Beispiele –
2. Auflage, 80 Seiten **Bestell-Nr. 0588–6**
Herausgegeben von einem Arbeitskreis der Pädagogischen Akademie Zams.
Aus dem Inhalt:
I. Warum Textuntersuchung? Begriffserklärungen.
II. Textanalyse – Textkritik
Vorgestellt werden nur drei Möglichkeiten einer Analyse:
a) Kommunikationstheoretischer Aspekt
b) stilistischer Aspekt
c) soziologischer Aspekt
III. Gebrauchstexte verschiedener Art, die auf o. a. Aspekte hin untersucht, bzw. kritisiert wurden.
Ordnung der Texte nach Themenkreisen:
Werbetexte – Ferienprospekte – Kinoprogramme – Diverse Jugendzeitschriften (Bravo u. a.) – Illustrierte und Frauenzeitschriften (Frau im Spiegel u. a.) – Schullesebücher – Geschichtsbücher – Tagesberichterstattung: Politische Beiträge/kulturelle Beiträge – Literarische Texte.

Deutsch auf der neugestalteten gymnasialen Oberstufe

Ein erfahrener Praktiker legt mit dieser Buchreihe Unterrichtshilfen für Schüler und Lehrer der Grund- und Leistungskurse vor.

Robert Hippe

Mündliche und schriftliche Kommunikation

2. Aufl., 104 Seiten **Bestell-Nr. 0563–0**
Sprache – Sprache und Verständigung
Grundbegriffe der Kommunikation – Die drei Dimensionen des Zeichens – Verschiedene Arten von Zeichen – Sprache und Norm
Die Rede – Formen der Rede – Rhetorische Figuren – Analyse vorgegebener Reden – Redeanleitungen, -analysen und -sammlungen – Der Weg zur eigenen Rede – Exkurs 1: Kodierungsebenen – Exkurs 2: Die Sprache der Werbung als appellative Rede
Das Referat – Verfahrensschritte – Beurteilungskriterien – Geeignete Stoffe zur Auswahl
Die Diskussion – Analyse einer vorgegebenen Diskussion – Hinweise auf Vorbereitung, Durchführung und Zielsetzung einer Diskussion – Der Diskussionsbeitrag im sogenannten „Fünfsatz" – Die Debatte – Bericht(erstattung), Kolloquium, Vorlesung
Das Protokoll – Die Arten des Protokolls – Kriterien für die Beurteilung von Stundenprotokollen – Analyse von Protokollen
Die Inhaltsangabe – Merksätze zur Abfassung – Verfahrensschritte – Analyse von Inhaltsangaben – Geeignete Stoffe zur Auswahl
Die Erörterung – Merksätze zur Abfassung – Analyse von Erörterungen – Geeignete Stoffe zur Auswahl.

Robert Hippe

Umgang mit Literatur

2. Auflage, 116 Seiten **Bestell-Nr. 0564–9**
Definition von Literatur – Grundformen von Literatur – Merkmale der Lyrik – Merkmale der Epik – Merkmale der Dramatik – Formprobleme der Literatur – Aufbauprobleme in der Literatur – Arten der Interpretation – Was ist Interpretation – Literatur und Wirklichkeit u. v. a.

Robert Hippe

Sprach- und Textbetrachtungen

132 Seiten **Bestell-Nr. 0569–X**

Sprachbetrachtung

Historisch – Theorien über die Entstehung der Sprache(n) – Die indogermanische (idg.) Sprachfamilie – Die geschichtliche Entwicklung des Hochdeutschen – Lehn- und Fremdwörter – Sprachrätsel und Sprachspiele – Auswahl-Bibliographie.

Systematisch – Grammatik – Die traditionelle Grammatik – Die generative Transformationsgrammatik – Die strukturelle Grammatik.

Textbetrachtung

Allgemeines – Definition von Text – Textsorten – Beispiele – Übungen – Auflösung der Rätsel.

Robert Hippe

Textanalysen

mit Aufgaben und Übungen
2. Aufl., 120 Seiten **Bestell-Nr. 0586–X**

Einleitung: Über Text, Textbeschreibung und Textanalyse

I. Fiktionale (literarische) Texte

Lyrik
(Barock, Sturm und Drang, Klassik, Romantik, Realismus, Expressionismus, Hofmannsthal und Rilke, Lyrik nach 1945, Motivgleiche Gedichte). Jeweils an Beispielen erklärt.

Epik
(Roman, Novelle, Märchen, Fabel, Kurzgeschichte, Sonderform des Essays)

Dramatik

II. Unterhaltungs- und Trivialliteratur

III. Nicht-fiktionale (nicht literarische) Texte

Werbetexte – Gesetzestexte – Kochrezepte – Redetext (rhetorischer Text)

Robert Hippe

Der deutsche Aufsatz auf der neugestalteten gymnasialen Oberstufe

Anleitungen – Ausarbeitungen – Gliederungen. Hinweise und Themenvorschläge, Methoden und Beispiele.
160 Seiten **Bestell-Nr. 0592–4**

Vom Besinnungs-Problemaufsatz über die Facharbeit zum literarischen Aufsatz beinhaltet der Band Themenkreise wie Textanalysen, Erörterung, Referat, Inhaltsangaben und Hinweise zur Arbeitstechnik. Viele Beispiele aus verschiedenen Themenkreisen runden das Buch ab.

Für Lehrer und Schüler zur Unterrichtsvorbereitung ein nützliches Hilfsmittel.

Robert Hippe

Kurzgefaßte deutsche Grammatik und Zeichensetzung

7. Auflage, 72 Seiten **Bestell-Nr. 0515–0**

Ein Abriß der deutschen Grammatik systematisch und fundamental dargeboten; beginnend mit den Wortarten, Betrachtung der Satzteile und Nebensätze bis zu den Satzzeichen, Beispiele durchsetzen das Ganze, und Lösungen sollen Fehler auffinden helfen. Ein nützliches in Tausenden von Exemplaren bewährtes Übungs- und Nachhilfebuch.

Robert Hippe

Interpretationen zu 62 ausgewählten motivgleichen Gedichten

mit vollständigen Gedichtstexten
5. Auflage, 102 Seiten **Bestell-Nr. 0587–7**

Der Verfasser hat die wiedergegebenen Interpretationen und Auslegungen in langen Gesprächen und Diskussionen mit Oberprimanern erarbeitet. Die hier angebotenen Deutungsversuche erheben keinen Anspruch auf die einzig möglichen oder richtigen, sondern sollen Ausgangspunkte für Weiterentwicklungen und Erarbeitungen sein.

Aus dem Inhalt: Themen wie Frühling – Herbst – Abend und Nacht – Brunnen – Liebe – Tod – Dichtung u. v. a.

Robert Hippe

Interpretationen zu 50 modernen Gedichten

mit vollständigen Gedichtstexten
3. Auflage, 136 Seiten **Bestell-Nr. 0597–5**

Der vorliegende Band verspricht Interpretationshilfe und Deutungsversuche – in unterschiedlicher Dichte und Ausführlichkeit – für 50 moderne Gedichte. Materialien und Auswahlbibliographie geben den Interessenten Hilfen für den Deutsch- und Literaturunterricht. Für den Lehrer eine echte Bereicherung zur Vorbereitung des Unterrichts.

Aus dem Inhalt: Lasker-Schüler – Hesse – Carossa – Benn – Britting – Brecht – Eich – Kaschnitz – Huchel – Kästner – Bachmann – Piontek – Celan – Härtling – Reinig – Grass – Enzensberger u. v. a.

Robert Hippe

Der Oberstufenaufsatz

7. Auflage, 128 Seiten **Bestell-Nr. 0583–5**

Merksätze für das Abfassen von Oberstufen-Aufsätzen.

Der Besinnungs- oder Problemaufsatz, Charakteristik, Stimmungsbild, Facharbeit, Überlegung zur Themenkritik. Dazu jeweils Lösungsschlüssel.
Versuch eines systematischen Aufrisses der Aufsatzarten und Varianten.
Anhand von Schüleraufsätzen werden deren Vorzüge und Schwächen aufgezeigt.

Robert Hippe

Kurzgefaßte deutsche Rechtschreiblehre

64 Seiten **Bestell-Nr. 0545–2**

Im ersten Teil dieses Buches findet man die wichtigsten Regeln der deutschen Rechtschreibung.

Der zweite Teil besteht aus 36 Übungstexten zu diesen Regeln zum Erlernen, Einprägen und Wiederholen. Die Lösungen am Schluß des Bandes dienen zur Kontrolle.

Robert Hippe

Der Unter- und der Mittelstufenaufsatz

6. Auflage, 84 Seiten **Bestell-Nr. 0519–3**

Anleitungen – Ausarbeitungen – Gliederungen – Themenvorschläge u. v. a.
jeweils mit Lösungsschlüssel

A. Unterstufe
Erlebnisschilderung oder -erzählung
Vorgangsschilderung oder -erzählung
Die Nacherzählung, die Erklärung oder Arbeitsanweisung, Vorgangsbericht oder Beschreibung, Inhaltsangabe

B. Mittelstufe
Die Schilderung, Stimmungsbild, Charakteristik, Bericht und Inhaltsangabe, sachliches Schreiben, Facharbeit, Erörterung u. a.

Interpretationen motivgleicher Gedichte in Themengruppen

mit vollständigen Gedichtstexten

Band 1: Edgar Neis

Der Mond in der deutschen Lyrik

80 Seiten **Bestell-Nr. 0620–3**

Arp – Bischoff – Borchert – Boretto – Britting – Brokkes – Bürger – Claudius – Däubler – Droste- Hülshoff – Geibel – Gleim – Goethe – Härtling – Heine – Holz – Klopstock – Krähenbühl – Krolow – Lange – Lehmann – Leonhard – Lichtenstein – zur Linde – Maurer – Morgenstein – Rasche – Rühmkorf – v. Stollberg – Trakl – v. d. Vring – Werfel – Wiens.

Band 2: Edgar Neis

Politische-soziale Zeitgedichte

2. Auflage, 112 Seiten **Bestell-Nr. 0621–1**

Bachmann – Biermann – Brecht – Bürger – Celan – Dehmel – Domin – Enzensberger – Le Fort – Freiligrath – Gryphius – Hädecke – Hagelstange – Heine – Herwegh – Keller – Kerr – Logau – Marti – Platen – Sabias – Salis – Schenkendorf – Schiller – Schreiber – Schubart – Tucholsky – W. v. d. Vogelweide – Weitbrecht – Wildenbruch.

Band 3: Edgar Neis

Der Krieg im deutschen Gedicht

2. Auflage, 112 Seiten **Bestell-Nr. 0622–X**

Bender – Benn – Biermann – Binding – Brambach – Brecht – Claudius – Dehmel – Eich – Flex – Le Fort – Fried – Gleim – Goethe – Hakel – Heise – Heym – Hölderlin – Höllerer – Huchel – Jahn – Jean Paul – Kaschnitz – Kästner – Körner – Leip – Lersch – Leonhard – Liliencron – Logau – Menzel – Mosen – Mühsam – Münchhausen – Neumann – Nick – W. Paul – Sachs – Schiller – Schnurre – Schuhmann – Stramm – Toller – Toussel – Trakl – Tumler – Vogel – Wiechert.

Band 4: Robert Hippe

Die Liebe im deutschen Gedicht

2. Auflage, 80 Seiten **Bestell-Nr. 0623–8**

Benn – Brecht – Eichendorff – George – Gleim – Goethe – Günther – Hesse – Hofmannsthal – Jacobi – Kästner – Krolow – Lasker-Schüler – Lenau – Liliencron – C. F. Meyer – H. v. Mohrungen – Mörike – Münchhausen – Opitz – Reinig – Rilke – Storm – Stramm – W. v. d. Vogelweide – Weickherlin.

Band 5: Robert Hippe

Der Tod im deutschen Gedicht

2. Auflage, 80 Seiten **Bestell-Nr. 0624–6**

Bächler – Benn – Brecht – Celan – Claudius – Droste-Hülshoff – Eich – Goethe – Gryphius – Hesse – Heym – Hofmannsthal – Hofmannswaldau – Höllerer – Kaltneker – Keller – Klopstock – C. F. Meyer – Mörike – Nick – Nietzsche – Novalis – Rilke – Schiller – Storm – Stramm – Trakl – Uhland.

Band 6: Robert Hippe

Die Jahreszeiten im deutschen Gedicht

2. Auflage, 80 Seiten Bestell-Nr. 0625–4

Benn – Britting – Claudius – George – Gerhardt – Goes – Goethe – Hagedorn – Heine – Hebbel – Hesse – Hofmannsthal – Hölderlin – Hölty – Huchel – Lenau – Logau – C. F. Meyer – Mörike – Rilke – Stadler – Storm – Trakl – Uhland – W. v. d. Vogelweide.

Band 7: Robert Hippe

Deutsche politische Gedichte

2. Auflage, 68 Seiten **Bestell-Nr. 0626–2**

Baumann – Biermann – Becher – Below – Brecht – Delius – Enzensberger – Fried – Fürnberg – Gomringer – Grass – Heine – Hoffmann v. Fallersleben – Holzapfel – Karsunke – Kunert – Luckhardt – Morawietz – Pottier – Radin – v. Saar – Scherchen – Schneckenburger – U. Schmidt – Schumann – Vesper – Walraff – Weinheber – Wessel – Zimmering.

Band 8: Edgar Neis

Die Welt der Arbeit im deutschen Gedicht

100 Seiten **Bestell-Nr. 0627–0**

Barthel – Bartock – Billinger – Brambach – Bröger – Chamisso – Dehmel – Dortu – Engelke – Freiligrath – Grisar – Heine – Herwegh – Jünger – Krille – Lersch – Lessen – Naumann – Petzold – Pfau – Piontek – Rilke – Schreiber – Seidel – Weerth – Weinheber – Wieprecht – Winckler – Zech.

Band 9: Edgar Neis

Deutsche Tiergedichte

136 Seiten **Bestell-Nr. 0628–9**

Barth – Bergengruen – Billinger – Boretto – Brecht – Britting – Busch – Claes – Dauthendey – Dehmel – Domin – Droste-Hülshoff – Eggebrecht – Eich – Freiligrath – Gellert – Gleim – Goethe – Grillparzer – Groth – Härtling – Hagedorn – Haushofer – Hausmann – Hebbel – Heine – Hesse – Huchel – F. G. Jünger – W. Lehmann – Liliencron – A. G. Kästner – Keller – Kolmar – Krolow – C. F. Meyer – Morgenstern – Pfeffel – Piontek – Rilke – Ringelnatz – Eugen Roth – N. Sachs – Schaefer – Trakl – Vring – Weinheber – Wiedner – Zachariae – Zuckmayer.

Band 10: Edgar Neis

Städte und Landschaften im deutschen Gedicht

168 Seiten **Bestell-Nr. 0629-7**

Teil I: Borchert – Sidow – Guesmer – Rilke – Grass – Le Fort – Karsunke – Aue – Zeller – Loerke – Fontane – Eich – Bleisch – Körner – Hauptmann – Bobrowski – Stadler – Goll – Reinfrank – Kunze – Zech – Becker – Droste-Hülshoff – Busta – Heine – Altenbernd – Wiedner – Stoltze – Kaschnitz – Hannsmann – Schnack – Hölderlin – Barthel – Mörike – Britting – George – Roth.

Teil II: Fontane – Heise – Kalkreuth – Zweig – Rilke – Rheiner – Goll – Salus – Brecht – Bachmann – Lehmann – Wagner – Benn – Schneider – v. Platen – Huchel – Hesse – Krappen – Kaschnitz – Celan – Britting – Kasack – Krauss – Boretto – Schaefer – Bachmann – v. d. Vring.

Interpretationen zeitgenössischer Kurzgeschichten

Edgar Neis

5. Auflage, 80 Seiten **Bestell-Nr. 0600-9**

Band 1: Aichinger, Puppe – Bender, Schafsblut – Bergengruen, Fahrt des Herrn von Ringen – Böll, Ungezählte Geliebte – Brecht, Unwürdige Greisin – Britting, Märchen vom dicken Liebhaber – Ernst, Förster und Wilddieb – Le Fort, Turm der Beständigkeit – Hochhuth, Berliner Antigone – Hofmannsthal, Lucidor – Kafka, Ehepaar – Kaschnitz, Das dicke Kind / Schneeschmelze – Kühner, Es gibt doch noch Wunder – Malecha, Probe – Risse, Gottesurteil – O. Schaefer, Frühe Vision – W. Schäfer, Mozarts Begräbnis – Schnabel, Hundert Stunden vor Bangkok / Sie sehen den Marmor nicht.

Robert Hippe

5. Auflage, 80 Seiten **Bestell-Nr. 0601-7**

Band 2: Andres, Trockendock – Benn, Gehirne – Bergengruen, Arzt von Weißenhasel / Legende von den zwei Worten – Böll, Bahnhof von Zimpren / Besenbinder / Erinnerungen eines jungen Königs / So ein Rummel – Brecht, Augsburger Kreidekreis – Döblin, Ermordung einer Butterblume – Dürrenmatt, Tunnel – Eich, Stelzengänger – Franck, Das verstandene Gedicht – Gaiser, Ein Mensch, den ich erlegt habe – Hampel, Das mit dem Mais – Hildesheimer, Eine größere Anschaffung – Kafka, Kübelreiter / Sorge des Hausvaters – Kasack, Mechanischer Doppelgänger – Langgässer, Die getreue Antigone / Untergetaucht – Musil, Portugiesin – Risse, Verkehrsunfall – Schnurre, Ein Fall für Herrn Schmidt.

Karl Brinkmann

4. Auflage, 80 Seiten **Bestell-Nr. 0602-5**

Band 3: Aichinger, Plakat – Alverdes, Die dritte Kerze – Böll, Damals in Odessa / Mann mit den Messern / Lohengrins Tod / Wanderer kommst du nach Spa ... – Borchert, Die lange, lange Straße lang / Generation ohne Abschied / Lesebuchgeschichten – Eisenreich, Ein Augenblick der Liebe – Gaiser, Brand im Weinberg / Du sollst nicht stehlen – Langgässer, Die zweite Dido / Glück haben – Lenz, Jäger des Spottes – Schnurre, Die Tat – Spang, Seine große Chance – Spervogel, Hechtkönig – Wiechert, Hauptmann v. Kapernaum / Hirtenknabe.

Martin Pfeifer

4. Auflage, 84 Seiten **Bestell-Nr. 0603-3**

Band 4: Aichinger, Hauslehrer / Nichts und das Boot – Bender, Die Wölfe kommen zurück – Böll, Über die Brücke / Es wird etwas geschehen – Brecht, Mantel des Ketzers – Britting, Brudermord im Altwasser – Eich, Züge im Nebel – Ernst, Das zweite Gesicht – Fallada, Lieber Hoppepoppel – Franck, Taliter – Hesse, Beichtvater / Bettler – Johnson, Jonas zum Beispiel – Kusenberg, Eine ernste Geschichte – Langgässer, Saisonbeginn – Le Fort, Frau des Pilatus – Meckauer, Bergschmiede – Pohl, Yannis letzter Schwur – Rinser, David – Schäfer, Hirtenknabe – Schallück, Der Tod hat Verspätung – v. Scholz, Das Inwendige – Walser, Ein schöner Sieg – Weisenborn, Aussage.

Edgar Neis

3. Auflage, 56 Seiten **Bestell-Nr. 0604-1**

Band 5: Borges, Das geheime Wunder – Calderón, Invasion – Callaghan, ein sauberes Hemd – Campos, Solidarität – Carson, Ein Mädchen aus Barcelona – Hemingway, Die Killer – Huxley, Schminke – Joyce, Eveline – Katajew, Die Messer – Mansfield, Für sechs Pence Erziehung – Manzoni, Die Repräsentiertasse – Olescha, Aldebaran – Saroyan, Vom Onkel des Barbiers, dem von einem Zirkustiger der Kopf abgebissen wurde – Sartre, Die Mauer – Timmmermans, Die Maske.

Karl Brinkmann

3. Auflage, 80 Seiten **Bestell-Nr. 0605-X**

Band 6: Andersch, Sehnsucht nach Sansibar – Böll, Wie in schlechten Romanen / Undines gewaltiger Vater – Gaiser, Das Wespennest / Fünfunddreißig Meter Tüll / Der Motorradunfall – Grass, Der Ritterkreuzträger – Hildesheimer, Nächtliche Anrufe – Holthaus, Geschichten aus der Zachurei / Allgemeines / Wo liegt Zachzarach / Das Wirtshaus Zum Vollautomatischen Bären – Lenz, Masurische Geschichte / Der Leseteufel / So schön war mein Markt / Der große Wildenberg – Kramp, Was der Mensch wert ist – Reding, Die Bulldozer kamen / Während des Films / Jerry lacht in Harlem / Fahrerflucht – Schnurre, Wovon der Mensch lebt – Walser, Die Artikel, die ich vertrete.

Rudolf Kanzler

64 Seiten **Bestell-Nr. 0606-8**

Band 7: Aichinger, Die Silbermünze – Altendorf, Der Knecht Persenning – Andersch, Ein Auftrag für Lord Glouster – Bauer, Hole deinen Bruder an den Tisch – Britting, Der Gang durchs Gewitter – Dörfler, Die Kriegsblinde – Hesse, Das Nachtpfauenauge – Hildesheimer, Der Urlaub – Kaschnitz, Gespenster – Lenz, Die Nacht im Hotel – Th. Mann, Das Eisenbahnunglück – Noack, Die Wand – Ohrtmann, Der Sched ist wieder da – Rinser, Der fremde Knabe – Schallück, Unser Eduard – Wiechert, mein erster Adler.

Edgar Neis

80 Seiten **Bestell-Nr. 0607-6**

Band 8: Andersch, Grausiges Erlebnis – Bachmann, Alles – Bender, In der Gondel / Fondue – Bichsel, Tochter – Bobrowski, Epitaph für Pinnau – Bolliger, Verwundbare Kindheit – Brecht, Wiedersehen – Eisenreich, Der Weg hinaus – Fritz, Schweigen vieler Jahre – Fühmann, Judenauto / Schöpfung – Gaiser, Gazelle grün – Heissenbüttel, Wassermaler – Kaschnitz, Das rote Netz – Kunert, Fahrt mit der S-Bahn – Nossack, Das Mal – Reinig, Drei Schiffe – A. Schmidt, Resümee – Walser, Tänzer / Knabe – Wohmann, Ich Sperber / Der Schwan / Knurrhahn-Stil.

Robert Hippe

72 Seiten **Bestell-Nr. 0608–4**

Band 9: Aichinger, Fenster-Theater – Bichsel, Holzwolle – Brecht, Vier Männer und ein Pokerspiel – Frank, Die Monduhr – Fuchs, Gedankenaustausch – Geißler, Kalte Zeiten III – Heckmann, Die Wohltaten des Löffels / Das Henkersmahl – Holthaus, Wahrhaftige Geschichte von der Spazierfahrt – Kaschnitz, Popp und Mingel / Christine – Klose, Am roten Forst – Kunert, Andromeda zur Unzeit – Lenz, Die große Konferenz – Magiera, In den Sand geschrieben – Marti, Neapel sehen – Mechtel, Ein kleiner Tag – Nossack, Helios GmbH – Novak, Schlittenfahren – Weissenborn, Die Stimme des Herrn Gasenzer / Die Sache mit Dad – Wohmann, Denk immer an heut' nachmittag – Weyrauch, Mit dem Kopf durch die Wand – Wohmann, Die Klavierstunde – Zeller, Der Turmbau.

Edgar Neis

80 Seiten **Bestell-Nr. 0609–2**

Band 10: Bernhard, Die Mütze – Bichsel, San Salvador / Ein Tisch – Bobrowski, Lipmanns Leib – Brecht, Das Experiment – Brückner, Lewan / Schwierigkeiten beim Ausfüllen eines Meldezettels / Ein Pferd ist ein Pferd – Dürrenmatt, A's Sturz – Gaiser, Fällung eines Teichs – Hildesheimer, Nachtigall – F. G. Jünger, Urlaub – Kaschnitz, Eisbären – Koeppen, Baseballspieler – Kunert, Zirkuswesen – Musil, Das Fliegenpapier – Novak, Abgefertigt – Reinig, Skorpion – A. Schmidt, Sommermeteor – Weyrauch, Beginn einer Rache.

Wolfgang Kopplin

Kontrapunkte

160 Seiten **Bestell-Nr. 0547–9**

Kontroversinterpretationen zur modernen deutschsprachigen Kurzprosa.

Prosatexte, zwischen 1963 und 1975 entstanden, dienen dem Autor dazu, die dialektische Methode des Pro und Kontra als Interpretationsansatz anzuwenden. Dem Primärtext schließen sich jeweils die Kontroversinterpretationen an. Ein Buch, welches Anregungen zum Verstehen und zur Entschlüsselung von Texten gibt.

Inhalt: Texte von Artmann – Bichsel – Dellin – Gerz – Gregor – Kunert – Reinig – Schnurre u. a. werden in einer Pro- und Kontra-Interpretation vorgestellt.

Albert Lehmann

Erörterungen

Gliederungen und Materialen
Methoden und Beispiele

2. verb. Auflage, 160 Seiten **Bestell-Nr. 0637–8**

Die vorliegende Sammlung von 52 Gliederungen, die durch Erläuterungen – vornehmlich Beispiele – zu den einzelnen Gliederungspunkten erweitert sind, sollen die Wiederholung des Jahresstoffes erleichtern.

Stoffkreisthemen: Natur – Tourismus – Technik – Freizeit – Arbeit/Beruf – Konflikte zwischen den Generationen – Die Stellung der Frau in der Gesellschaft – Entwicklungsländer – Sport – Massenmedien und viele Einzelthemen.

Für Lehrer ein unentbehrliches Nachschlage- und Vorbereitungsbuch.

Birgit Lermen/
Matthias Loewen

Trickfilm als didaktische Aufgabe

Band 1: Sekundarstufe I
232 Seiten – Fotos, kart. **Bestell-Nr. 0618–1**

Band 2: Sekundarstufe II
216 Seiten – Fotos, kart. **Bestell-Nr. 0619–X**

Die Untersuchung über den Trickfilm als didaktische Aufgabe trägt der unterschiedlichen Ausgangslage in den beiden Stufen des Sekundarunterrichts Rechnung durch die Aufteilung in zwei Bände.

Band 1 stellt sich gezielt auf die Bedürfnisse und Erwartungen der Sekundarstufe I ein. Aus der Eigenart des Mediums Trickfilm wird ein Analyse-Instrumentarium entwickelt, dessen Brauchbarkeit an 13 Filmen unterschiedlicher Herkunft erprobt wird. Auf der damit geschaffenen Grundlage wird ein didaktisch-methodisches Konzept erstellt.

Band 2 orientiert sich an den Bedürfnissen der Sekundarstufe II. Eine semiotische Einführung erweitert und vertieft die in Band I erstellte Grundlage. Im Mittelpunkt stehen wieder die Einzelanalysen, deren Zahl des größeren Umfangs wegen auf zwölf reduziert ist.

Wie in Band I soll beides – Analysen und Einführung – als Basis dienen für didaktische Fragestellungen und Entscheidungen.

Die Auswahl der Filme wurde in beiden Bänden bestimmt durch:
a) das Ausleihangebot der Stadt- und Kreisbildstellen in der Bundesrepublik,
b) die ästhetische Qualität,
c) die thematische Relevanz,
d) die didaktische Potenz.

Martin H. Ludwig

Das Referat

Kurze Anleitung zu einer Erarbeitung und Abfassung für Schüler und Studenten.

geh. **Bestell-Nr. 0646–7**

Planen und Sammeln – Bibliographieren – Schreiben und Zitieren – Lesen und Notieren – Auswerten und Gliedern – Der Text – Der Vortrag.

Methoden und Beispiele der Kurzgeschichten-Interpretation

2. Auflage, 64 Seiten **Bestell-Nr. 0585–1**

Herausgegeben und erstellt von einem Arbeitskreis der Pädagog. Akademie Zams.

Methoden: Werkimmanente, existenzialistische, grammatische, stilistische, strukturelle, kommunikative, soziologische, geistesgeschichtliche, historisch/biographisch/symbolistische Methode.

Beispiele: Eisenreich – Cortázar – Dürrenmatt – Brecht – Horvath – Bichsel – Kaschnitz – Lenz – Weißenborn – Rinser – Borchert – Nöstlinger – Wölfel – Langgässer.

An Beispielen ausgewählter Kurzgeschichten werden die einzelnen Methoden der Interpretation demonstriert und erläutert. Information und Nachschlagewerk für den Unterricht in den Sekundarstufen.

Reiner Poppe

Rechtschreibung

Texte und Übungen für die Klassen 5 und 6

196 Seiten **Bestell-Nr. 0595–9**

Zum Selbstunterricht mit Hinweisen zur Handhabung sowie didaktischen und methodischen Anleitungen für Unterrichtende.

Zu ausgewählten Rechtschreibschwierigkeiten wurden **Texte mit vielgestaltigen Übungen** in Einzelkapiteln zusammengefaßt. Jede Textgruppe ist mit einer knappen **Zusammenfassung** des voraufgegangenen Lernstoffes sowie **Erprobungsdiktaten** abgeschlossen. Testdiktate beschließen den Übungsteil. Es wurde besonders darauf geachtet, daß der Lernende Schwierigkeiten bewußt erfährt, **Lösungswege** und **Hilfen eigenständig** formuliert und **systematisch** üben kann.

Klaus Sczyrba

Komm, wir schreiben!

Rechtschreibübungsheft für das 2. und 3. Schuljahr

Format: DIN A4 – 40 farbige Illustrationen

36 Seiten, kart. **Bestell-Nr. 0614–9**

Freude ist der Motor zum Erfolg. Nach diesem Grundsatz will der Autor den Kindern durch die lustbetonte, sehr abwechslungsreiche Art dieses Heftes den Weg zu Rechtschreibsicherung leicht machen.

In frohem Tun werden fast unauffällig fundamentale Kenntnisse der Rechtschreibung angeeignet, ohne daß die Kinder dabei den Eindruck des Übens haben.

Klaus Sczyrba

Komm, wir schreiben!

Rechtschreibübungsheft für das 3. und 4. Schuljahr

Format: DIN A4 – 60 farbige Illustrationen

60 Seiten, kart. **Bestell-Nr. 0616–5**

Alle Übungen für die Kinder des 3. und 4. Schuljahres sind so angelegt, daß sie mit Freude durchgeführt werden. Sie enthalten kurzweilige Aufgaben, Reime und Rätsel. Die Richtigkeit der Lösungen kann leicht selbst überprüft werden.

Üben ist für Kinder oft freudlos und langweilig. Bei diesem Heft spüren sie aber nicht, daß „nur geübt" wird. In froher, zielstrebiger Arbeit wird fast unbewußt die Rechtschreibfertigkeit gesteigert.

Klaus Sczyrba

Lebensnahe Diktate

für die Grundschule mit angegliederten Übungsmöglichkeiten für das **2. bis 4. Schuljahr**

152 Seiten **Bestell-Nr. 0610–6**

Dieses Übungsbuch ist aus der Erfahrung langjähriger Schularbeit entstanden und soll den Kindern vom 2. bis 4. Schuljahr helfen, ihre Rechtschreibleistungen zu verbessern.

Dazu werden 150 Diktate geboten, die in Ausmaß und Schwierigkeitsgrad dem Alter der Kinder entsprechen.

Zur vertiefenden Behandlung aller Rechtschreibbereiche sind jedem Diktat eine Reihe Übungsmöglichkeiten beigefügt.

Klaus Sczyrba

Neue lebensnahe Diktate

mit zahlreichen Übungsmöglichkeiten für das **2. bis 10. Schuljahr**

312 Seiten **Bestell-Nr. 0611–4**

Wie in den früheren Ausgaben dieses Buches werden hier wieder über 200 Diktate geboten, die in Ausmaß und Schwierigkeitsgrad dem Alter des Kindes entsprechen.

Der Wortschatz, der in der Folge der Diktate und Übungen mit den erforderlichen Wiederholungen rechtschreibmäßig gesichert werden soll, erweitert sich allmählich.

Klaus Sczyrba

Lebensnahe Diktate

mit zahlreichen Übungsmöglichkeiten für das **5. bis 7. Schuljahr,** und Anhang mit Lösungen

240 Seiten **Bestell-Nr. 0613–0**

In diesem Übungsbuch werden 150 Diktate geboten, die Kindern des 5. bis 7. Schuljahres helfen sollen, ihre Rechtschreibkenntnisse zu verbessern.

Zur vertiefenden Behandlung aller Rechtschreibbereiche ist jedem Diktat eine Reihe Übungsmöglichkeiten beigefügt, die Hilfen für die Klassenarbeit, aber auch für die häusliche Beschäftigung einzelner bieten sollen.

Klaus Sczyrba

Lebensnahe Diktate

125 Diktattexte mit 600 Lösungsmöglichkeiten für das **8. bis 10. Schuljahr**

210 Seiten + Lösungsteil, kart. **Bestell-Nr. 0471–5**

Das Buch will mit seinen Diktaten und Übungen zum richtigen Gebrauch unserer Sprache beitragen. Die Diktate sind nicht nur nach Rechtschreibschwierigkeiten oder zur Anwendung einer Regel konstruiert, sondern sind auf die Bedürfnisse von Zeit und Umwelt abgestimmt.

Übungsmöglichkeiten mit Lösungen machen dieses Buch für häusliches Arbeiten und für den Unterrichtsgebrauch gleichermaßen unentbehrlich.

Klaus Sczyrba

Lebensnahe Diktate

mit zahlreichen Übungsmöglichkeiten für das **5. bis 10. Schuljahr**

432 Seiten + Lösungsheft **Bestell-Nr. 0612–2**

Auch dieses Übungsbuch soll den Kindern vom 5. bis 10. Schuljahr helfen, ihre Rechtschreibleistung zu verbessern.

Die hier angebotenen 250 Diktate sind in Ausmaß und Schwierigkeitsgrad dem Alter entsprechend ausgewählt worden. Jedem Diktat ist eine Reihe Übungsmöglichkeiten beigefügt, ebenso wurde der entsprechende Wortschatz eingebracht.

Tabellen der Rechtschreibschwierigkeiten in den einzelnen Schuljahren runden dieses Übungsbuch ab.

Klaus Sczyrba

Lebensnahe Grammatik für die Grundschule

für das 2. bis 4. Schuljahr

140 Seiten **Bestell-Nr. 0673–4**

Die alltäglichen Begebenheiten zweier Kinder sind lebendige Einstiege in alle Bereiche der Grundschulgrammatik. In übersichtlicher Weise werden alle notwendigen Kenntnisse zur Beherrschung unserer Sprache kindgemäß vermittelt, die in den angegliederten Übungen angewandt werden können. So ist dieses Büchlein sehr hilfreich für den Unterricht in der Schule und die häusliche Einzelarbeit.

Klaus Sczyrba

Lebensnahe Sprachlehre in der Grundschule

50 Unterrichtsentwürfe für die Einführung aller wesentlichen Gebiete.
112 Seiten, Illustrationen, kart. **Bestell-Nr. 0615–7**
Neubearbeitete 2. Auflage
Diese Unterrichtsentwürfe haben sich als eine vielbegehrte Hilfe erwiesen und ermöglichen, daß der sonst so trockene Stoff der Sprachlehre lebensnah, auf lustbetonte Weise eingeführt wird.
Jeder Entwurf ist eine Unterrichtseinheit, die sich über einen längeren Zeitraum erstreckt. Sie wird in einem Dreischritt aufgezeigt, der von der Sprachbegegnung über die Sprachuntersuchung zur Sprachanwendung führt. Dabei wurde beachtet, daß die Kinder durch die verschiedensten Impulse verstärkt zu Spontanität und Aktivität angeregt werden.
Knappe stoffliche Vorbemerkungen und ein Freiraum für die eigene Planung umschließen jede Unterrichtseinheit.
Die „Lebensnahe Sprachlehre" ist somit durch die vielen praktischen Anregungen ein wertvolles, echtes Arbeitsbuch für den muttersprachlichen Unterricht in der Grundschule.

Englisch

Peter Luther/Jürgen Meyer

Englische Diktatstoffe
Unter- und Mittelstufe

64 Seiten, kart. **Bestell-Nr. 0647–5**
Beginnend mit einfachsten Texten und Erklärungen wird hier der Benutzer der Bücher mit der englischen Grammatik, Wortlehre und Rechtschreibung vertraut gemacht. Die Texte geben Hinweise auf die Vorbereitung zur Nacherzählung und sind gestaffelt nach Schwierigkeiten und Themengruppen. Worterklärungen und Übungen zur Selbstkontrolle runden den Band ab.

Jürgen Meyer/Gisela Schulz

Englische Synonyme als Fehlerquellen
Übungssätze mit Lösungen

116 Seiten, kart. **Bestell-Nr. 0596–7**
Dieses Übungsbuch will helfen, die im Bereich der Synonymie immer wieder auftretenden Fehler zu vermeiden.
Die Aufstellung beruht auf Beobachtungen, die die Verfasser im Unterricht gemacht haben und erhebt keinen Anspruch auf Vollständigkeit. Die Übungssätze wurden so formuliert, daß die wichtigen Bedeutungsnuancen so klar wie möglich hervortreten. Die zur Kontrolle beigefügten Lösungen geben an, ob und wo Fehler gemacht worden sind.

Jürgen Meyer

Deutsch-englische/ englisch-deutsche Übersetzungsübungen

9. bis 13. Klasse
104 Seiten **Bestell-Nr. 0594–0**
Texte für Fortgeschrittene, die ihre Kenntnisse in Wortanwendung und Grammatik erweitern und überprüfen wollen.
Zu den zeitgemäßen deutschen Texten wurden die Vokabeln und deren Anwendungsmöglichkeiten gegeben und erklärt.
Am Schluß des Bandes die englischen Texte zur Kontrolle.
Breit einsetzbar in den Sekundarstufen, Grund- und Leistungskursen.

Jürgen Meyer

Übungstexte zur englischen Grammatik

9. bis 13. Klasse
96 Seiten, kart. **Bestell-Nr. 0567–3**
Der Band enthält Übungsmaterial zu aktuellen Fragen, u. a. Sachtexte zu Personen, wissenschaftlichen Entdeckungen und zeitgeschichtlichen Ereignissen, die über das heutige Großbritannien und die USA informieren. Die Texte sind mit ausführlichen Hinweisen zu den Vokabeln sowie Übungen zur Syntax und zum Wortschatz versehen. Diskussionsvorschläge und ein sorgfältig aufbereiteter Schlüssel bieten zusätzliche Unterrichtshilfen. Das Buch ist sowohl für Gruppenarbeit als auch für das Selbststudium gut geeignet.

Edgar Neis

Übungen zur englischen Herübersetzung

108 Seiten **Bestell-Nr. 0542–8**
Das Übungsbuch richtet sich an den Schüler, der ohne Hilfe eines anderen selbständig die Fertigkeit des Übersetzens aus dem Englischen erlernen will. 38 Texte aus Literatur und Sachschrifttum, jeweils mit Vokabelangaben versehen, kann der Übende ins Deutsche übertragen und anhand des Lösungsteils auf seine Richtigkeit hin überprüfen.
Die Texte eignen sich im Unterrrichtsgebrauch als Übungen zu Nacherzählung und Grammatik.

Edgar Neis

Wie schreibe ich gute englische Nacherzählungen?

6. Auflage, 84 Seiten, kart. **Bestell-Nr. 0526–6**

Langjährige, im gymnasialen Englischunterricht auf der Mittel- und Oberstufe sowie bei zahlreichen Abiturprüfungen gewonnene Erfahrungen haben zur Herausgabe dieses Buches geführt. Texterfassung und -darstellung, Wortschatzerweiterung, Regeln der Stillehre, Erzählstil, idiomatische Redewendungen, Homophone, unregelmäßige Verben, Comment u. v. a.
Musterbeispiele als Vorlagen für Lernende.

Edgar Neis

Englische Nacherzählungen der siebziger Jahre

72 Seiten, kart. **Bestell-Nr. 0527–4**

Im vorliegenden Band findet der Übende Texte, welche im heutigen Schulunterricht bevorzugt benutzt werden. Diese unterscheiden sich gegenüber früheren Nacherzählungstexten durch gesteigerte Aktualität und Zeitnähe. Als Diktatstoffe für die Mittelstufe einsetzbar.

Reiner Poppe

Englische Nacherzählungen
Unter- und Mittelstufe

96 Seiten, kart. **Bestell-Nr. 0566–5**

Der Band enthält 62 Texte unterschiedlicher Länge und Schwierigkeit. Den Texten zur engl. und amerik. Geschichte sowie zu aktuellen Gegebenheiten sind method. Anleitungen für die mögliche Behandlung vorangestellt. Es ist hier besonders an den Selbst- oder Nachhilfeunterricht gedacht. Besonderer Wert wurde auf die Hinführung zu pragmatischer Rekonstruktion („précis") der Texte gelegt. Vokabelhilfen und Kurzhinweise zu Leben/Werk herausragender, in den Texten vorkommender Persönlichkeiten runden den Band ab. Empfohlen für Orientierungsstufe und Sekundarstufe I.

Französisch

Klaus Bahners

Französischunterricht in der Sekundarstufe II

(Kollegstufe)

Texte – Analysen – Methoden

104 Seiten, kart. **Bestell-Nr. 0565–7**

Dieses Buch wendet sich an alle, die jetzt oder künftig auf der neugestalteten Oberstufe (Sekundarstufe II) Französischunterricht erteilen; vor allem an jüngere Kollegen und Referendare, aber auch an Studenten, die sich auf den Übergang vom wissenschaftlichen Studium zur pädagogischen Umsetzung vorbereiten wollen.

Schließlich gibt „Französischunterricht in der Sekundarstufe II" auch Schülern der reformierten Oberstufe wertvolle Hinweise für den selbständigen Zugang zur Interpretation französischer Texte.

Paul Kämpchen

Französische Texte zur Vorbereitung auf die Reifeprüfung

80 Seiten, kart. **Bestell-Nr. 0522–3**

Übungen für die Grammatik, den Stil und eine der Prüfungsarten – die Nacherzählung – sollen hier dem Anwärter zur Prüfung nahegebracht werden. Kurze und lange Nacherzählungstexte mit Worterklärungen stehen hier als Übungstexte zur Verfügung.

Der Schüler oder Student kann anhand dieser Kurzgeschichten seine sprachliche Beweglichkeit unter Beweis stellen. Kleine und leichte Stücke, die sich nur für Anfänger und wenig Fortgeschrittene eignen, wurden weggelassen.

Alfred Möslein / Monique Sickermann-Bernard

Textes d'étude

64 Seiten, kart. Bestell-Nr. 0523–1

25 erzählende Texte aus der neueren französischen Literatur als Vorlagen für Nacherzählungen und Textaufgaben.

Durch unterschiedliche Längen und Schwierigkeitsgrade sowie durch breitgefächerte Thematik eignen sich diese Texte als Lektüre und Ausgangspunkt für Diskussionen im Unterricht. In den „Suggestions" findet man einige Anregungen für Übungen, die sich an die reine Textbehandlung anschließen können. Die Worterklärungen sollen das Verständnis der Texte erleichtern.

Werner Reinhard

Französische Diktatstoffe Unter- und Mittelstufe

1./2. Unterrichtsjahr sowie 3./4. Unterrichtsjahr

2. Auflage, 96 Seiten, kart. **Bestell-Nr. 0532–0**

Die nach dem Schwierigkeitsgrad geordneten Texte sind überwiegend Erzählungen und Berichte von Begebenheiten des täglichen Lebens, wobei unbekannte Vokabeln beigegeben sind. Mit den Texten lernt der Schüler die gehobene Umgangssprache, d. h. Vokabular und Wendungen, die er später für eigene Textproduktionen verwenden kann. Den Texten vorangestellt sind Bemerkungen zur Rechtschreibung, die nützliche Rechtschreibregeln enthalten.

Werner Reinhard

Übungstexte zur französischen Grammatik

9. bis 13. Klasse

128 Seiten, kart. **Bestell–Nr. 0543–6**

„Übungstexte zur französischen Grammatik" wendet sich an Lernende, die bereits einige grammatische Kenntnisse haben, sie jedoch festigen und vertiefen wollen. Es eignet sich aufgrund umfangreicher Vokabelangaben sowie des ausführlichen Lösungsteils zum Selbststudium, und vermag bei Schülern ab Klasse 9 Nachhilfeunterricht zu ersetzen.

Die textbezogenen Aufgaben berücksichtigen insgesamt die wichtigsten grammatischen Gebiete, ein Register ermöglicht auch systematisches Vorgehen.

Werner Reinhard

Übungen zur französischen Herübersetzung

96 Seiten, kart. Bestell-Nr. 0537–1

40 franz. Texte aus Literatur und Sachschrifttum, jeweils mit Vokabelangaben versehen, kann der Lernende ins Deutsche übertragen und anschließend, anhand des Lösungsteiles, seine Fassungen auf ihre Richtigkeit hin überprüfen. Dem Verfasser kam es bei den deutschen Übersetzungen nicht auf prägnanten Stil an, es ging ihm vielmehr um die inhaltlich richtige und vom Schüler nachvollziehbare Übersetzung. So enthalten die Herübersetzungen jeweils auch Anmerkungen mit wörtlichen Entsprechungen, Varianten und Hinweisen zur Grammatik. Breit einsetzbar in den Sekundarstufen.

Werner Reinhard

Kurze moderne Übungstexte zur französischen Präposition

120 Seiten, kart. **Bestell-Nr. 0568–1**

In einem lexikalischen Teil gibt das Übungsbuch zunächst einen Überblick über die Anwendung der wichtigsten Präpositionen. Auch die Präpositionen als Bindeglied zwischen Verb und Objekt bzw. Infinitiv (vor allem à und de) werden berücksichtigt. Listen erleichtern dabei systematisches Lernen.
Im anschließenden Übungsteil kann der Benutzer seine Kenntnisse überprüfen. Vorherrschende Methode ist die Einsetzübung. Mit dem Lösungsteil eignet sich das Buch gut zum Selbststudium. Einsetzbar für den Unterricht in den Sekundarstufen.

Christine und Gert Sautermeister

Der sichere Weg zur guten französischen Nacherzählung

– Zur Methodik des Hörens und Schreibens im Französischunterricht –

118 Seiten, kart. **Bestell-Nr. 0534–7**

Der erste Teil des Buches will auf die Bedingungen richtigen Hörens aufmerksam machen und Wege zum besseren Hören skizzieren. Der zweite Teil gibt Anregungen, die Grundrisse des Textes, der Gelenkstellen, Höhepunkte, Pointen nochmals zu vergegenwärtigen.
Spezifische Formulierungsprobleme der Nacherzählung entfaltet der dritte Teil.

Gemeinschaftskunde

Peter Beyersdorf

Die Bundesrepublik Deutschland

Arbeitshefte zur Sozial- und Gesellschaftskunde

Band 1:

Strukturen und Institutionen

mit Text des Grundgesetzes

124 Seiten **Bestell-Nr. 0507–X**

Band 2:

Parteien und Verbände

84 Seiten **Bestell-Nr. 0508–8**

Band 3:

Außenpolitische Entwicklung

72 Seiten **Bestell-Nr. 0509–6**

Diese Reihe wurde vor allem für den Bereich der politischen Pädagogik geplant: für Lehrer und Schüler also in erster Linie. Das gilt für Gymnasien und höhere Schulen insgesamt, für Berufsschulen und nicht zuletzt für den großen Bereich der Erwachsenenbildung in den Volkshochschulen.
Jedes Heft enthält neben dem Textteil einen Dokumentenanhang und ein Literaturverzeichnis; darin wird auf spezielle, einzelne Themen vertiefende Bücher hingewiesen.
Mit Hilfe dieser „Arbeitshefte" wird es dem Benutzer möglich, die grundsätzlichen politischen Zusammenhänge unseres Gemeinwesens und die Struktur der internationalen Politik zu erkennen. Dazu werden nicht nur Daten und Fakten angeboten, sondern zugleich auch deren Erklärung und Interpretation. Stand 1970!

Geschichte

Robert Hippe

Geschichts-Gerüst

von den Anfängen bis zur Gegenwart
4 Teile in einem Band

228 Seiten **Bestell-Nr. 0551–7**

Der Primaner, der das „Skelett" dieses „Gerüstes" beherrscht, sollte allen Prüfungsanforderungen gewachsen sein!

Das vorliegende Werk will kein Ersatz für bereits bewährte Bücher ähnlicher Art sein, sondern einem **Auswahlprinzip** huldigen, das **speziell auf Gymnasien**, kurz **alle weiterführenden Schulen zugeschnitten** ist. Daher erklärt sich die drucktechnische Hervorhebung des besonders Wesentlichen (Fettdruck).

Teil I: Von der Antike bis zum Beginn der Völkerwanderung (ca. 3000 v. Chr. bis 375 n. Chr.)

Teil 2: Von der Völkerwanderung bis zum Ende des Mittelalters (375 –1268)

Teil 3: Vom Übergang zur Neuzeit bis zum Ende des 1. Weltkrieges (1268–1918)

Teil 4: Vom Beginn der Weimarer Republik bis zur Gegenwart (1918–1953)

Latein

Reinhold Anton

Die Stammformen und Bedeutungen der lateinischen unregelmäßigen Verben

Anleitung zur Konjugation von etwa 1600 einfachen und zusammengesetzten unregelmäßigen Verben.
5. verbesserte Auflage

40 Seiten, kart. **Bestell-Nr. 0500–2**

Oswald Woyte

Latein-Gerüst

Der gesamte Stoff bis zur Sekundarstufe II (Kollegstufe) in übersichtlicher Anordnung und leichtverständlicher Darstellung mit Übungstexten, Übungsaufgaben und Schlüssel.

Teil 1: **Formenlehre**
116 Seiten, kart. **Bestell-Nr. 0552–5**

Teil 2: **Übungsaufgaben und Schlüssel zur Formenlehre**
144 Seiten, kart. **Bestell-Nr. 0553–3**

Teil 3: **Satzlehre**
104 Seiten, kart. **Bestell-Nr. 0554–1**

Teil 4: **Übungsaufgaben und Schlüssel zur Satzlehre**
72 Seiten, kart. **Bestell-Nr. 0555–X**

jeweils 2. Auflage

Die vier Bände ersparen den Lernenden die Nachhilfestunden und bieten ein unentbehrliches Übungs- und Nachschlagewerk bis zur Reifeprüfung.

Der Autor hat aus einer Praxis als Oberstudiendirektor die Schwierigkeiten der lateinischen Sprache für den häuslichen Übungsbereich aufbereitet und leicht faßbar erläutert. Lernanweisungen sollen das Einprägen erleichtern.

Friedrich Nikol

Latein 1

Übungen mit Lösungen für das erste Lateinjahr in zwei Bänden.

Band 1/**Erstes Halbjahr**
mit Lösungsteil
kart. **Bestell-Nr. 0634–3**

Band 1/**Zweites Halbjahr**
mit Lösungsteil
kart. **Bestell-Nr. 0635–1**

In beiden Teilbänden wird der gesamte Stoff des ersten Lateinjahres behandelt.

Latein 2

(2. Lateinjahr)
kart. **Bestell-Nr. 0638–6**

Der lateinische Wortschatz ist in den Büchern genau angegeben und den verschiedenen lateinischen Unterrichtswerken angepaßt, die in den einzelnen Bundesländern zugelassen und eingeführt sind.
Bei gründlicher häuslicher Nachhilfe mit den Büchern wird der Übende immer mehr Freude an Latein bekommen, und bald wird sich auch der Erfolg bei den Leistungen in der Schule zeigen.

Suchen Sie wortgetreue Übersetzungen und Präparationen zu Ihren Schullektüren römischer und griechischer Klassiker?
Sie finden in der **Kleinen Übersetzungsbibliothek** in 500 Bänden im Kleinformat wörtliche deutsche Übersetzungen.
Fordern Sie das ausführliche Verzeichnis an.

Mathematik

Bernd Hofmann

Algebra 1

Mathematikhilfe für die 7./8. Jahrgangsstufe weiterführender Schulen
216 Seiten **Bestell-Nr. 0580–0**

Helmut Kürzdörfer

Geometrie 1

Mathematikhilfe für die 7./8. Jahrgangsstufe weiterführender Schulen
232 Seiten **Bestell-Nr. 0581–9**

Diese Bücher sind im wesentlichen auf den Lehrstoff des 7. und 8. Schuljahres abgestimmt.
Sie gliedern sich in Kontroll-, Übungs- und Lösungsteil. Ausgerichtet sind sie als unterrichtsbegleitende Werke auf Schüler und die ihnen hilfreich zur Seite stehenden Eltern.
Nützlich sind sie aber auch wegen des großen und vielseitigen Angebots an Übungsaufgaben (mit vollständigen Lösungswegen) **für Lehrer.** Von ähnlichen Unterrichtshilfen heben sie sich durch die kurze, übersichtliche und verständliche Darstellung sowie durch gute Überprüfbarkeit der Kenntnisse ab. (Besprechung der Bibliothekszentrale, Reutlingen).

Lothar Deutschmann

Mathematik

Wegweiser zur Abschlußprüfung
Mathematik I, II und III an Realschulen
Anhang: Reifeprüfungsaufgaben mit Lösungen 1980/1981/1982/1983
168 Seiten + 121 Abb.
kart. **Bestell-Nr. 0644–0**

Ein erfahrener Pädagoge erteilt Nachhilfeunterricht in Mathematik.

Friedrich Nikol/Lothar Deutschmann

Algebra 2

Mathematikhilfe für die 9./10. Klasse
Übungaufgaben und Schulaufgaben mit Lösungswegen und Lösungen.
168 Seiten + 46 Abb.
kart. **Bestell-Nr. 0645–9**

Anhand von Klassenarbeiten und Probearbeiten wird versucht, den Schülern Nachhilfe zu erteilen.
Lösungswege und Lösungen erleichtern das Auffinden eigener Fehler.

Ruth Kirchmann

Zielscheibe Mathematik

Wenn Schüler vor Mathematik zurückschrecken, liegt es häufig an den Lücken, die irgendwann entstanden sind und das Verständnis des ganzen folgenden Unterrichtsstoffes blockieren.
In diesen Nachhilfebüchern, die auch zum Nachlernen für zu Hause geeignet sind, finden sich Schüler schnell zurecht.

Bruchrechnen

90 Seiten – viele Abbildungen
+ 8 Seiten Lösungsheft
Bestell-Nr. 0648–3

Dezimalzahlen

78 Seiten – viele Abbildungen
+ 8 Seiten Lösungsheft
Bestell-Nr. 0671–8

Prozentrechnung

100 Seiten – viele Abbildungen
+ 12 Seiten Lösungsheft
Bestell-Nr. 0649–1

Die vier Grundrechenarten

90 Seiten – viele Abbildungen
+ 6 Seiten Lösungsheft
Bestell-Nr. 0672–6

Johannes Lorenz

Mathematik-Gerüst– Unterbau

6. Auflage
84 Seiten, kart. **Bestell-Nr. 0558–4**

Sammlung von Formeln und Sätzen mit zahlreichen Musteraufgaben und vielen Figuren.

Inhalt: Zahlenrechnen – Algebra – Gleichungen – Logarithmen – Geometrie – Stereometrie – Trigonometrie.
Dieser Band richtet sich an den Lernenden, der in kurzer Form seine Kenntnisse wieder auffrischen möchte und anhand von Musteraufgaben Lösungswege rekonstruieren will.
Bis Sekundarstufe I.

Georg Ulrich / Paul Hofmann

Geometrie zum Selbstunterricht

Ein vollständiger Lehrgang der Geometrie zum Selbstunterricht und zur Wiederholung und Nachhilfe. Von der elementaren Geometrie über die Differential- und Integralrechnung bis zur Integralgleichung bieten die Bände den gesamten Stoff der Oberschulen bis zur Sekundarstufe II.
Übungsaufgaben mit Lösungen erleichtern die Verfolgung des Rechenweges und deren Einprägung und Verstehen.
1. Teil:
Planimetrie
172 Seiten, kart. **Bestell-Nr. 0576–2**
2. Teil:
Trigonometrie
136 Seiten, kart. **Bestell-Nr. 0540–1**
3. Teil:
Stereometrie
148 Seiten, kart. **Bestell-Nr. 0577–0**
4. Teil:
Analytische Geometrie
232 Seiten, kart. **Bestell-Nr. 0536-3**

Philosophie

Robert Hippe

Philosophie-Gerüst

Teil 1
96 Seiten **Bestell-Nr. 560–6**
Der erste Band des „Philosophie-Gerüsts" will an die Geschichte der abendländischen Philosophie heranführen, dem Leser einen Überblick über die Jahrhunderte philosophischen Denkens geben.
Aus dem Inhalt: Was ist Philosophie? Die griechische Philosophie – Die hellenistisch-römische Philosophie – Die Philosophie des Christentums – Die Philosophie des Mittelalters, im Zeitalter der Renaissance und des Barocks – Die Philosophie von der Aufklärung bis zu Hegel – Die Philosophie der Gegenwart. Anhang – Bibliographie u. a.
Teil 2
80 Seiten **Bestell-Nr. 561–4**
Im zweiten Band werden die Disziplinen der reinen und angewandten Philosophie behandelt, und dem Benutzer ein Überblick über den gewaltigen Umfang des Bereichs der Philosophie gegeben.
Aus dem Inhalt: **Die Disziplin der reinen Philosophie:** Logik und Dialektik – Psychologie – Erkenntnistheorie – Ontologie und Metaphysik – Ethik – Ästhetik.
Die Disziplinen der angewandten Philosophie: Naturphilosophie und Philosophie der Mathematik – Geschichtsphilosophie – Rechts- und Religionsphilosophie – Philosophische Anthropologie und Existenzphilosophie – Sprachphilosophie.
Philosophie und Weltanschauung
Bibliographischer Anhang u. a.

Physik

Robert Gehr

Einführung in die Atomphysik

Vorbereitungshilfen für das Physik-Abitur an mathematisch-naturwissenschaftlichen Gymnasien.
152 Seiten, kart. **Bestell-Nr. 0511–8**
Inhalt: Das Atommodell der kinetischen Gastheorie – Die atomistische Struktur der Elektrizität – Energiequanten und Korpuskeln – Atommodelle – Kernphysik – Nachweismethoden für Strahlungen.
Das Ziel des Buches ist, den Physikstoff der Abschlußklassen im Hinblick auf die Reifeprüfung umfassend und gründlich darzustellen, andererseits aber auch – gemäß dem Bildungsauftrag einer höheren Schule – in das (physikalische) Weltbild der Gegenwart einzuführen.

Friedrich Nikol

Physik I

Fragen mit Antworten aus dem Lehrstoff der Sekundarstufe I mit Prüfungsfragen und Lösungen.
100 Seiten **ISBN 3-8044-0639-4**
Dieses Buch soll eine Lücke füllen auf dem Gebiet der Physikvorbereitung. Häufig auftauchende Fragen aus Mechanik, Wärmelehre, Optik, Magnetismus und Elektrizität im Physikunterricht werden leicht verständlich beantwortet.
Ein Band zur Vorbereitung auf Abschlußprüfungen.

Konrad Lorenz

Physik-Gerüst

neubearbeitet von Lothar Deutschmann
6. erweiterte Auflage
ca. 160 Seiten **Bestell-Nr. 0617–3**
Die Grundlagen der Physik in übersichtlicher und leicht faßlicher Darstellung.
Inhalt: Meßkunde – Allgemeine Eigenschaften der Körper – Mechanik fester Körper – Mechanik der Flüssigkeiten – Mechanik der Gase – Lehre vom Schall – Wärmelehre – Magnetismus – Elektrizität – Geometrische Optik – Wellenoptik u. a.

Verschiedenes

Adolf Busch

Glückwunschbuch

15. Auflage
104 Seiten, illustr. **Bestell-Nr. 0510–X**
Glückwunschgedichte für alle Gelegenheiten nebst einem Anhang. Gedenk- und Glückwunschgedichte deutscher Dichter.
Geburtstags-, Namenstagswünsche – Weihnachtswünsche – Neujahrswünsche – Hochzeitswünsche –

Gästebuch- und Poesie-Album-Verse – Zum Richtfest – Gedenk- und Glückwunschgedichte deutscher Dichter.

Ein Beitrag zur Unfallverhütung ist

Heimann/Grau/Link

HOPP + STOPP

Bildermalbuch zur Verkehrserziehung

56 vierfarbige Seiten, Pp. **Bestell-Nr. 0670–X**

Immer wieder erleben wir Unfälle im Straßenverkehr, an denen Kinder beteiligt sind. Um dem nicht machtlos gegenüberzustehen, entwickelten wir dieses Malbuch.

HOPP und STOPP sind zwei lustige Schweinchen, die sich im Straßenverkehr bewegen. Wie man dort alles richtig macht, zeigt **STOPP;** schnell wird man merken, wie gefährlich es sein kann, wenn man sich wie **HOPP** verhält. Ab 4 Jahre.

Helmut A. Köhler

Verse und Aphorismen für das Gästebuch

104 Seiten, 12 Illustrationen Bestell-Nr. 0630–0

Inhalt: Vorwort: Gäste, Bücher, Gästebücher . . .
Verse und Aphorismen:
I. Von der Kunst, mit vielen Worten nichts in ein Gästebuch einzutragen.
II. Zum Einzug ins eigene Haus oder in die neue Wohnung.
III. Was man in die Gästebücher von Stammlokalen schreibt.
IV. Aus dem Repertoire eines Partybesuchers.
V. Individuelles für das Gästebuch:
Zu Gast bei . . .
VI. Und was man sonst noch in das Gästebuch schreiben kann . . .

— — — — — — — — — — —

Bestellschein:

Unterzeichneter bestellt folgende Titel durch die Buchhandlung

. . . . Expl.-Nr.: . . . .

. . . . Expl.-Nr.: . . . .

. . . . Expl.-Nr.: . . . .

. . . . Expl.-Nr.: . . . .

. . . . Expl.-Nr.: . . . .

Name ____________________________________

Straße u. Nr. ______________________________

Wohnort __________________________________

Datum ________________ Unterschrift ________________

C. Bange Verlag Tel. 09274/372 8607 Hollfeld